暂居漫记

李晓君◎著

天津出版传媒集团
百花文艺出版社

图书在版编目（CIP）数据

暂居漫记 / 李晓君著. -- 天津 : 百花文艺出版社,
2021.2
ISBN 978-7-5306-8008-7

Ⅰ. ①暂… Ⅱ. ①李… Ⅲ. ①散文集-中国-当代
Ⅳ. ①I267

中国版本图书馆 CIP 数据核字(2021)第 013938 号

暂居漫记
ZANJUMANJI
李晓君　著

策划统筹: 王　燕
责任编辑: 王　燕　**装帧设计:** 郭亚红
出版发行: 百花文艺出版社
地址: 天津市和平区西康路 35 号　**邮编:** 300051
电话传真: +86-22-23332651（发行部）
+86-22-23332656（总编室）
+86-22-23332478（邮购部）
网址: http://www.baihuawenyi.com
印刷: 山东临沂新华印刷物流集团有限责任公司
开本: 880 毫米×1230 毫米　1/32
字数: 150 千字
印张: 7.875
版次: 2021 年 2 月第 1 版
印次: 2021 年 2 月第 1 次印刷
定价: 56.00元

如有印装质量问题，请与山东临沂新华印刷物流集团有限责任公司联系调换
地址：山东省临沂市高新技术产业开发区新华路 1 号
电话：(0539)2925659
邮编：276017

目录

序

生命是个线性的过程。每个人的经历大同小异:从出生、童年、少年、成年、衰老以及死亡,每一个步骤都无法逾越。作为一个存在者——人,所经历的一切,却又毫不相同,哪怕一对父母生下的同胞兄弟——其经历的时光尽管有相当部分的重合,但烙印在各自记忆中的,却往往相异。某种程度上来说,是记忆塑造了人的生命。

具体到某个人,记忆这位魔法师在长长的时光之链上结绳或在生命之舟上刻下的,总是出于偶然或其他的理由。这些触点,像树疤,会让人一辈子眺望。它还会随生命继续生长,并在时光之域产生裂变或折射。

转眼我也快到知天命的年岁。貌似还年轻的面容难以遮掩头上白发丛生的事实,这给我一种复杂的暗示:在青春与衰老的转换之间,只想走到阳光下的阴影中去,躲避这太阳之吻的滚烫和灼热。像一个怀抱往事的离群索居者,以舔舐回忆为乐。

我是我生命的史官。检点近年来的创作,似乎是个人、家族热忱的书写者,虽然我也写过不少他者的故事,触摸过陌生人或卑微者的内心,但对自我求索的热情,似乎难以消退。我们家族包括我,在这个伟大的国度里属于极卑微和不值一提者,其故事毫无典型或传奇色彩,只能用普通到不能再普通来形容。反躬自问,我书写的热情从何而来?

似乎从未去回答这个问题。

作为一个散文写作者,我一直想挖掘它的可能性。而在小说的叙事冲动和诗歌的急促敏感面前，散文像个温文尔雅的中年人,具有一种冷静、沉着、平和的性情。正是这一点,契合我的兴趣,使我这么多年,或多或少地在这片绿荫地里种上点什么。

本书写作的缘起,直观上是对一段生命历程、一个城市社区的书写。包括人与事、空间与想象,目击之物与虚幻镜像;深层的原因,却是对自我的反思和对存在的思辨。出于方便女儿读书的需要,我们家曾在“贤士花园”小区租住。那是南昌老城区一个相对嘈杂、混乱但也生气勃勃的社区,其外在的面目和周围的人群,构成了一幅烟火气十足的生活景观——具有某种介于县城与都市之间的气质。我们在此一住就是五年多。

我欣赏彼得·汉德克在一篇小说中阐发的“门槛”理论——这是一个空间向另一个空间的过渡,同时本身也是一个空间;这个微妙的、迟疑的位置,使人对“此时此刻”保持着一份敏感。贤士花园,在我人生履历中正具有这样的门槛性质。

我像个“潜伏者”,略带疏离、冷静地看着身边每日生成与消逝的“故事”,对老旧的建筑、城市的落日、巷子的店铺、鲜活或缄默的个体,怀有热爱之心。更多的时候,我在前者身上看到自己的内心,从他者和事物在内心的投射上探寻自我的冥想、心灵的悸动和精神的慰藉。写作对我来说是“普鲁斯特式”的回望和现实与梦幻相互交织的旅程——记忆像一只敏感的鳞翅目昆虫，如果不悉心捕捉,它便会在若有若无的风中逃遁得无影无踪。

人的内心活动需借助一定的“场”才能展开和确定。心与物的相遇和碰撞,在刹那明灭和电光火石之间,使“世界”生成,书写得以可能。文学对存在的把握与禅宗的“明心见性”,在曲径通幽处相汇合。一切文学都是对人的命题做出回答。其形式和手段,因个人的旨趣、修养不同而相异,这件五彩斑斓的百衲衣,每一行针脚、每一个图案都值得欣赏和赞叹。在贤士花园居住的这段沉静的时光,我与周围的一切发生亲切的联系,并在内心银幕上折射出各种图案,开出或热烈,或清冷,或浓郁,或浅淡的“花”来。这事物之花、精神之花,缠绕着人们的生活之蔓,也勾连出我这个观察者内心的隐蔽花叶、揭示出灵魂深处的真相。

无疑,城市已成为人类生活的中心。那种古典的田园牧歌时代——以及由此衍生的乡土文明、游牧精神、骑士精神,已渐行渐远。城市改写了人类交往、生活和精神方式。城市带来了便利、舒适、繁荣,产生了城市文化,但同时也瓦解了乡土文明,对几千年形成的伦理、风俗、信仰带来颠覆性的冲击。城市培育了人们一种疏离、冷淡、理性、实利的人格倾向。传统的“仁义礼”已很难对应现代人的精神坐标。

艺术是人类精神生活的高级形式。但返本究源,生活才是唯一真正的存在。生活、艺术、文学,在互为镜像的过程中,有照相机式的呈现,也有哈哈镜式的呈现,更有多棱镜式的呈现,或许还有其他实验性的呈现方式——人的情感总不免停留过去,但文学的脚步从来是随时代的潮汐起舞。这注定文学秉承着“推陈出新”的使命。一个惯性和怠惰的写作者,终会被文学抛弃。如何自出新意地去解答生活的疑难,提供一种生活的真相,构成了写作的理由。

站 台

这是一片高矮错落的房子，马路从晃眼的日光下钻入隧道，一直延伸到青山湖底下，再从闷热、黑暗中钻出来，抵达另一片湖跟前。灰白色的房子，外墙下面因为日晒和潮湿而爬满污垢，它们随着时日在逐渐上升。房子里的陈设、家具和电器看起来都很相似，由于正午强烈的日光，并不能看清室内的一切，就像还处在午夜的睡梦中。

每天，房子前的站台总有一些大巴在此下客。这些车，来自鄱阳湖边的余干、鄱阳、万年。那是一个三角地带，熟悉该地域的人喜欢简称“鄱余万”。有时也会遇到一些来自瑞洪的中巴。从车上下来的人：裹着头巾的老妪、脸色浮肿的孕妇、肩膀刺青的青年、拘谨的小孩、大声打手机的老汉、洽谈业务者、小贩、建筑工地农民工、翘课学生、渔民、网恋者……在本地市民的注视下，略微紧张或旁若无人地消逝在城市的人群中。

瑞洪，是余干县一个乡镇。每次看到来自瑞洪的中巴，我都隐约有种想踏上去的冲动。这乡间中巴，身上还带着淡黄色泥土印痕，经过乡镇两边的白杨树和香樟树时，它们还在晨曦的睡梦中。我想，也许某一天，我会坐上巴士前往瑞洪。但现在，我在焦急地等待6路公交车的到来。

这里是阳明东路，离我居住的小区“贤士花园”不足百米。小区建于二十世纪九十年代初，在当时南昌大约是个不错的住宅区，但现在明显有些陈旧和杂乱。近二十年来，周围一带变化很大。我候车的位置，原先都是单位的宿舍和居民的自建房，在始于十几年前的城市改造中，被拆除出一条八车道的大马路。贤士花园，原先隐没在一片芜杂的建筑和巷道中，现在则豁然开朗地临近街旁。我在候车的人群中，如同他们一样，看着这些来自县城、乡间的巴士和下来的乘客。一辆辆公交车鱼贯而来，当它们停下，总有人匆匆地跑到前门处，争先恐后，挤成一团。候车，这微小的事情，却仿佛被赋予重大的意义——焦虑、欣喜、失望、急躁等情绪，像秋天的雾霾一样，涌上心头。

有一天，我一边从小区出来，一边看手机上的微信。一位叫 XY 的微信好友，转载了一篇来自豆瓣的文章，吸引了我的目光，在短暂候车的间隙，大致地浏览了一遍。

文章叫《未亡人和她的三城记》。我大约知道这个写作者，但未曾见过面。作者某日与人闲聊，得知对方收藏了一本日记，记载了一个妇人写于 1991 年至 1992 年间一年多的日常起居。这个日记本，则早于记载的年代，扉页上还有别人用毛笔题的赠词："把毛主席的指示，印在脑子里，融化在血液中，落实在行动上。"落款是"采选科工委赠一九六七年元月。"敏感的作者，借日记本复印了一份，经常深夜里，根据文字，揣度主人的音容笑貌。出于对她的人格想象，给她取名为"芬"，整理出一篇两万多字的作品。

我还听过一个相似的故事。某次参加一个以"村落文化"为主题的会议，复旦大学王振忠教授发言中说起，他曾在上海地摊上得到一个日记本，一个山村少年詹庆良，曾经有过碧树红花的梦想和经历，他在日记中真实记载了 1949 年前后僻远山乡的社会生活，有着特定历史情境中的民众心理体验。作者根据这本日记完成了一部历史学著作《水岚村纪事：1949年》。富有戏剧性的是，当作者后来寻着日记主人的足迹，来到江西婺源西北偏远乡村，原不指望找到日记的主人，但作者站在水岚村口遇见的第一个人，一个陇亩老农，正是当年的翩翩少年、日记的主人詹庆良。时光的交错与生命的梦幻，在刹那之间迸发出苍茫明灭的火光……

比之前面这位写作者，王振忠这段逸事，显然更奇一些。我在候车不至的闲暇里，匆忙浏览了《未亡人和她的三城记》上部，在"芬"的家庭叙事中，短暂地想象了她发生在省府大院（与我单位一墙之隔）的生活。

我们身边的人，如果有人去书写他们的个人史，那也是一本本浩瀚的不尽相同的大书。生命的意义，由一个个瞬间组成，而每个精彩或暗淡的片刻，都有命运（和时代）那看不见的手在引导和编织。只有当人在垂暮之年蓦然回首之际，那一切如梦如幻的安排，仿佛出自一种天意，带着必然的不可逃避的痕迹。

譬如现在，在候车的缄默的气氛里，谁又能明了他人内心的波澜，那平静面容下的悲欣交集？

我从漫想中转过身来，注视身后的广告牌：都市频道的新任主持人——"五朵金花"，巨大的充满自信的90后笑靥，经过PS的洁白无瑕的脸，有着瓷质的细腻和光滑；"新东方"和"巨人雷氏"教育培训机构表格化的中高考成果，让我内心有种无着的紧张感和焦虑感；美容医院广告，暗含着一种重塑激情与美丽的心理需求，表明人们对此的关切程度超过以往；呈扇形排列的演唱会阵容，显眼的总是最新选秀节目的主角，一些过气的老家伙，则尴尬地成为陪衬；无处不在的房产广告，轻易地许诺大众对理想家园的美好期待，并为此勾画出盛世繁华的人间天堂的幻景……

处在人生这个时刻，时间完全成为鸡肋。几乎没有人在此交流，人们的表情写着冷漠。谁也不愿在此多停留一分一秒，而这并非出于他们急欲摆脱私人生活（家庭）的樊笼，义无反顾地奔赴工作岗位的职业精神，不是的，完全不是，他们有的甚至对工作极度厌烦了，他们不是工作的狂热爱好者，他们急欲摆脱的是这等候之地的身份，离开这巨大的瓷质的光洁脸庞的注视和来自公交车上斜睨过来的目光的怜悯。当他们挤上公交车，下意识地拉扯衣服，伸手抓住拉环的时候，脸上已经恢复了气定神闲的平静。

我对这一时刻也充满厌倦。也许还没适应早上的气氛，还处在睡思昏沉的恍惚中，眼前的车流、人群、马路、建筑，形同幻影。我愿继续停留在午夜的梦幻，带着居家者或者说宅男的深重气味，带着深夜的雾气，带着书桌旁台灯长久照射的苍白脸色，带着洗手间马桶的气味，带着残留在手上剥开橘子的酸甜味，带着房屋楼顶水箱的铁锈味……

而我出现在站台上，在陌生人中间。手指下意识地在手机屏幕上划拉着，仿佛不是用眼而是用手在阅读里面的内容。我的生活总是被远处的微信、微博所占据。阅读来自四面八方人们的生活琐事（有的人甚至只转载，连提供他们生活最基本信息的兴趣都没有——但即便有，凭什么我们要去阅读它？！）我时时感到真实生活成为摆设，成为虚拟生活的可怜陪衬。

这个早晨，我从远处“芬”的生活，眺望自己的生活。仿佛空中楼阁，徒劳地安慰着某种期待。我将手机收起来，像一位等待摆渡的行人，在渡口伫立。

医 院

有时我会在候车不至的愤懑中,拔腿离开,步行到单位去。

十字街头的永外正街,是一条鸡肠般曲折但喧闹的街巷。红绿灯交错瞬间,两边人流车流互不相让地往路中心涌,形成一个短暂的密集的旋涡。

医院及其周围一带, 也许是中国近年来最混乱的区域之一,可以与火车站一带媲美。贤士花园与一附院只隔一条街道。巨大红色的"南昌大学第一附属医院"霓虹灯招牌,在夜晚亮起来,它高高矗立在新做的外科大楼的顶端,与我的卧室遥遥相对。当我在灯下抬起头来,透过夜幕看到这血红的霓虹灯招牌,总会下意识地想到流血的手术台,想到手术刀的锋利与冰冷。而现在,我在秋天早晨的雾霜中,走过人影憧憧的狭窄而嘈杂的街巷。自我住到贤士花园以来,有一位年轻的流浪者,每日占据着永外正街屋檐下一角:夏天,他睡在急症门诊外米色地砖砌成的台阶上,身下只有一张草席。有时下班回来,我路过他身旁,看到他身边放着来路不明的吃食。他光着上身,肤色不算太黑,瘦削、白净,下身穿着一条黑色的裤子。是个不到30岁的年轻人,头发浓密,眼神古怪,神经错乱。行人既若无其事又小心翼翼地从他身边经过。秋天的时候,他的身下多了一条脏兮兮的棉絮,身上也已穿上了外套,自然如同他的食物一样,来路不明。我总疑心背后有人在为他提供生活最低限度的一切。简而言之,这是一个精神病人。如同你通常在别的医院附近看到的一样。

卖盒饭的以及与病人、家属相关的日用品店，充斥在街巷，离这里一步之遥的另一条巷子里，花圈店和明器店，则触目惊心地出现在眼前。疾病和死亡，仿佛在共谋，随时将一个个生命吞噬。有人欣慰地从医院走出来，他的病灶已被摘除，仿佛头一次看到头顶上的蓝天，神情舒畅；有人则永远地在某个角落沉睡，永不醒来。某日，医院大门口摆满了花圈，一具业已冰冷的尸体，正死不瞑目地停放在门诊大厅，你应不感到意外。这样的场景并不难见到。医闹，是个刺痛的话题，它使逝者家属和医生，都感到痛楚和虚无。仿佛在死亡之外额外地增加了痛苦。我无法不注意到这个城市医闹的形式，因为它和南昌人的性格有关。通常人们认为，南昌人性格急躁而烈性，一不小心便爆发口角和争执。那么，对于一个被“治死”的病人，其家属的表现会怎样？——披麻戴孝、号啕大哭、竖起横幅、不舍昼夜、执着执拗等等词汇，不足以描摹其一二。医闹已成为一项隐秘的职业，有人在这个灰色地带开辟出一个产业，做起了生意。一旦借助职业医闹者的参与，医院的强势地位便会受到挑战。而借助这股势力的，小市民居多，在机关事业单位上班的人碍于面子，往往与医院处理善后事宜，处于弱者和劣势。所谓以牙还牙、以毒攻毒，才能解决问题，而体面人的正当、来自明面的自我保护，往往难以奏效。

永外正街的白杨树，到了秋天，叶子开始发黄、凋零；干燥的风，吹落阵阵枯黄的叶片。树下拉客的的士、摩的，卖炒粉、水果的游动小贩，来自四面八方的患者及其家属，过路者，共同构成了一幅萧瑟的画面。而我每路过此，都行色匆匆，并不想在此多加停留。我老家在赣西某县一条弄堂里，紧邻县人民医院围墙，童年时，常常沿着墙根闲逛，对来自墙内医院里的针管、药瓶、橡皮圈、药盒颇为好奇。某一天我进到医院，在一个墙角看到堆积如山的医用垃圾，感到吃惊，尖锐的针管以及刺鼻的药水及垃圾的腐味，让我感到极为不适。在我的印象中，直到初中毕业，我似乎都未曾去过医院的诊室。

不信感笼罩着医院里出没的人。在这里，人与人之间的关系很难说不被扭曲，医患矛盾，在媒体渲染和人们茶余饭后的传播中，加重了人们心中的忧虑。一个不可回避的事实是，面对溃烂的伤口、紊乱的神经、失调的五脏六腑、迎接新生命的援助还是弥留之际的挽留，都无法不让人看清生命和肉体脆弱的真相。昨天还谈笑风生、轩昂霸气、健走如风的人，今日却神情沮丧、脸色苍白、目光暗淡地躺在病床上。医院仿佛一个负能量的收集场，见证着肉体的冬季、生命的负数、人性的幽暗。那些关于古希腊人体雕塑最美好的赞辞，维纳斯、大卫、摩西、拉奥孔、掷铁饼者——那在光线中起伏的肌肉、强健抑或丰腴的肌肉的美感，带来的视觉盛宴，在这里迅疾地塌陷和消隐。而仅有的是对生命自我的抚慰和哀怜。每个进到病房前的探视者，事先都已准备好一喉咙的话语，但没有一句出自肺腑之言，都像是充满外交辞令的废话和谎言，是难以自圆其说的安慰和多余的语言的素材。而病者的缄默或许脱离他惯常的表现，通常这个活跃的、喜欢说笑的人，顷刻之间变成了一个陌生人。是疾病改变着这一切。更是医院这个环境，是冰冷闪亮的器械、柔软但没有尽头的滴管、白色大褂、蒙住唇鼻的口罩、缺乏色彩的灰白色的墙壁地面、蓝白相间的病服、样式呆板丑陋的电视、貌似洁净但让人畏惧不前的卫生间、如同蝙蝠一样垂吊的病历卡、男医生裤腿下面黑色的皮鞋跟、女护士领间翻出的绿色毛衣、糟糕的折叠椅（付费十元可作为陪护者的床）、滑稽的如同摆设的果篮、隔壁床上陌生的他者、用眼睛定定地看着你的病人家属、掉落在窗台的树叶、墙壁上的霉斑水渍、一动不动的苍蝇、刺耳的救护车的笛声、床柜上沉默的手机以及它突然的铃声、堆放在柜子里的手纸、被谁咬过的苹果、塌陷下去的脚后跟磨得溜光的鞋帮……改变着这一切。

有一次，我陪母亲去对面的医院就诊。她患有多年的关节炎。每次都极不愿意配合我们的劝说，这次因为疼痛难忍，终于同意去检查。当她走进医院，步子变得沉重无比，在等候电梯的片刻，身体几乎瘫软下去。疼痛感变得异乎寻常的剧烈，使她支撑不住。她紧紧地抓着我的手，像个脆弱的小孩，她的神情完全被苦痛所扭曲，变得忧伤和哀恸不已。我背着母亲，在人满为患的医院大厅和幽深的走廊，感到周围墙壁对我的压迫。医院就诊的流程，完全是折磨人的一种游戏。每个人都似乎带着抗拒的心情在参与这非人的游戏。从结构上来看，从进医院就医到出院的诸个环节，看起来是完美无缺的，但是每个环节会遭到怎样的意外和难题，却是无法预料的。我和母亲在医院里像无头苍蝇一样打转转，仿佛世上最愚蠢的人一样。不可避免，每个进入医院环境的人，都会变成一个弱者和白痴。既往所有的知识和经验，派不上用场。在这个人满为患的、让人焦虑的空间，希望获得足够耐心和人性化的对待，似乎是个非分的要求。站在医生的角度，他的工作量、环境以及可能遭遇的医疗事故带来的凶险，同样使他没有好心情。指望医生和颜悦色地对待一个白痴一样的病人，并且期望他给予更多的时间予以讲解，最好能像神医扁鹊一样一针见血地指出病症所在，这样的企图注定是要落空的。当人们被那看不见的流程指引到冰冷的器械面前，被照射或触摸，被充满不信感地抽血、化验、等待、求证的烦闷程序所控制，真有生不如死的感觉。疾病不仅控制着人的身体，还控制着人与人之间的关系，控制着人与环境之间的关系。病者从理论上需要关怀的弱势迅速生长为一张扭曲的人际关系网，而病人如同那待在网中心的蜘蛛一样，不断地从中心喷吐有毒的汁液。它试图抓住周围的一切，而一阵风，便吹得它在枝头、檐间可笑地摇晃。病人貌似强悍的控制，反过来更为深重地加剧了他弱者的处境。

睡在医院走廊和过道上的家属（那是床铺紧张带来的结果），完全放下了往日的矜持、讲究，而心有不甘地认同了他们仿佛“难民”“卑贱者”的身份。这与睡在急诊门诊室外面屋檐下的流浪汉有多大不同？光滑但冰冷的釉面地砖看起来是光洁可鉴的，拖把在地上留下湿布的气味。睡在这临时“客栈”的，大多来自农村，或者城市的底层，男女老少都有。他们待在那个角落里，神情已经摆脱了最初的尴尬和不适，他们聊天的内容大致是：收成、务工的可能性、家中正在盖的房子、儿女的婚配对象、关系不睦的邻居、养殖的家禽家畜、即将被征收的土地补偿、荒废已久的果圃和菜园——他们很少谈到正在病房里的亲人，仿佛那是一个明眼的事实，实在无从谈起。对于病症这么技术性强的话题，他们其实是懵懂的。他们的生活突然被中断，但是从他们谈话的内容来看，生活其实在延续。那些来自城市的下岗工人、低保家庭，似乎没有前者健谈，在这个区域，他们通常属于极少数，通常只要过得去的城市家庭，会轮流在医院看护，很少这么睡在医院走廊和过道的，但并非没有。这些少数分子，关心的内容，与土地无关，他们看起来不开心，心事重重，至于他们关心的是什么则不为我所知了。

疼痛的风景

秋天，加深了小区的寂静意味。一片林荫道旁的杂乱建筑被拆除了，代之以芜杂的空旷。曾经隐没在临街建筑背后的自建房，丑陋地暴露出被掩饰的阳台、窗户、未粉刷的墙面——红色砖块笨拙地暴露在秋天的阳光下。锌皮屋顶站着斗笠一样的电视信号接收器。锈迹的自来水龙头，“滴答滴答”掉落反射蓝光的钻石般的水滴。后来，蓝色挡板盖住了这片空旷地，遮挡了路人的视线，机器的吊臂出现在挡板内，打桩的声音回荡在区域上空。自建房阳台上晾晒着被褥、床单、花花绿绿的衣服，没有人，只有风在吹荡、鼓舞这些棉质物。广玉兰静悄悄地开放，仿佛一只只沉默的耳朵在聆听机械沉闷而单调的撞击声。“后八轮”以活跃的姿态在贤士横街出现，抖落着车厢内的灰土，“南昌大学第一附属医院全科医生临床培养基地工程”的铝牌钉在铁门旁。医院将它的空间拓展到街这边来了。过不多久，那些丑陋的自建房，将重新隐藏在一栋大楼的背后。

林荫道上的槐树榆荚，静静地列队站立，风吹过来，树叶哗啦啦地响，像波浪一样，由远及近，一阵风吹过，便掉落一层落叶，地上的碎叶像无知的生命一样，被吹荡着，貌似欢快又像是悲凉地滚动。高大的街道树下，是绿化带和花圃，有一种花——我女儿说是彼岸花，有着紫红色的花瓣和狭长的花茎、叶片，它们短暂地开放便凋谢了。洒水车如期而至，站在车厢后面的园丁，用一柄水枪浇灌花木，音乐声伴随着水花四溅。

林荫道上红绿灯旁烤红薯的人，租住在暂时暴露的阳台后的某一间。那些房子绝大部分是租客的空间。每天傍晚下班时分，从一附院以及周围的写字楼、单位、企业里出来的人——大量的年轻人（新就业的大学生、研究生），以及进城做事的农民，租住在当地居民盖的自建房，以及包括贤士花园在内的各种小区里。

远处传来类似烧荒的气息，唤起我某种久远的记忆。在城市生活久了，就渴望到田野中去，到大地的怀抱中去。二十多年前，我像个下乡知青一样，待在赣西某个山冈一所乡村中学里。成熟的果实和稻谷制造的香味，飘荡在深秋的空中。我开始了写作的秘密旅程，在温暖明亮的秋天的光线里，阅读海子的诗歌："秋天深了，神的家中鹰在集合/神的故乡鹰在言语/秋天深了，王在写诗/在这个世界上秋天深了/该得到的尚未得到/该丧失的早已丧失"（《秋》）。在一个封闭然而精神极为纯洁的环境里，我是写诗的"王"、自我的主宰者。我的内心生活，与抽象的爱、信仰、秋天、诗歌，发生紧密的联系。我像一个苹果，挂在秋天的枝头——自信、饱满、丰盈、多汁。但同时又是自我坚定的否定者，我多疑、颓废、伤感，对周围的一切并不满意。学校里有位教师，在我来此之前就在这里，他是个精神病患者，不需要上课，但又没有歇斯底里到每日需要住院的地步，也许乡下的环境有利于他的健康。他与学校所有的人都不同。我觉得他的孤独远甚于我，他是真正的"王"。我的孤独指向理性的处境和审美上的诉求，而他的孤独是终极性的，封闭性的，孤独是他坚不可破的城堡。我对这样的一种存在、这样的精神世界，充满好奇。诗人在某种程度上，可能是最接近这个空间的人。譬如海子，他的诗歌《秋》，那里也有一种终极性的孤独、一种形而上的痛楚。

林荫道上也有这样一位精神失常者。与常年睡在南大一附院边上的年轻人不同，这一位是活跃、不停自说自话者。他是一位保洁员，穿着橘黄色的马甲，手上抓着扫把和铝制簸箕。起初我没感觉到他的异常，直到有一天，他用扫把胡乱地指着人，信口开河地嘟囔谁也不明其意的话语——是在抱怨、咒骂、发泄和辩解，对象是只有他自己知道的某个空中人。也许他精神错乱的程度不深，被安排做了保洁员。我注意到他的工作，总完成得大致不差，在管控的范围，总能看到他勤勉地挥舞扫把，忙来忙去，自然你不能用更高的要求去对待他。我猜想他的身份——下岗工人、低保户、伤残者，但也许我对答案并非真正抱有兴趣。

烤红薯的人，和红薯焙熟后的香味，更能吸引我的注意。因为红薯带给我的记忆如此确切，它和童年的饥饿有关。红薯以及马铃薯之类笨拙的来自泥土的作物，总会撩拨一部分人敏感的神经，甚至给艺术家带来创作灵感，比如凡·高的《吃土豆的人》：在垂挂下来电灯的照射下，围在餐桌旁的五个人进行充满仪式感的晚餐。所谓仪式感，是画面构图的庄重意味和人们的表情带来的，这是凡·高为数不多的近距离描绘数个人的作品。橘黄色的灯光和大面积的黑色，使画面充满宗教色彩。为什么是“吃土豆的人”，而不是“吃烤面包的人”，因为这和画家的处境和采取的立场有关。这是为穷人作的画像，是关于食物和人之间关系朴实的、充满真挚感情的哲学和史诗。也是摒弃浮华和矫饰，对人的处境充满怜悯的写照。这让我想起最近读的一本书，格非对《金瓶梅》的阐释性著作《雪隐鹭鸶》，我为格非的观点感动——那高高在上、无所不知而观照一切的“佛眼”，对人欲的堕落、颓败，采取并非唾弃而是慈悲和怜悯的关怀。林荫道上烤红薯的人，有着黝黑的皮肤，他经常变魔术般从大铁桶的炉子上取出一个个外皮焦黑、内里鲜黄的红薯来，就像诗人的肚子里总装着那么多让人着迷的句子一样。而我并非烤红薯摊边的常客，我只是远远地观察着他，他对我的观察一无所知。

烤红薯的人只是其中一位。如同他一样的，还有卖麻糍的人、卖寿司的人（每次路过他身旁，总听到这个胖墩墩小伙子的叫卖声："su si"，"新鲜 su si"。他把"寿"发音成"素"——很难将那日本料理，与眼前这个灰扑扑的摊子、脏兮兮的小伙子联系在一起），以及卖手抓饼的人、卖烤香肠的人，都在黄昏的街边，做起了生意。那些从一附院过到马路这边的人，前面提及的年轻大学生、研究生，小生意者，进城农民和下班的市民们，水流一样消失到永外正街和林荫道上去了。一部分人，在小摊位前停留下来，去抚慰那不断提醒的饥饿的胃。

食品摊旁还有出售劣质商品的小贩。他们在大声吆喝："十元一件，任意挑选"，"不还价，所有商品，十元一件"。有一些人围拢过去，挑了半天，却一件也没买。有个卖假皮包皮带的，将商品摊在一辆即将报废的小车上，他用一个大喇叭循环播放骗人的广告：

> 黄鹤老板王八蛋，工厂倒闭他带着小姨子携款逃走，害得我们血本无归，泣血跳楼甩卖皮包皮具……

永外正街是另一幅景象。行人汽车并行不悖，杂乱而有序地往来。如同南昌老城区诸多街巷一般，脏乱、破旧、拥挤、嘈杂，但永远生气勃勃、热闹、喜庆。餐馆、游戏室、快递公司、五金店、水果铺、药店、超市、美容院、服装店、水泥砂石店、麻将馆、火锅店、清真面馆、宾馆、澡堂、干果店、水疗 SPA 馆、婚庆用品店、寿衣店、裁缝店——

只要你能想到的基本都能找到。热热闹闹,眼花缭乱,仿佛有一个巨大的胃,在消化这些"食品"。四面八方的人汇聚这里,操着各种方言。他们来自江西各地,也有部分来自外省:官员、土豪、职员、学生、小贩、居士、恶棍、海归、农民……各色人等,栖息在这片嘈杂、混乱的屋檐下。而其中最引人注意的,还是那些小生意人、异乡农民,他们如同凡·高笔下的土豆:笨拙,但活力无限。他们卑微同时无比坚韧地生存在城市的天空下,在旮旯犄角算计着收成、燃烧着梦想,他们每个人身上,都有林荫道上烤红薯者的气质,每个人都是烤红薯人的一部分,仿佛这里是片根据地,而烤红薯的人,是替他们在村口站岗放哨的人。

有一天,在洪都中大道青苑书店,一本《读诗》杂志上,我读到这样结实、有力的诗句,来自一位女诗人笔下:

一个骑机动三轮车的汉子停在车旁
他朝车上一个妇女喊:"我去进点货。"
我认出那是一个在乡村集市上卖厨具的人
妇女喊:"我搭你三轮吧,去进点衣服。"
她快步下车,坐到三轮上,他们先是和
公交车并行,然后渐渐被公交车甩在了后边
他们常常在下午去城里进货
每天早晨,他们准时出现在乡村集市上
太阳升高后,集市上开始喧闹起来
人们徜徉在果蔬、厨具、糕点和廉价衣服之间
挑拣,争执,称量,为一角钱而讨价还价
树木的影子在地上向东北倾斜后

人群散去，集市冷清了下来
小贩们在喜悦或愁苦中收拾起物品
一个中年妇女仍在向着冷清的集市吆喝
“炒栗子、焦花生、五香瓜子、茶鸡蛋。”
孤单的吆喝声里似乎藏着本身的忧伤、凄凉
而乡村女人们买回了锅铲、扫把、深秋的衣物
星期天她们聚集在附近礼拜堂里
唱诵，捧领圣饼，含着泪祈祷：
“主啊，快治好我的腿疼腰疼病吧，
我疼啊，筷子掉了我都捡不成。”
然后她们回到家里，做饭洗衣，照顾男人
下午她们坐在各自的庭院中，悄然老去
庭院外，爬墙藤正一天天地枯黄
桐树的影子映上旧年的围墙
清凉中，更替的光阴掺进了岁年的感伤
…………

——这个乡间集市，那些小贩们、农妇，让我想起小区边的永外正街，那里每天上演着相仿的情景剧。隔着书店玻璃窗，可以看到洪都大道上，车水马龙，熙熙攘攘，建筑物灯光在天黑下来后显得金碧辉煌，仿佛一个童话世界。即便渐渐深下来的秋意，也未曾减损它一丝一毫的璀璨。我想起林荫道上临街建筑拆除后的空旷，丑陋的自建房阳台和窗口上飘荡的床单、花花绿绿的衣裳，已被租客们收进室内。只有夜风在无言地、仿似感伤悲苦地吟唱……

存在与消逝

贤士花园是一个庞杂的社会群落。首先这个小区带有计划经济向市场经济过渡的痕迹。在总共13栋楼房里,有数栋单位福利房,其他为商品房。我居住的C栋(总共17层),其中有9层是证券交易公司与教育机构职工住房。单位体制性特点,通过集体这一看不见的“血缘”而显示出来。它包含着比邻而居的人群身上的优越感、思维的趋同性、共同的话题和单位特征在他们仪表、服饰上的反映。我注意到,证券公司员工和教育公职人员穿着打扮上的细微不同。单位这一社会组织机构,在它翼下员工的生活空间持续产生影响,构成某种“向心力”表现。这反映在他们的笑声中,交谈时彼此的眼神里,对他者的戒备和漠然,表象亲热的嘘寒问暖,某种程度上对待他人的傲慢无礼等等。在这种集体意识之外的,是栖息在小区中其他零散的居民,他们构成了以上人士诸种表现的对应物:碎片化的个人、缄默的底层意识、零星的无法聚拢的想法、无法共识的语言和精神世界、一望而知的身份和属于自由者的穿着。他们属于亲密的人际关系的反面、热情的反义词。

其次,随着十几年来新城改造的加速,计划经济时代的福利房随着货币化改革,也在推向市场的过程中,出现了某种变化,那种集体的坚固性开始出现松动。不可否认,这十几年来,是个人资产在部分人手中急剧增长的时代。他们,因为单位的性质和行业的优势,而比其他的社会群体占有更多资源（比如房产）。一部分居民因为单位二次，甚至三次建房，而搬离到环境更好的小区，贤士花园的住房便出租出去了。因此，小区内的租户开始增多。这一部分人群的背景极为复杂，他们将集体单位住户的单一性（如砖块结构），稀释为一种来路不明、去向未知的糊状结构。我就是作为一个外来租户，住进了贤士花园。因为女儿读书的需要，我必须选择便于她上学的附近住地，贤士花园进入了我太太的视野。她是个职业作家，首先不考虑上班的远近。我单位也带有很强的学术性，晚上加班搞创作的情况很普遍，因此很难像一般的行政事业和企业单位那样，实行上下班打卡制度。女儿读书就近，成为她升上初中后，全家第一位考虑的大事。太太在“南昌地宝网”“南昌租房网”“南昌赶集网”等几家网站，搜寻并存档下来假定性的房源，与房主进行联系、实地勘察、讨价还价。众所周知，租房并不是一件让人开心的事，而要租到满意的、性价比合适的房子更非轻而易举。最后选择的这套三房两厅电梯房，符合我们需求：我家常住四口人，母亲、女儿、太太和我；母亲因为患有关节炎和骨刺，需住电梯房，以免上下楼梯之苦。房主是证券公司职员，夫妻同一个姓，并且名字都带有一个“华”字，乍看之下，以为是兄妹关系。我们的沟通比较顺畅，很快便达成意向和签订合同。我像一枚楔子，打进了贤士花园。

最后，小区外围餐馆、小店林立，进一步将社区人员结构导向复杂化。小区北门一楼是农贸市场（我母亲向来比较节俭，每月近两千元的租金让她搬家前忧虑忡忡，但随着搬家公司汽车到此，看到这么便利的菜市场以后，她的眉头开始舒展起来）。农贸市场的工商管理者、菜贩子及买菜人员，构成主要人群。快餐店人员流动性很大，这不必说，而小便利店、水果店及五金店等，通常是消息——来自报纸、电视台的官方消息，民间小道消息以及谣言——的汇集和扩散地。因此很难说是风清月白之所。农贸市场是母亲和太太最经常光顾的地方，一个以嘴和胃为中心而展开的消费景观，构成了人们生活最须臾不可缺少的部分。

我第一次接触房主，贤士花园这套房产的拥有者，他们的名字让我充满好奇，脑子里映现出葡萄牙作家若泽·萨拉马戈的小说《所有的名字》，并为此展开短暂的想象：他们曾是同学，因为彼此名字而产生好感，开始走进对方的心灵；他们的认识纯属偶然，名字深化了他们对各自的印象，并展开了一段恋情……我们与房主的交往其实仅限于此，如果按照小说中若泽先生的逻辑，对他者生活的勘探——那充满激情与犯罪感的追踪，既是一种冒犯，也是一种毁灭！我们谨守各自的承诺，诚实而富有契约精神，因而免去了见面的繁文缛节。

与贤士花园隔一条小街的是怡园小区，我和太太都没有进去过。但是我们曾沿着它边上的马路走到它背后，那里有一条人工河，栽种着垂柳，有老人在那里散步。这个发现让我们欣喜。我和太太沿着河堤往东走，上了一座拱桥来到对岸。那里有一种市郊的陈旧感和沧桑感：老旧的楼房、废弃的工厂、水泥电线杆、积满尘土的水泥路。我们走在路上，有一种回到二十世纪八十年代的恍惚。我们大约走了十多分钟，便来到铁轨边，这是一段货运铁路，呈现出一种无可奈何的荒废感。铁轨旁有水泥桥洞，下面有修理电动车的摊位。穿过铁轨往西走一个半圈，我们回到了永外正街。

永外正街有数条巷子通向贤士花园。很难相信，今天还有如此狭窄、黑暗的巷子存在于一个省会城市。人在巷子向两端伸直手臂却无法充分打开——也就是说，巷子的宽度充其量不足一个中等身材男子的身长。巷子边的楼房黑暗、潮湿，除了店铺（各种店面还不少），其他大门都紧闭着，窗户里的灯暴露出里面的一切——你可以理解，它是那么多的小贩、务工农民、打工仔的暂居之所。而南昌人住在其间的也不少。当你穿过这样的巷子，会有一种攀山时在摩崖间遇到"一线天"的错觉。密密麻麻的线缆和黑暗中飘荡的衣服，分割了这条狭窄的细线。

显然，这里与我们居住的小区是两个世界。如果说贤士花园是个庞杂的社会群落，这里则更是个鱼龙混杂之所。黑暗、幽深的巷道，暧昧、拥挤、陈旧的楼房，仿佛一个灰地的隐喻。我和太太走在巷子里，内心不期然地有一种紧张感——这份紧张伴随着一种莫名的兴奋，一种行走在刀锋上的快意。我们急急地走过，像走在电影的世界里。

借贷者

就在不久前，小区里发生了一件引人注目的事，但我们家却一无所知。事情的原委是这样的：与母亲一起打牌的一位老太太的孙子，向高利贷者借了数十万元资金，孰料到期还不上，被几个彪形大汉追讨，堵在了家门口。这位冒险的年轻人与我们住在同一栋，我家在 14 楼，他家在 9 楼。匆忙之中，小伙子拽一根绳子从窗户往下爬，此情此景，已引起人们的围观，爬至中路，绳子被墙上管道的锐物割断，小伙子从几层高的空中摔落下来。最后，警察来了，母亲说，小伙子被送进医院抢救。母亲强调说，当时情景，小区里围观的人很多，而我们家怎么一点都不知道。通常情况下，那个时间母亲应该出现在小区院子的麻将桌旁，那日不知何故，她竟错过了那个事件的见证时刻。母亲摇头咋舌，为当时情势之凶急而叹息。

放高利贷，已成为当今时代生活潜流中的一部分。小区楼道间的墙壁上，不乏此类小广告条。通常我们视而不见，似乎与我们的生活不着边际。但这样的交易，却时时在身边发生。我每日乘车的公交站台，有人用黄漆在地上写下醒目的、擦不掉的"借贷"字样及电话号码。这简单的字样和抽象的数字背后，却无法掩盖一件件触目惊心的事件。放贷者和借贷者，都有逐利的动机。放贷者自然不必说，其手段往往带有黑社会的色彩；而借贷者，要么出于走投无路之选择，因为解困之需要，要么是鬼迷心窍之徒，抱着投机的心理。想来，最后走上母亲麻友孙子之路的，不乏其人。

有日，无意中看到晚报上登着这样一则新闻：一位二十多岁的南昌小伙子，从小家境不佳，初中毕业后便混迹社会，为谋生准备开一家干洗店，因手头拮据只有2万元，在借款无路的情况下，经朋友担保，向高利贷者借了3万元，谁知生意没有预料中好，限期到了，还不上。小伙子最后被一条求购肾源的小广告吸引了，他决定一试。电话联系后，来到了安徽巢湖，后转到山东菏泽，又从菏泽转到北京。在一个不知名的医院，在中介提供的一套虚假材料上，小伙子以一个不存在的人的名义，将左肾移植到另一个陌生的患者身上。为3万元而失去了左肾，使小伙子陷入痛苦中，身体健康的恶化和免疫系统的下降，更是让他悔恨不已。买卖人体器官，属于法律明文禁止的，但依然有人铤而走险……

一分钱难倒英雄好汉。人不是处于这种困境时，无法体会这句话的真理性。说起来，我今年曾经也在脑子里，萌生与高利贷者接触的荒唐想法。在我租住贤士花园之前，我住在福州路上的一个单位小区，二轻局大院。二轻局，对于很多年轻人来说，是个陌生的名词。但在二十世纪九十年代，作为一个主管轻工业产品的行政机构，它还存在着。那套房子，我也是从别人手中购来的，当时之所以选择此，首先是因为它在闹市区、离我单位很近，上下班方便，其次，也是更重要的原因，是女儿上学方便，再有就是非常巧合，那套房子与我妹妹家对门，利于相互照应。然而时日一长，弊端就显示出来了。房子在一楼，尽管下层是储藏间，实际上是一层半，当时购买时更多地考虑母亲腿脚的原因，而忽视了采光等因素，但后者的弊病在日后的生活中显著地体现出来，几乎使我们全家忍无可忍。南昌市老城区特别拥挤，二轻大院也不例外，虽然环境还算清幽、干净，但比肩而起的楼房相互阻挡了阳光的入户。我家在一层,白天也必须开灯,而阳光只有在上午十点左右,在窗台边留下稍纵即逝的投影。全家经过商议,决定重新购买住房,而将现在居住的房子出售。

我联系了一个老乡,他在一个房地产企业工作,信息比较多。很快便告诉我,一个省直单位集资建房,在他自己一个公司的附近。正好该单位有个朋友也联系他,想将集资房出售。老乡带我到正在建设中的楼盘实地勘察。那是南昌东部一片临湖的区域,虽然离市区有些远,但环境不错,且地铁一号线正在建设,预计交房后,地铁也差不多开通。况且,在女儿高考前,我们家还没有住过来的打算。接下来,便是与房主商讨购房事宜。这套房的好处在于,可直接在购房合同上改名字,因为房子还没在房管局备案,因而可以免去不菲的费用。但房主期望得到的,用南昌话说是,“转让指标费”,高达二十多万元。老乡建议我不要将二轻大院的房子出售,可以出租出去。我暗自盘算了下自己的积蓄,如果照此方案,手上尚差欠好几十万,购新房的难度很大。我想,通过贷款是可以解决的,但是当时全国楼市调控,银行捂住钱袋子不轻易放款。我对能否在银行顺利贷款也不是很有信心。一边是急于改善住房的心理,一边是经济上梗阻的纠结。最后还是想试试银行按揭贷款的办法。但房主给我付清房款的期限只有 2 个月,因为他不想将风险揽在自己身上。这是可以理解的。在我颇费踌躇的时候,老乡提醒我说,如果有信心从银行贷款,他倒是可以作担保,从朋友的公司以高利贷的方式借到钱,只是利息比较高,达到银行贷款利息的 5 倍。我当时怦然心动,几乎动了从民间借高利贷的念头。但我的想法被妻子坚决地否定掉了,她不想卷入风险当中,同时还有一个想法,就是不想为了房子而使自己债务缠身。

最后采取了妻子的方案，将二轻大院的房子出售，加上手上的一些积蓄，用于购置新房。在度过一段与各种房产中介联系，以及中介不断带人来看房的烦躁中，房子在预期当中卖出去了。这也正是我家后来租住到贤士花园的缘由。

现在回过头来看，我当时很有些侥幸心理，期望能抓住手中的两套房，而对借高利贷萌生想法。假使我真的这么做了，后果是什么，真的难以预料。我算是个读书人，有一定的见识和经验，但是对于面临一定风险的抉择时，都可能难以完全为理智所控制，那些比我经验更欠缺，也更年轻的人，在面对同样处境时，可能采取的行动，就可想而知了。我想我们要关注的，不是借高利贷行为本身，和民间高利贷这种行为的流通甚至泛滥的危险性，而是处于这种行为中的人，以及他们的心理。它暴露出人性贪婪的一面、疯狂的一面，也暴露出人性脆弱的一面、无援的一面。我们有一万种理由来制止这种行为的发生，甚至可以指责法律的漏洞，以及施行不力、打击力度不够大，但是我们也相信，在一定自由的经济体里，这种行为的出现，将难以避免。而人性的贪婪、疯狂，以及脆弱和无援，也将像是一片原始生态林里的苔藓和地衣一样，是有其存在的合理性的。期望人性的完美无瑕，正如期望一片原始森林只长高耸的乔木而不长荆棘甚至苔藓、地衣一样，是理想化和不现实的。因为，人性的善与恶，始终是一对难兄难弟，它们总以一种或敌或友的方式存在着。

老人们

老年人是小区里最活跃的群体。如果说这种活跃不是以挥霍剩余的力比多和荷尔蒙，而是以最持久的姿态占有小区的空间，并且以群体性行为构成某种"娱乐生活"为标志的话。并非出于突发奇想，打牌、健身、晒太阳，这些最寻常的活动，构成了老人们最主要的户外生活。当他们移步户外，在家庭中无足轻重的角色，在彼此身上得到慰藉。他们构成了小区最引人注目的景观。有人说，中国业已步入老龄社会。如果看看我居住的小区，这种说法很容易获得认同。我母亲性格内向，不太容易合群，但是她也很快融入小区花坛健身器械旁的老者当中去了。关于小区里的信息，主要来自母亲之口，我和妻子几乎不与小区任何人交往。

母亲是麻将爱好者。我们老家打法与"南昌麻将"有所不同。但我们切不可低估一个来自县城老妪的智商。很快她便精通于此，并且成为热衷此项活动的铁杆分子。当老人们在打牌、打麻将时，年轻人在玩什么？我发现，老人身上更有一种集体性格，他们话题相似，在家长里短中彼此抚慰。而年轻人很难聚合在一起，彼此之间相互疏远，对于各自的娱乐生活并不分享。年轻人大多是网购爱好者。络绎不绝的来自"顺丰""韵达"等快递公司的职员，驾驶着三轮车——上面装满了大小包裹，用手机召唤楼宇窗户里的年轻人，下来领取网购的货物。如果我们能透过建筑物，看到一双双在"京东""淘宝"

“当当”上面逡巡的眼睛，和一双双握着鼠标飞快移动的手，将是一副什么情景？

我大概记得早年看过的一部电影《独自等待》，当主人公从酒吧狂欢的人群中，走到二楼，看到灯光下拼命摇晃的人们，突然发现了他们“愚蠢”“荒谬”的可笑特征，这一对生活的洞见使主人公突然看清自己的生活和处境。假使我们能借助“上帝之眼”透过建筑，看到里面的“生活”，我们是否也会获得这种感觉？

孤独感在加剧。老年人这种彼此“取暖”的方式，能否真正有效地缓解孤独，并未可知；而年轻人则在各自表情里毫不避讳地升起了孤独这面可耻的旗帜。二十世纪九十年代初，有一首歌《孤独的人是可耻的》，是一个与小说家张楚同名的歌手唱的。这首有些久远的歌，对孤独的表达，有一种愤怒、咆哮和文艺青年的矫饰悲伤，它或许能够唤起部分人的共鸣，但更多的人也许会在心里说——“神经病”！今天普遍人群身上弥漫的“孤独”，像细菌一样无处不在，却找不到一首合适的歌来表达。

老人们打麻将，所博弈的钱资完全可以忽略不计，因而更多的是一种游戏。如果说他们聚拢在一起“砌长城”——每天有三四桌，而给人一种活跃感的话，其实是一种错觉。因为这是对其他生活内容无可奈何放弃的结果。难以远足、告别需要耗费精力的运动、宴饮作乐的减少、事业的停滞、工作的终止，一言以蔽之，他们以“颐养天年”的名义被迫休息，退出生活的舞台中心。这使他们的神态和内心在加剧地老去。每次我看到母亲灰发瑟瑟、在风中如雕塑般地一动不动地坐在麻将桌前，用肉眼几乎难以察觉的缓慢动作摸牌、丢牌时，内心便涌起一阵酸楚。

通过麻将，母亲在小区建立起并不牢靠的朋友关系。她经常提及的一位，是来自萍乡的比她小四岁的老妇人，在电力公司一个分支单位做饭。单位的头正是来自萍乡，习惯了家乡口味。老妇人每月有两千多元工资，但她似乎并不习惯离家的生活，打算过完年后辞职不干。她比母亲更喜欢打麻将。听母亲说，她刚来此很惊讶南昌人怎么这么穷（原话如此），她的家乡萍乡，自动麻将机非常普及，不像贤士花园的老人们，因陋就简，就着一个小方桌、几条板凳（或竖起废弃抽屉当凳子），便可以心安理得地玩下去，而且赌资那么少（据说在萍乡最少也要 2 元钱一个子）。我们小区老人玩 2 角钱一个子，因此输赢几乎看不见。每次萍乡女人参与打麻将，都将赌资提高到 1 元钱一个子，非此难以玩下去。萍乡是个以出产煤炭而著称的小城，安源煤矿在湘鄂赣地区有相当知名度，但二十世纪九十年代以后煤资源枯竭了，萍乡也很难说是个经济强市，到如今其经济发展程度可能处于全省末游。但她却可以睥睨省会南昌，那种无端的自负，很能代表萍乡人的性格。但对南昌包括对南昌人的不屑态度，恐怕不仅仅是萍乡人，几乎可以构成省会以外江西人的一种共同态度。这在全国各省里面，是极为少见的。

母亲和萍乡女人建立的浅显的友谊，自然有老乡的成分在里面。但一贯内向、拘谨的母亲，还是把她生活的半径拓展到厨房、麻将桌之外的地方。靠近菜市场西端的巷子里，有家出售泡脚盆的店铺，推出免费试泡一周的活动。天气正寒，母亲被吸引过去了。在午饭的餐桌上，她喜滋滋地告诉我们，她正在享用这免费的泡脚服务。妻子则提醒道，担心受骗上当。母亲说我知道，我不会上当的。她舍弃不了眼前这点小便宜。在另一次午饭的餐桌上，母亲又说起，菜市场附近新开张了一家理疗店，好多人前去听课，每听一次，会得到一颗玛瑙石，每天有四场，场场爆满，在那个能容纳几百人的会场里，都是老人们在听讲。我们再次提醒母亲,小心是传销活动,为了得到一颗假玛瑙石,别到时吃了大亏。母亲走到卧室,拿来一个塑料瓶,里面已经装有七八颗所谓的玛瑙石,据她说,等攒到二十来颗,便会免费做成一根项链。

母亲的生活是孤独的,白天我们上班、女儿上学,她远离家乡来此,既往的朋友圈子和丈夫的关心,变得遥不可及。勉强因为麻将桌而建立的浅薄的邻里关系,并不能真正慰藉她的内心。她去泡脚以及去听课,都是一种无聊之下的选择,也许都不见得是为了小便宜,而只是为了消遣而已。但母亲却从不在我们面前显露这一面,相反,她总是显得快活和极为适应一切的样子。母亲也许不是例外,可以想象,那坐在会议室里听课的那几百张老人的脸,汇聚成一道平静而壮观的波涛,在沉潜地奔涌,孤寂地拍打着心灵的壁岸,那被岁月蛀空的心灵岩壁上留下寂寞咬噬的痕迹。

尘埃飞舞。在冬日阳光照射下,在瑟瑟的北风中,那些老人们,倔强而醒目地在小区的中心花园,在单元门前的空地上,围成几小团,以一种几乎是“静坐”的方式宣示着他们的存在。

诗人之死

一个远在千里之外至今未曾谋面的诗人（准确地说是诗评家）陈超，意外坠楼自杀了。这个沉闷的初冬，死亡成为一个让人伤感的词。

我最初关注陈超先生，还是在乡村当老师的时候，经常在《诗刊》《诗歌报》《诗神》等杂志上读到他的文章。对于当时热爱诗歌写作的我是有启发的。后来又购得他一些书籍，对西方现代诗阐释性的导读很有见地，更印证了我当初对他的看法。陈超是以哲学入诗、评诗和研究诗歌的，他的"文本细读"理论深合我意。此后十多年来虽不再写诗，但对诗神烙下最初的诗歌印记，总难忘怀。

诗歌是形象的哲学，从这一点来说，陈超先生的理论和诗观是有代表性的。当时，国内也有一些诗歌理论家，他们对一批苏联和俄罗斯诗人如帕斯捷尔纳克、阿赫玛托娃、茨维塔耶娃、曼德尔斯塔姆、布罗茨基等非常推崇，对他们在国内的推介起到很大作用，其中几个，我一直很喜欢，但总的来说，他们的解读偏向于对"暴政""专制"的反抗和不妥协，以及对"流亡"命运的讴歌。而陈超先生则从哲学的思维上，对现代诗研究和阐释，更令人信服，有一种让人豁然开朗之感。以哲学或者说生命入诗，这是使诗歌走出工具性的必要途径。当时我也正以这样的信念写诗，那时的我二十出头，是个内向而自傲的乡村教师，陈超先生对我的启发，有如黄庭坚"点铁成金"的意味。

自然，诗人自杀，已成为中国文坛一道壮烈而悲怆的景观。上自王国维的颐和园沉湖，下至海子的山海关卧轨，诗人自杀，开启了现代文学一个魔咒般的命题。而王国维和海子的自杀，都仿佛具有一种形而上的文化意味。

中国百年来的社会进程，纷繁复杂，其中知识分子的态度、命运和浮沉，又尤其引人注目。王国维，作为一个文化的卫道士，一个坚定的文化理想主义者，在二十世纪二十年代波诡云涌的社会政治变革中，不惜以一死来深情拥抱他的精神家园。人们在他内衣口袋里发现遗书："五十之年，只欠一死。经此世变，义无再辱。"短短数言，给人以振聋发聩的决绝和无尽猜想。很容易让人想起南宋遗臣文天祥在元大都就义时，衣袋里的绝笔书"孔曰成仁，孟曰取义，惟其义尽，所以仁至。读圣贤书，所学何事？而今而后，庶几无愧！"而海子作为"最后一个抒情诗人"，他的卧轨自杀似乎也暗合着一个抒情时代的结束。

关于陈超先生自杀的原因，外界有诸多说法。如身患疾病，不堪重负；一边是照顾智障的儿子，一边是繁忙的工作，内心压力过大；甚至有好事者称其自杀是个官场事件，此说是极为荒谬和可笑的。

陈超先生作为一个著名的诗歌评论家，对当代中国诗歌卓有贡献；他的诗歌其实也是出色的，只是很少示人。我在唐晓渡先生的一篇文章《读陈超的一首诗》中，读到以下诗句，不说震撼，起码也是被深深打动了：

桃花刚刚整理好衣冠，就面临了死亡。

四月的歌手，血液如此浅淡。
但桃花的骨骸比泥沙高一些，
它死过之后，就不会再死。
…………

仿佛带着对自身结局的预言，一首诗从内部迸发出压抑的激情，蘸着春天的桃花之血，在岩石上书写生命的哀歌……我从网络上看到陈超先生的照片，大多是明朗而欢快的，虽也有一些带有倦容和沉郁表情的，但总的来说，这是一个内心强大、对生活自信、亲和友善的人。如果死亡可以算是一颗榴霰弹的话，就像他的诗句："她掀起粉红的衣衫，一直暴露到骨骼。/我目光焚烧，震动，像榴霰弹般矜持——/在最后时刻爆炸！裸体的桃花重又升起/挂在树梢。和我年轻的血液融为一体。/但这一切真正的快乐，是我去天国途中的事。"那么一个人的自杀，则是一个事件。当他的死引起大家广泛的关注，或者集体的漠视，都是不正常的。我看到微信群里，人们不断地转发着他"死亡"的消息，这消息夹杂在一些"老虎""苍蝇"落马的消息之间。也夹杂在其他真与幻的消息间。

诗人的死，总是不出乎人的意料，但同时又让人深深震惊。不让人意外，是因为诗人与死亡之间确立的这样一种关系：亲密、决绝。在这份名单里，已经有太多的诗人将死亡这朵黑花佩戴在胸前。而这个黑色花朵编织的花环，永不会扣上连环。让人震惊，是因为诗人的死，让我们再一次意识到：生活的不堪。诗人是人群中的异数，他们的语言接近于神祇，一个真正的诗人，是一个人群中的痛苦者和孤独者。一个乐和和"聪明"的诗人是可疑的。不能指望一个诗人来书写人世的欢乐，哪怕他也曾浸沐在爱情的光辉中而愉悦地吟唱，但那是为他更深沉的痛苦埋下伏笔。一个诗人,是让所谓正常的人不舒服的人,他远远地站在人群之外,睥睨一切,在你嘚瑟和傲慢时,给你冷不丁的一刺。你可能永远理解不了一个诗人的精神世界,那里曾被神灵、哲人,也被死亡之神徜徉过。

陈超从河北的某座高楼上坠下,让千里之外的南昌,让这个夜晚,回荡起巨大的声响。他落下的姿势容易让人想起某种黑鸟。一个不算老的中年男子,戴着眼镜,黝黑狭长的脸,善意的笑容,拒绝与世界合作的眼神,亚麻色毛线衣、赭色皮夹克、蓝色牛仔裤,一个中年男人应有的浑厚沙哑的嗓音,脑子里印着的无数的诗行,穿行于哲学与诗歌之间的那道光芒,仿佛对人世洞彻肺腑的清醒和失望,深沉的爱与眷恋,不舍与迷茫……他在黑夜里,像一片树叶一样无声地落下,落进时间那透明的洞穴,落进夜晚那神秘的召唤,落进冬天那深邃的寒冷,落进宇宙那不可知的轨迹……对于我,陈超是个完完全全的陌生人,从未谋面,不曾相识,但他又是一个亲切的知己、一个伙伴和挚友、一个师长,以及一个隔岸行走的朋友。

在石家庄河北师大,与南昌贤士花园之间,隔着怎样的距离?我从不曾到达那个城市,据说那里空气质量不怎么好,作为首都的邻居,它面临着经济上和其他说不清的压力。这是一个城市的压力,和那个叫陈超的诗评家、诗人关系轻浅。有人说,因为陈超的存在,一个路过河北的诗人将变得小心翼翼,不敢太放肆。这份尊敬,是否因为陈超的离去,而变得不复存在?陈超的离去是一个谜。他用如此古典、如此传统、如此诗人的方式,和世界告别,因此让那些在精神上和他有过交流的人感到疼痛。

我坐在南昌贤士花园的住所里,听到一个黑夜的持烛者从楼上坠下,发出沉闷的响声。也在手机的屏幕上,看到许多泪水和惋惜之言在微信里乱飞。那是农历甲午年初冬的一个夜晚,有人说,这一年是从寻找一架飞机开始,到寻找另一架飞机结束。在下落不明的人群中,有一个叫陈超的诗人,和属于诗歌的一段隐痛的秘密。

与死者告别

距离陈超坠楼身亡不到一个星期，我单位一位退休老人因病去世了。陈超是选择自尽的方式，而我单位的前任，一位民间艺术家，在一次常规身体检查后，他被医生以低级的技术失误，注射了完全不该使用的药剂，迅速转入病危。前两天还在院子里同他聊天的退休老人们，听闻消息大感意外。据说家属已向医院提出抗议并寻求诉讼，我对结果持悲观态度。

好吧，让我从最后一个情节说起：参加追悼会。南昌最大的墓园在昌北瀛上。一般我总是尽量避免参加追悼会，不为别的，只是难以忍受那个场合的压抑气氛。因此，单位几乎每年都有的此类活动，我基本谢绝参加。但这次不同，因为死者是我供职部门的前任，虽然我们从未在一起共事。从道义上来说，我必须参加。不仅如此，上面还告知我，由我来撰写追悼仪式的悼词。我顿时感到，这位陌生的前任与我之间的关系非同小可。

二十年前，我曾经在距离墓园不算远的一所大学进修。当然，那个学位对于我现在的工作没有太多关系。但当时，我模糊地以为，那个专业是自己未来从事的方向。有近三年时间，我每年有数次来到这所大学学习，当时最鲜明的印记，便是去往学校要途经一个叫“瀛上”的地方，有着开阔的红色坡地和绿色松林，更主要是那一片望不到头的白色墓群，脑子里立时想起法国诗人瓦雷里著名的诗篇《海滨墓园》。死亡以一种宗教般庄严肃穆的面目，扑入青春的瞳眸。因为彼时见过的墓地，大多是乡村零星、散乱的坟墓。当第一次目睹省会最大的墓园——仿佛目睹世界大战阵亡将士的埋葬之地，除了震惊，还是震惊。

我大清早从家里赶到单位，相关部门的人员，以及更多的死者生前的同事，正站在院子中间的雪松下面。参加死者的告别仪式，多少让人心情沉痛。死者在举行完追悼会后，将被送进炉子火化成灰，一个生命的形状、音容笑貌，顿时成为追忆。大巴一路往目的地驶去。它经过我们熟悉的街道、单位、写字楼，然后驶上郊外的马路，我们看到路边裸露的黄土、荒草和一个个在建的楼盘。很明显，这些楼盘的高度比市区的楼宇要高得多，它们，对城市的中心形成一种包围之势。赣江在城市平坦的腹地流淌，白亮的日光从水面反射过来，水面上有驳船、采沙船，它们静止在江面，随着大巴的行驶而不断往后退却。

追悼会在殡仪馆的某间厅堂举行，家属已先期抵达。我的同事，不少已经历过这场面，他们面容自若，而我则带着新奇而惶惑的心情注视着眼前的一切。殡仪馆内的气氛凝重，所有人仿佛被一种不可知的力量所控制。这位民间艺术家，生前默默无闻，正如大多人一样。他的死除了家属和单位同事，也不为更多人所知。他曾经与我聊过一次天，但远谈不上深入，我怀着一个后辈的恭谨心情，听他陈述那尘烟中的往事。他中等身材，瘦削，白净，有着文艺人对于名誉过度的看重。在他心目中，自我价值与他人的评价并不相称。哦，妄论死者是多么不敬的事！在不算拥挤、压抑的追悼会现场，我神思恍惚——这是我在人群密集处，最容易犯的毛病之一。

音乐、花圈和追悼会的气氛，都被打上能够轻易鉴别的形式。这是一种奇怪的形式，在人们的心中投射下与“死”相关的暗示，一种人们熟悉而又不愿面对的暗示。《心经》讲“无老死”“亦无老死尽”，那样一个抽象的远离生老病死的欢喜世界，究竟是否存在？人如何摆脱死亡的恐惧和威胁？如果说这个世界充满着许多的未知、不确定，不确定的未来、不确定的相遇、不确定的命运、不确定的旅程、不确定的天气……但有一点是可确定的，那就是人终会死。这是谁都明白无疑的。

这个结果，使得生，一下子苍白了许多。再多的欢乐，再多的荣耀、再多的权力终会化为乌有。我又想到陈超，这个有着哲人脑袋的诗人，他对这件事的看法，远比我深刻得多。越是纠结于死生的疑难，越是陷入对生存的质疑和虚无。死不仅是个结果，还是一种形式，死亡的形式各不相同，但殊途同归。所谓视死如归，那是一种怎样的勇气和智慧啊！

我听到一个声音，在念叨关于死者的悼词，那正是我先一个夜晚加班赶写出来的。准确、平易、恰到好处的词语，但同时又是毫无新意和让人无法记住的。在接下来的片刻里，大家分别上前与死者鞠躬告别，环绕他的遗体，送上最后的一瞥，与死者的家属握手，嘴里嘟囔着自己也听不清的话——就像在电视上看到的一样。我们模拟了新闻联播里重要人物去世时的形式和程序，几乎一模一样。我不敢去看死者的面容。出于对死本身的恐惧。因而我极力回避去注视睡在吊唁厅中的死去的老人，而是如同前面的人一样，与他的家属分别握过手后，匆匆离开了室内。

就在昨天晚上，我还在贤士花园租住的房子里翻看档案袋，从一张张发黄的纸张中寻找他的履历，并从他的履历中摘录合适的句子，用以编织一篇黑色短文。好在我的手边有一份可供参考的例文，这为我的起草提供了很大的帮助，不到一小时，或者说一个多小时，我不能确定，便完成了工作，通过电邮发给主管的上级。我站在窗前，凝视着南昌的夜色，那栋栋楼宇上的灯光，和马路上奔驰的汽车的尾灯，我的窗户紧闭，因而窗外的一切看起来是无声的。

我回头看到摊在床头的小说《所有的名字》，红色的绸线正夹在阅读的那页……两种档案，在我眼前重合在一起，那虚构的部分和现实的部分，那装载着所有人生平信息的纸张上黑色的文字，那书写出或打印出的文字，简单明了而又晦涩难懂。

暂居者

人到中年之后，突然又成为一个租客，这是一件未曾料到的事情。我年轻的时候，为了摆脱父母的荫蔽，非常渴望有个独立的暂住空间。事实上，我也做到了。从师范学校毕业分到乡村教书，我拥有了有生以来第一个独立的居室，来到省城以后，度过了一段东奔西突的租住岁月，开始拥有自主产权的住房。伴随着这段不短的岁月，人也步入中年。这是个危险的年龄阶段，心态脆弱，彷徨而多虑，身体的状况也开始走下坡路。渴望稳定不变构成了这个年龄的人内心最大的愿望。但生活并非经过电脑设定的程序，有着按图索骥的清晰轨迹。

探究一个租客的心态是件颇费思量的事情。抛开我自身不说，先从贤士花园的其他租客说起。我曾经说过，我们小区最显著的特点就是老人多，他们整体性的面容，构成了贤士花园略显陈旧、悲情而又颓废的气质。他们衣着灰暗，容颜衰老，行动迟缓，面容平静而略显悲伤（他们中达观矍铄者为少数，对于时代和命运，他们有着与年轻人截然不同的看法）。无他，时代的烙印在他们身上过于深刻，他们性格中的共性（集体性）大于他们的个性。但通常，他们是小区的土著，在此颐养天年直至终老。我暂时放下他们不表。因为我想描述的是另一个群体：租客们。能够让我注目的除了这些老人，便是一些年轻的各自美丽的女孩子，她们每天早出晚归，如同穿花蛱蝶，翩翩来去,少不了要让我多看几眼。租住在小区的女孩们,大多是南昌大学一附医院的实习护士。

医院的大楼就在贤士花园对面,之间只横亘着一条街道。大楼高耸冰冷,如同亘古的风景。而实习的女护士们则如同流水落花,一茬又一茬,来去匆匆。探寻这些女孩们的心态,于我是件难上加难的事情。我租住的房子,之前便是几个护士的暂居之所,随着实习的结束,她们便收拾行李匆匆离去,除了遗落在房子中未及被房东清扫出去的不引人注意的小物件:挂在卧室门背后的几个塑料挂钩,抽屉里的粉色发夹,几张语焉不详的纸片,衣柜里遗弃的手套、帽子,便无其他。她们曾经在这个房间里短暂的音容笑貌,说话的语气、身体的温度、流泪时的心情,在镜子前流连顾盼的样子——都随着光线的湮灭,消散在暗夜里,被晨光刺破,如同虚无一般。也许,在灰白色的浴缸里还残留着她们掉落的头发——它们,混杂在弃置不用的浴缸的尘垢中。

有一天早晨,我走进陈旧的电梯里,里面有个年轻的女孩在打电话。我想我能猜出她的身份。我安静地站在她的旁边,只听见她手中的通信设备里传递出的声音,因为我的在场,她开始流畅的表达变成了间隔的"嗯""哦"。她用余光扫视了我几下,我若无其事地看着封闭的前方,我差不多是她的父辈,尽管我不太愿意承认这个现实,我更希望是她的一个朋友,虚拟中的恋人,至少是一位可以与她亲热交谈的兄长。

到现在为止,我未曾发现我与她们其中任何一位有过交谈。实际上,除了小区的门卫(也是因为要去那里取快递),我几乎与整个小区的人没有任何交往,确实没有。我发现我在内心里没有与他们延伸关系的愿望,保持独立的个性,抑或是越来越明显的疏离与冷漠，在我复杂难表的心里都有吧。我每天在小区进去，穿过变得熟悉的楼道、熙攘的菜市场、灰暗的人群，总是偶尔会邂逅般地遭遇到南大一附院的实习护士，其中不乏面容姣好、衣着与众不同的佳丽。此刻，她(她们)已褪去身上的医院气味，而是沐浴打扮了一番，画了眼影，抹了口红，像是去赴情人的约会一般。她(她们)在黄昏的院落里，在佝偻的老人们和深冬构成的背景前显得楚楚动人、暗香浮动、多情而妩媚。

通常，这些女孩们在出了小区大门后会变得活跃而欢快，那副矜持、审慎的表情如同用过的面膜一样被她们撕去，丢到了路边的垃圾桶里。她们恢复了这个年龄的女孩应有的欢快。是不是小区压抑的氛围给了她们某种暗示，使之仍有某种如我年轻时与父母共居的紧张？不得而知。有时，我在等待红灯的路口与她们相遇——年轻的女孩子一下子多了不少，她们分别来自附近的各个出租屋里，当然，各色人等都有，都在赶着去上班。这些女孩有的手里拿着早餐，并不避讳路人就当众大啖起来，丝毫没有一个淑女应有的风度。我很欣慰地看着她们，对此抱有深深的认同感——因为我也是个在路边摊买早点并当街就作狼吞状的人。

这些女孩，我能对她们的了解只限于此。过了马路，她们便与我分道扬镳，我走永外正街去上班，她们则直接从站台后面一附院的侧门进去，消失在大楼的各个科室，来到令她们产生敬意的老师和一个个呻吟的患者身边。对于这个职业，我有些微的了解，因为我的妹妹和堂妹都是护士。若要对她们的职业环境以及工作中的细琐进行描绘，我发现，几乎无法动用一个词。我瞥一眼消失在站台后面的女孩们，就像与我的妹妹告别一样，然后走自己的路。

随着现代性的到来，人的关系圈除了同事、战友、同学、老乡等等之外，在现实中很难再开辟出深刻的交往来。在一个陌生社会，尤其在城市的新兴社区，邻里关系这个词已经发生了很大的变异。过去讲“远亲不如近邻”，现在已经无法适用了。邻里之间横亘着比物理的大门更坚固冰冷的心门。要说异数自然也有，我有两个要好的哥们，从事视觉艺术行当，他们在旅途的大巴或火车上、上班路上、聚会，甚至看电影时，能迅速与身边的陌生女孩谈上话并互相交换手机号码。必须承认，他们是人群中的少数。

一天，我在电梯里遇到一个黑人。他高大、雄壮的身躯，立马使窄小的空间凝聚起紧张的空气。这个黑人小伙儿穿着灰色的运动衫，头戴棒球帽，戴着耳机(手中拿着苹果 6，并拨弄着手指快速地在屏幕上与人互动)，在他黝黑、宽阔的脸上，唇红齿白，眼睛黑白分明。女儿说，她也遇到过几次这个黑人——她说，他还友好地与她打招呼。只是女儿形容他高大身躯时的表情显得有些夸张。如果你看美国职业篮球联赛转播的话，一定知道有个外号叫“大鲨鱼”的中锋奥尼尔，这个篮下大杀器与我同龄，身高 216 厘米，体重 147.4 公斤，曾经和来自中国的大个子姚明在场上互为敌手。我们小区这个黑人，从外貌和体型上都有些接近于奥尼尔，只是小一号而已。这是我们刚住进贤士花园时的发现，随着时间推移，我们发现小区里的黑人老外不止一个。

此外，几个有着印巴人体貌肤色的女人也时常在小区出入。她们也和南大一附院有关。是前来交流学习的医学生。作为一个电影和美术爱好者，她们曾经出现在我看过的影片和画册中。在印度细密画和宝莱坞花哨、浮华的电影制作工厂，她们的异国风情常常让我留意。她们穿着民族服饰，趿着拖鞋，身上喷洒着某种香水，与小区的老人们、孩子们、女护士们以及各种身份不明的租客们，共同栖居在南昌老城区某片蓝天下。

我们生活在一个飘移的世界。各种先入为主的观念不得不删改甚至抛弃。当我走在永外横街侧畔狭小的里弄里，那里内容丰富：牛羊肉铺、家禽摊子、乡下菜农占道经营的寒碜的摊点、糕点房、五金电器店、水果店、金器加工店、为一附院病人家属提供的饭菜加工小店、网吧，林林总总，仿佛让你置身于一个非城非乡、莫名所以的世界。仿佛这个世界的隐喻——弄堂的一切显得杂乱无章而又生气勃勃。而永外横街里面的贤士花园，同样呈现出某种多样性与复杂性，是一个可供人类学家研究的样本。当年费孝通先生写《江村经济》，通过对中国东部某个村庄的田野调查、解剖麻雀，描述了中国农民的消费、生产、分配和交易体系。今天，我们生活的这个世界，与费孝通先生于二十世纪三十年代末所观察到的一切相比，已经发生了巨大的变化。

比如，租客的兴起，就是个很有意思的话题。租客们无处不在：从农村来到城市在建筑工地打工而租住在城乡接合部的青壮年劳力，租住在县城陪读的留守爷爷奶奶们（为此离开了一辈子未曾离开的土地），如我一般的城市新租客，实习的女护士们，交流学习的老外，以及去往国外留学的学子们……而我暂住的小区如同这个世界——如果是个坩埚或者沙漏的话——的底部，在它幽暗、低微的仿佛老照片远景部分的谦卑的角落里，在南大一附医院夜晚猩红的电子招牌的映衬里，显得那么安静持久而又变动不居。

雪

雪并不构成这个城市冬天的主题词。譬如今年，雪迟迟未落，但并不意味着缺乏锥心刺骨的寒冷。我感觉未下雪的冬天比之雪冬，更加寒冷。对于雪这位自然界的精灵来说，长江是一道分界线，她总是谨慎地止步于此，仿佛南方豢养着一头灼热暴烈的猛兽，随时会将她吞没。可以想象她同时是位性情不稳定的精灵——这不难理解，她有时还是会悄悄地涉足长江南岸的土地——人们一觉醒来，发出惊喜的喟叹，在雪中逗留迟迟不愿离去，直至太阳的吸管一点点地吸走了这无可掬留的白色。据说，今年的雪分别在这个城市——长江的上游武汉和下游南京下了。不下雪的南昌，冬天阴寒无比。

虽然比喻累人，并且读者未必喜欢这种文绉绉的方式，这与这个城市的气质并不相符——南昌其实是个坦荡的城市，拐弯抹角不符合它的性情，无论是人们的交往、言语，还是城市的建筑、街道，都有一种没心没肺的赤诚和袒露，矫情和伪饰在南昌人看来无法容忍。人们可以非议它的陈旧、杂乱、落后，他会认可并且并不感到耻辱，因为在他们内心里，住着有过骄人历史的老祖宗。南昌人面上给你呈现的部分，和他家中的里子部分高度地吻合。但这点并非是人人都喜欢的。真实、直率、袒露，有时也会让人难为情——尤其在有着文化习俗背景不同的人看来。

南昌的冬天如此阴沉寒冷，这著名的冷恰恰与它夏天的炎热一样闻名。气候某种程度上塑造了南昌人的性格。最初接触这个城市和与南昌人浅表地交往，往往给人印象不佳。自负而土气，直露而肤浅，是外人容易得出的印象。但了解深了，人们会开始喜欢这座城市，乐于与南昌人交往。

从我居住的十四楼卧室往外望，眼前是贤士路一带的居民楼，以七八层居多，可以看到一栋栋居民楼的房顶：人字形太阳能热水器、水箱、晾衣铁架、植物、裸露的水泥隔热板——都呈现出一种死寂的静止状态，没有人也没有任何生物出现在房顶上——连绵的没有尽头的房屋坐北朝南，整齐地延伸至冬天阴冷灰色半透明的空气里。这些静止的建筑和屋顶上的构件、杂物，仿佛有一张冷峻思索的表情。而楼宇之间的树木则似乎尽可能地收缩自己，曾经蓬勃的树冠呈现出一种压抑的、内敛的绿意，有的则叶片全无——这让我想起昨晚读的小说《所有的名字》，公墓像卧倒的巨树，不断拓展的墓地是无穷的枝杈，“组成了繁茂的树冠模糊了生与死，就像真正的树木模糊了小鸟与树叶。”曾经夏天在香樟树里聒噪不停的麻雀，这时不见踪影，紧闭的窗外鸦雀无声。同样在夏天，我卧室外左侧的屋顶上，有人在楼顶上开辟了一个菜园，一个个几何形图案的菜地充满了生机，甚至还在上面支起了瓜棚豆架，不仅如此，菜地旁还搭起了一个鸡舍，十数只小鸡在一只母鸡的带领下茁壮长成，它们欢欣地在绿色网格隔离的空间内，在菜地间啄食行走，笨拙地拍打翅膀。有公鸡半夜打鸣，恪守着来自农耕社会的传统，仿佛这一记忆和基因与生俱来地带在它们的身体里。然而这一切生气，冬天则全无，所有的鸡不知去向，尽管屋顶的菜地还在，也还充满着绿意，但绿得孤单、绿得寂静。

冷是一条长形的滑行动物。冷在咬噬着一切，室内的和室外的。屋子里的衣物、书本、洗脸台、镜子、地板、窗子、布帘……都留下冷咬噬过的痕迹。它使人蜷缩和静止，而不愿去触摸这些物品，仿佛嫌弃上面被冷遗留的唾液、齿痕。室内如此，室外的一切更可以想见，所有暴露在外的一切，无一不被冷所吻遍，这也是室外的场景给人以冰冷、寂寥而不可接近的缘由所在。而下雪的冬天则不同，被雪花覆盖的建筑、树冠、道路、物体，都似乎盖上了一条漂亮的厚棉被，而抵消了被冷咬噬的印象——人们情不自禁地伸出手去，想要在那厚棉被上取暖，想要在这美丽事物上驻扎无尽想象的骑兵：啊！棉花糖一样的雪、暖暖的雪、有着六角形花瓣的雪、丰腴的如肌似肤的雪、厚厚的一本书样的雪，诗人则容易想起帕斯捷尔纳克著名的诗句——“二月。墨水足够用来痛哭！”以及眼睫毛上披挂着晶莹的雪花从广袤的旷野来到门前的拉拉，画家则会想起列维坦著名的风景画——融雪的野外，小说家无疑会想起托尔斯泰风雪中的安娜，仿佛这雪是从遥远的西伯利亚、从俄罗斯下过来似的。

因为南昌冬天很少下雪，对雪的想象容易将人带到遥远的北方的国度。这里是北方的反义词，却是寒冷的同义词。雪的温情或许会让人在心理上抵消几分寒冷，不下雪的南昌的冬天，是一只无情的面目可憎的嘶嘶吐着芯子的动物。现在，我看到窗外，近处的屋顶清晰无比，越远越显得模糊，空气中凝聚着干燥的粉尘。这是下雪的前奏，天气凝寒，但雪却不会轻易地飘下来。我必须纠正刚才的说法，远处半透明的模糊状可能不一定是粉尘，也可能是阴寒的天气形成的视觉效果。大地像包裹在一层厚厚的灰色气体里。

近处锈红色的铁架——在晴好的日子里，主妇会抱着被子上来晾晒，温暖的阳光照在被褥、床单上，有风在吹拂、摇晃它们；现在冰凉的晾衣线一动不动,没有一丝风,静止得可怕。也取消了影子——那阳光喜欢制造的把戏。天空像一只巨大的无影灯,冷冷地照耀着大地上的一切,天空的颜色也是看不清的,因为有不透明的雾状的东西,“天空”这个词仿佛取消了前面那个字,只剩下后面那个字。因为天上的云朵与色彩被抹掉了,灰色半透明的雾状在眼中变成了一块抹布,将天空的蓝色擦得一干二净。

我的视线中出现了一个移动的点——两栋楼宇间的空地上,一个人从街角转弯,自信地朝前走来,他很快消失在一栋楼里。我盯着楼下那片空地,在短暂的时间里,一直是空的,没有人出现。但此后有几个老人站在空地中央,他们聊了几句,随后又散去了。我在卧室里踱步,这是一个寻常的星期六——这是糟糕的天气里唯一给人安慰的,我离开电脑屏幕,站在窗前凝视。我习惯在卧室写作——我一直幻想有一间明亮的温馨的书房,一间真正可以无拘无束工作的单间——在这个愿望迟迟未能实现之前,我喜欢在卧室写作。我坐在床沿,有时从写字台——一张白色的“欧的”牌桌子,它只有三块面板,简约地拼装在一起——是的,现代的极简主义家具——下面抽出凳子来,坐在上面,我的视线与电脑之间的角度别扭,为此,拿来几本书垫在笔记本下面,调试合理的视距。几本书分别是:《中国建筑史》(梁思成著,生活·读书·新知三联书店)、《蒋经国传》([美]陶涵著、林添贵译,华文出版社)、《小于一》([美]约瑟夫·布罗茨基著、黄灿然译,浙江文艺出版社),还有一本是上海作家赵荔红赠送的海豚出版社出版的随笔集《回声与倒影》。我打一会儿字,便将双手从键盘移开,放在两腿间摩擦一会儿,只是出于一种习惯,双手并不会暖和。太太在隔壁间的客房,在另一张桌前写作。母亲在客厅里,电视机开着,声音很小,她蜷缩在沙发上,电视里彩色的画面不断变幻。

关于电视，出生于比利时的小说家让-菲利普·图森这段话深合我意，仿佛是出自我的口说的：

> 电视在我的生活中并不重要。不重要。我平均每天看一两个小时（甚至可能还要少些，但我宁愿夸大事实也不愿为了迎合我的说法而低估事实以求有利）。除了一些重大的我总是很乐意追踪的体育赛事，以及新闻或某些我有时也看一看的选举报道，我是不怎么看电视的。例如，出于原则也出于方便，我从不看电视上的影片（就像我不读布莱叶盲文书籍一样）。在那个时候，我甚至觉得，但从未真正地实验过，我可以毫无困难地随时停止看电视，不会感到任何烦恼，换言之，我对它没有一丁点儿的依赖性。

母亲有时看着电视就睡着了，在冬天这不是个好的习惯，她甚至不喜欢烤电炉子，习惯于冻。我知道这是节俭的心理造成的。

有时真的难以理解，一个地处长江以南的城市会有这样奇寒无比的冬天。这在东晋书法家王羲之写给朋友的信中，早已描述过。那时他在九江做刺史，他的好朋友周抚在南昌（那时叫豫章）做太守，王羲之信中，开头便谈天气："积雪凝寒，五十年未见。"九江是南昌的近邻，天气相仿。那个有雪的冬天奇寒无比，书圣在抱怨的同时，其实也在为信的后端温暖的友情做伏笔。王羲之信札（古人大多如此吧），往往喜欢用"驰书"，那颇有动感和温度的词，可以让人想见邮路上的书信，寄托着的情感。今日，更无"驰书"可言，电子信箱、手机短信、微信，轻易地将时空刺破了。唯一不变的，依然是这天气，和东晋时一样。

“卡夫卡式的无助”

我研究了一小会儿这本书：让-菲利普·图森的小说集《迟疑　电视　自画像》（湖南美术出版社2004年版，封面写着“实验艺术丛书”）。这是由三个中篇构成的集子，篇名如封面所示。不知是为图省事，还是其他考虑，显然出于后者——图森给自己的小说取了这样的标题。封面上，作者右手拽着外衣（搭在肩上），左手插在裤袋里，头歪着，揶揄地、嘲讽地望着书外，头光光的，用书中《电视》里入室行窃者的话说是——“秃子”——“一个穿睡衣的秃子拿着一个喷水壶，女人说，然后她开始笑起来，狂笑不止，一个穿睡衣的秃子拿着一个喷水壶在大楼的楼梯里，她觉得这真是太妙了。”勒口的介绍显示，作者在法国午夜出版社出版了7本书。书名都极简：《浴室》《先生》《照相机》《迟疑》《电视》《自画像（在国外）》《做爱》。一个省级美术出版社出版小说，并且是先锋小说，在当时是不多见的。光看书名，图森的写作确实当得起“极少主义小说”的评价。尽管书并不厚，作者的写法极简省，有东方主义美学旨趣，但十余年来我居然没读完，我总是拿起读一段，又放下了。这不是以故事取胜的小说，随便可以从那一段读起，都让人觉得津津有味，但不足以吊起胃口非读下去不可。这正是法国新小说的特点。我历来对富有实验精神的文字和艺术充满敬意。我认为我骨子里也是一个先锋派，然而糟糕的是，我越来越堕落成一个外表被人读成一个再四平八稳不过的人，我看起来是(其实无疑就是)个保守派。

我仍记得这本书当时放在江西师大老校区旁青苑书店一个不起眼的角落里。这个书店同样不起眼,却是南昌读书人心中重要的精神圣地。它早已不在先前这个位置。最初搬在一条胡同,现在则在一个叫"金域名都"的小区的门店里。我也许能够记起屋中每一本书的来历,它来自哪个时间、哪个地点、彼时的境遇,诸如此类。我不长也不算短的阅读史,由这一本本书可以拼贴出我的精神肖像——这样说,显得似乎有些自负,我完全没有这个意思,我想说从每一本购得(少部分赠送的)书,可以按图索骥,追踪我个人成长的历史。当然这毫无必要。也许每一本书,只对我才有意义。比如,这本图森的小说集,当时紧紧夹在青苑书店进门靠右角落的一堆书里,与一些美术和摄影类书挤在一起。在当时,我依然是个美术爱好者。这个书店, 最初是我少年时的一个挚友——现某高校美术教师介绍给我的。我当时刚来南昌不久,而他先于我从北京(之前他离赣北漂数年)来到南昌,在一个院校进修。此后我是这家书店的常客。我当然记得,那个学校——江西教育学院,并不著名,我的挚友租住在石泉村一间民房里,我孤身一人在南昌,而他是单身,我时常周末去找他,晚上挤在他那张窄促的单人床上过夜,房间里呛人的汗馊味和油画颜料及调色油、松节油的气味,在这沉闷的空间里弥漫。我的挚友爱上了摄影,用仅有的积蓄,购置了一架单反相机。他给我看他为学校一些美女拍的肖像,他的摄影在学校里小有名气,前来找他拍照的女生络绎不绝,我在当时没说,心里却在想他完全是胡闹,不务正业,为他的前途担忧。几年以后他去了云南艺术学院读研。我在青苑书店的架子上取下图森这本书,突然想起他来,神思漫游了一小会儿。

阅读小说是我的爱好。对于一个有志于散文艺术的人来说，能够给他提供的优秀范本少之又少。而小说则不同，那是个无穷的丰富的世界，就像一片森林，每一片树叶都很精彩。散文则像一片乏味的草地，一眼望去，相似而单调，甚至那满眼的绿色看起来都那么虚假。多年来，有一本小说我一直暗暗喜欢。这不是一个爆红的作家，绝大部分读者可能对这本小说毫无印象。二十年前，那时我还在县城做一个小公务员，对于一个默默写作的人来说，没有谁比他更关心县城仅有的几家书店的命运——难以想象，二十世纪九十年代初我们县城，小书店和邮局还有不少文学杂志和文学书，现在这些书店踪迹全无，邮政报刊亭的内容也大相径庭——只有新华书店还在，但里面的书与县城大部分青少年的精神生活没有太多关系。如果书店不能给人带来惊喜，其实是没有存在下去的必要。我就是在县中附近一家书店看到这本书——张旻长篇小说《情戒》(上海文艺出版社 1996 年 1 月出版)。之前我没有听说过这个小说家，我的视线落在这个“旻”字上，拿不准读“min”还是读“wen”。我们县城尽管有一些文学气息，毕竟闭塞，我不知道其时作者已经在许多著名刊物发表了大量小说，并且引人关注。这本书和其他言情小说摆放在一起。虽不经常，但有时我也会偷偷地阅读那种通俗的言情读物——我就是抱着这种心理从书架上取下这本书——黑白封面，左下方是一张作者肖像，三分之二处在亮光中，三分之一隐藏在阴影里——这是经典的肖像构图，偏分头，并不算英俊的面庞有一种沉郁、凝思的书生气。长得与我当时县城的一个文友刘恒有点像。我先是看了一会儿扉页的题记：“我大概很难适应一个没有××的世界，但现实不在这里，因为现实并不完全寓寄与此……《一个罗马皇帝的临终遗言》”，然后又看了李劼写的序——十多年以后，我注意到作家在另一本自传体长篇小说《中国父子》中，浓墨重彩地写到这位个性鲜明的学者、文学批评家，在当年安亭师范，他们做过两年同事。在张旻看来李劼是一个既深刻又孩子气、性格冲动对爱执着但屡爱屡败的人。对于李劼序言中称之为的“郁达夫《沉沦》式的痛苦”和“包列罗舞曲”，让我对作家充满好奇。小说从一次春游故事展开，在游山洞时，一个男青年对于一个女性如真似幻、若有若无的恋情。我觉得张旻刻画的也是我的心理。书中这个青年教师形象，被评论家描述为“他所生长的禁欲的，非人性的环境，使他从小就丧失了与女性世界正常交往的能力和健全的心态，变得格外羞怯、懦弱、孤傲和乖戾，直至病态。”似乎二十世纪五六十年代（我自认为包括七十年代初）出生的人，不会觉得意外。

这本书夹在我的书架里，在这些年来六七次的搬家经历中，不曾失去。坦白地说，近二十年来，我偶尔还将这本小说拿出来翻过。那一个个在校园里、旅途中、乡野里、城市郊外出现的女性形象，依然撩人心扉、楚楚动人，她们——共同构成了一个男子精神成长的链条。而本该注入激情和狂热的对象，却又因为主人公“局外人式的冷漠”“卡夫卡式的无助”，而使恋情尚未展开便已结束。主人公似乎沉浸在爱河开启一刹那的欣喜和迷惘中，沉醉在那一个个带有空幻色彩的细小的情节里不能自拔。我的太太并不认同我的看法——有一天，我鼓起勇气告诉她，我喜欢张旻的小说《情戒》并推荐给她看。她读完后告诉我并非像我说的那么出色。

这不禁让我困惑——是作者的小说艺术，还是对爱情疏离、冷漠的态度吸引着我？太太认为，张旻的小说有些“小”，而我恰恰认为这很可贵，是作者有意为之。关于本书的交流仅至于此。我尊重太太的观点，但并不动摇我的看法。我们有不少共同喜欢的作家，喜欢的书,也有各自认可的作家,这很正常。包括前面提及的让-菲利普·图森,我猜想(但不能确定),她也不会那么喜欢——虽这无关痛痒,但想想还是让我懊恼了一小会儿。

不被打扰的私人生活

有一天，我突然意识到一个问题——虽不严重，但还是让我暗吃一惊。那就是，十多年来我并没有安装一部家庭电话。

显然，我们家不属于经济上的底层，安装一部电话不足挂齿。出于什么原因，使我一直回避装一部电话这个事实？我坐在房间里，在电脑前凝思起来。这是在写作的停顿中，突然冒出的一个问题。事实上生活中有很多问题，我们都假装没看见，而是任其累积，不去深究它。不去正视，并不表明问题得到解决。它迟早会像病毒一样爆发。也许装电话这个事，算不上一个问题——因为我的家人，都对此达成一种缄默的共识。仿佛都小心翼翼地维护着一个不被打扰的私人生活的状态。不装电话并不意味着会被人忘记。在通讯这么发达的今天——我们家除了女儿，人人都有一部手机，随时可以被人找到。不装电话改变不了可以隐遁的事实。如果说，一个作家，比常人更希望他的私人生活不被打扰，因为他在人家休息的时候却在构思和写作——因此需要一个安宁的环境的话，那么让家人接受他的习惯是否也是一种专横？然而事实是，我的家人都乐于接受不被打扰的状况，喜欢处在一种“被遗忘的存在中”。

我不愿接听电话，就像不愿看电视一样。电视可以作为一个摆设，沉默着作为一个物件孤单地呈现在那里——甚至打开它，只要不去关注它，把音量调到无声，任画面不断变幻，你的内心依然可以作为一个封闭的状态存在——它对你干扰的程度是非常有限的。而电话不同，一部突然响起的电话，就像一个命令一样，让你情不自禁地走向前去，在一个习惯听命于发号施令的环境中——我们都在这样的环境中长成，从小得到的教育，都是听命，接受外部训示你的一切，从最初的不情愿、反抗，到渐渐接受乃至完全妥协。直到有一天当你忽然醒悟，随时恭候人家的命令、教导，其实是一个大问题。你开始学会反思，想要摆脱这一桎梏，然而就像一个病入膏肓的人，我们早已丧失自我意识的能力。没有命令我们无法前行。

我也许很早就意识到这个问题，是阅读帮人建立起独立意识。可见，去除愚昧和奴性，唯有读书一条路。不装家庭电话，是建立自我的一小步。但并不意味着故步自封，将自己(也将他人)限制在一个不可触摸的空间里——事实上这个空间不存在，哪怕在遥远的火星乃至银河系，人们都有探寻的兴趣和勇气。二十多年前，我还不曾拥有手机，但和很多人一样，我有一个 BP 机，俗称“扣机”，扣是个动词——寻呼者的意图通过媒介传导你，我很喜欢这个词。每次扣机一响，急急地去找电话回过去。可见我与大多数人一样。我记得那时，倒是装有一部家庭电话——我从一个学校调到党政机关上班，为了方便联络，安装家庭电话成为一个不可推辞的义务。那时，我完全没有个人生活，作为一个基层的小公务员，并且是服务于县城最重要的权力机关，我的周末时间通常也是在工作中——这种后来称之为“五加二、白加黑”的状态，不仅不被当作对个人权利的冒犯，还当作是一种美德加以传扬。国家早有法定的节假日，并且明文规定执行公休假制度。就像一个落伍的尾随者，意识还跟不上引领者的节拍，不少如我曾供职的县市，还处在一个相对陈旧的思维模式里。

我很庆幸后来有机会离开那个部门，到了一个相对清闲的单位，从事自己喜爱的工作。我觉得人人能找到自己的兴趣，并且出自内心的诚恳而非一种外在的压力去工作，是一个幸福社会的标志。来到南昌以后，我不仅告别了一种习惯于耳提面命的生活，同时也切断了私人电话这根线——我在这个城市生活了二十年，从来没有装过一部家庭电话。我非常珍视这来之不易的私人生活的领地——坦白地讲，的确比过去清静多了。

说到底，我是个对现代生活稍有抵触的人，但并不严重。在大部分人开始使用电脑写作的时候，我还在用手写（我甚至在考虑是否要恢复这一习惯），QQ、微博、微信这些工具，我也是很晚才学会——生活中，还有一些人，至今都不怎么使用它们，我对他们充满敬意。当我开始使用这些工具的时候，我发现我有强烈的依赖症，早上起来蹲坑的时候，要拿出手机来看看微信，每晚入睡之前也要玩一会儿，甚至在候车、坐车的时候，都离不开它。我想我之所以不去看电视，是出于同样的原因，我可能会对它依赖性很强。这是理性在告知我，必须远离电视的原因。我一边在努力维持个人生活的纯洁性，一边不断地在丧失掉，而沦陷到一种需要不断喂食大量信息的对资讯的恐慌症中。

美国窃听丑闻爆发后，斯诺登所曝光的一切，将人们认识中的暗区显影出来。在我们以为私人生活是片净土的时候，猛然被人扇了一记耳光——不存在这样天真的幻想，它早已被冒犯和践踏。人们生活在一个巨大的网络里，据说云技术保留了人们在网络上留下的任何痕迹。这是一个大数据时代，只要愿意——授权部门可以随时了解你的隐私，你的一切。

不装家庭电话，改变不了我的行踪不被记录。事实上，一个作者的生活是简单而清苦的，与苦行僧无异。如有可能，他希望日复一日地待在工作室里——待在写字桌前，对着打开的电脑屏幕，发动想象的机器——他更乐于去创造一种可能的生活，对于实际生活的关注，远不是那么强烈。说到底，文学是一种创造的艺术，一个作家从这种劳作中收获艰辛，也收获欢乐。如果有一根线，连着虚拟世界的深处，我愿意做这个虚拟世界的倾听者。拒绝接听电话，显然出于对实际生活的逃离，对介入“现实”的痛恨。一个作家的最高责任，不是进入生活有多深，而是他提供的作品对我们熟知的生活背叛有多深——聪明的读者不愿意接受一个复制的生活的样本，而愿意看到一个新异的充满可能性的“世界”——这构成他们生活下去、对未来期待的一个重要原因。试想一下吧，《西游记》和一部所谓的报告文学，对人的精神世界影响孰深孰浅，那是一望而知的。

说这么多，我一直没有正视一个问题，那就是，我的家人为何都乐于生活在一个没有固定电话的世界？我理解这是性格所致。因为家族基因的原因，我们都属于那种内向的、恐于与人交流的那种。如有可能，都尽量闭紧自己不去与人聊天、打交道。虽然母亲近来与小区的老人们开始互动，并成为麻将桌上的常客。但我的观察，在这些年里，母亲随我在这个城市生活过四五个小区，敢于走出家门，与人交流这还是第一次。

其实我们乐于按照自己的性情生活，仅此而已。我们不是遁世者，逃离——这一蛊惑人心的举动，只在某种心理上，打开了一个缺口，我们在想象中，就像做梦一样，或者回到无知的孩提时代，扮演了一个虚拟中的逃离者。

散 步

这么多年，我有时会病态地热衷散步。有时不，我会晚饭后慵懒地躺在沙发上，一动不动，任由身体变本加厉地堆积脂肪，而不是通过健身——譬如散步，来燃烧和消耗多余的热量。我呆呆地在沙发上坐着（将斜躺的姿态稍做调整，让背更直一些地靠着，头枕着沙发垫），眼前的电视机打开着，但我的视线不在于此，我经由电视的屏幕反观内心，就像印度的苦行僧反求诸己地禅定和思虑。我的目光同时落在客厅外渐渐暗淡下来并很快转换成深色的天幕上，几近于深黑的底色上有精致的亮光在闪烁。有时我又会突然觉悟到一样，披衣坐起，步行到室外，顶着头上的星光沿着小区一带的马路和小巷散步。

事实上，我很少一个人散步，而是和太太一起——当我的眼神传达出这一信息，我看到她脸上欢欣鼓舞的回应。每次散步的时候，我脑子里会不期然地想到在小说、散文和传记中，看到的那些同行或虚拟中的人物，譬如苏轼、凡·高、帕慕克、萨拉马戈们，他们笔下呈现的散步情景，仿佛我的行为是对他们的戏仿。因而我有些恍惚地、幻梦般地行走在不真实的时间和黑暗里。周围的一切如水一般地流动，具有可触可感的湿度和黏稠，尤其是夏日的晚上，有时一阵热风中夹带一丝清凉的风，蒸腾的热气与身体上的湿汗相互交融，一种畅快而又眩晕的感受涌上来，随着不断移动的身体而飘移不止。

贤士花园在白天可真不是散步的好地方，这片街区，被农贸市场混乱的人群以及交易的摊位所占据，市场边上的小巷，则为乡下菜农、家禽摊子、烧酒店、饭菜加工店、早点店所填满，生活的镜像如此写实和丰满，没有诗情想象和悠闲心境的方寸之地。而每到夜晚，人去场空，像散幕后的露天电影，凄凉而空寂。唯有几家水果店还亮着灯光（其中有一家是我和太太经常光顾的，不为别的，只是第一次纯然出于随机性的选择，便成为以后固定不变的对象；这方面我太太尤其明显，她不仅光临固定的水果店，连购买家禽、鱼肉和蔬菜，都有固定的摊位，从来不会改变）。在夜晚的昏黄灯光下，水果失去了白天鲜丽的颜色，有点像放学后等待认领回家的可怜无助的孩子。散步时，带一些水果回家也是太太的一个习惯。仿佛那些在昏黄灯光下眼巴巴地望着她的水果，让她内心充满怜悯之情。自然，小巷也是空的，虽然只是一条狭窄的巷道，这时候却显示出某种意想不到的空旷。

我们穿过空寂下来的农贸市场，半拉下来的卷闸门在提示着一天的结束，几个穿着防水肚兜的小贩正在清理摊位，鱼腥味扑面而来，釉面地砖上有倾倒的脏水，一个女人穿着橡胶鞋在清扫，其他摊位被清空，但也不是很干净利索，总之，空荡下来的农贸市场内部有着热闹、纷乱的白天所没有的人走茶凉的颓败感，像人生中的许多情节，拖泥带水，草率而荒芜。因为农贸市场离我们居住的楼栋很近，我们一般选择穿过市场走到贤士湖去。

因为湖的存在——尤其从我居住的十四楼望去，那一片椭圆形的、淡蓝色的区域，给居住在拥挤的楼栋间的居民某种安慰感。湖是最无用的，不像超市、农贸市场、写字楼，而人们需要它，恰恰证明无用会变得有用。去湖边散步的人以老年人和女性居多，老年人通常是坐在冰凉的石栏上享受静谧的时光，因而散步的多是女性——尤其是进入中年以后的女性，对身材的关注变得更为敏感。贤士湖上建有曲折萦绕的行步道，中间还有一个楼阁，被有识之士征用做成了一个茶室兼画廊。

这个湖的名称，包括这片街区——我们居住的小区、街道，都在“贤士”这个古雅名词的笼罩下，其中必有说头。但我们对此都未有深究的意思。也许有一天，我会像个考据派一样，抽丝剥茧，去勘查堆积的时间里的信息。黑夜是一种存在，更像是一种处境，一种状态，对于散步者来说，黑夜比白天更好。因为二者的性质有相近之处。白天是属于劳作和寻找机会的；而夜晚是休息和按下暂停键的时刻。散步是一种休息，不仅使身体放松，更加放松心里绷紧的弦。白天是注意力集中的时段，晚上是梦游者开启幸福时光的片刻。白天是笔挺的西服，晚上是放松的领结。我一边散步，一边头脑里惯性地转动——某种意义上，我是散步的背叛者。如果我能够让头脑完全空下来，如老庄哲学中的某种境界，也许能升华散步的意义——我发现，可能永远达不到，而散步本身也并不具有意义。我在黑暗中轻声叹息。我的懊恼让太太莫名所以，她用手在我背上轻轻捶一下，说不要总是弯着背。

散步有时具有一种梦幻特征。我突然想到这句话。也许是黑暗，将周围真实的一切隐去，只留下若隐若现的轮廓，仿佛布景——因而那湖面上跳跃的，和从“布景”里投射过来的光，便具有一种虚假和幻梦之感。夏天，湖面盛开着荷花，活跃的青蛙和虫豸，配合着袭人的热气，制造了一个喧闹、隔膜的世界——人们已被热气折磨得难受，对于多余的噪音和生气，没有闲情逸致去领受。烦。烦。人们望着夏天的湖面对自己说。

湖边有学校、诊所、报栏。当然更多的是居民和路人，穿梭其间，忙而不乱。湖是一个存在，是一丝安慰的风，一片惬意的云，一个脚步上的暂停键和内心深处一片傍晚的浓荫……湖构成某个街区的一部分，也构成人们生活的一部分。但事实上现在看到的湖，与历史上的湖还是相差甚远。有一次我无意中在晚报上读到一则报道《贤士湖曾经莲叶田田》(《南昌晚报》2014 年 12 月 23 日 A13 版)：

“我从小出生在这边，贤士湖伴着我慢慢长大，我也看着它一点点变化。”家住贤湖熊村的张奶奶今年六十多岁，二十世纪五十年代初，她出生在贤士湖旁边的一个村子里，那时候贤士湖上千亩的湖中莲叶田田，如今却成为贤士湖公园的一小隅。

贤士湖公园不大，却是附近几片小区老人们晨练散步的固定场所。谈起贤士湖，老人们颇为感触。“那时候，贤士湖比这大得多，一片片藕田与湖水相接，一眼望不到边。”87 岁的老人李晓元三十多年前因为工作分配到贤士湖旁边的家属房，从此就一直生活在这里。在贤士湖附近出生的张先生，陪伴着贤士湖度过了四十多年。“过去的贤士湖面积有几千亩，南昌大学一附医院也曾经是它的一部分。”然而，二十世纪末，周围的很大一片都变成了居民住宅区。张先生告诉记者，贤士湖周边原来是没有这么多小区的，二十世纪九十年代初，附近的几个小区才陆续建成。在他的记忆中，贤士湖公园的西南边湖水中曾架起一座木板铺成的走廊，连接到湖中的小亭子，当人倚靠在走廊木栏杆边上，湖水与人合为一体。现如今却再也看不到这样的画面，绕着贤士湖畔走，用不了半个小时便可以走完一圈。

我和太太一般会沿着湖走上两圈，因为现在的湖不同于过去，据这则报道，过去，贤士湖覆盖了包括我们小区、一附院等周围广阔的区域，而现在“用不了半个小时便可以走完一圈”。事实上，对于一个新住户来说，这个湖对于他来说，也足够大了，甚至再小一些也无所谓。但是，对于素来生活于此的老人们来说，感受则完全不同。他们亲眼看到一个湖泊的缩小，和周围楼房与湖水的争夺，伴随着水面的收缩，就像水被来自一个湖底的容器所吸收一样，周围的农田，也消失殆尽，这里的一切成为城市化的一部分。我曾经说过，和太太散步到玉带河对岸的铁道边，所感受到一种郊外的气息。这是周围一带仅有的遗存着二十世纪八十年代以前的气息，因而弥足珍贵。虽然离市中心不远，但不可否认，我们居住的小区在并不久远的二十世纪六七十年代的南昌，属于市郊的一部分。至今，贤士湖管理处下辖的几个村——永和村、永溪村、贤湖村、公园村、七里村、长巷村，仿佛都为此提供了印证。

来自各个机关和事业单位的人驻扎进来，取代了过去的部分农民，成为这里景观中的一部分。这个细微的变化，足以反映这二十余年来的社会进程。一部分生活消失了，伴随着一部分人的记忆、欢笑、眼泪，习俗和民情，伤痛或欢欣。他们，曾经也在湖边散步，更多的是从事与土地有关的劳作。人们穿梭其间，在荷叶田田和柳荫浓浓的夏天，在烟光弥漫、风干日燥的秋季，尽兴地生活在其间，相信一切不会改变，站在这里不仅可以眺望过去，也可以眺望未来。现在便是永恒。但生活这个银幕还是像砖墙一样在不知不觉中爬上青苔、积上尘埃，乃至形成了不易察觉但动人心魄的裂缝，不知不觉中，一些什么坍塌了，成为断壁残垣，乃至废墟，甚至消失不见。消失不仅不是空和无，也是另一种实和有，被另一种异质的，更具侵略性因而显得更有力量的东西所占据。

唯有散步本身永远不变。不仅我们在散步，甚至周围的楼宇、湖泊也在散步，当一切人非物不是，便是印证从此在到彼在的过程，一栋高楼代替另外的房子矗立在大地上，便是一栋房子散步的结果；一个湖泊的缩小，乃至最后的消失，也是湖泊散步的结果。而人是其中的主导者，是这场戏剧的导演，但同时也是一个悲伤的观众，一个受伤害者，一个自己的玩偶。

一个冬日上午:陌生的自我

顺着玉带河漫步,可以穿越旧城许多社区、工厂、单位、小区,它既是一些亲水楼盘美丽浮夸的代名词,也是某些城乡接合部脏乱的显著标志。

贤士花园北临玉带河,对岸是废弃的粮油加工厂,几栋年代感很强的圆形水泥建筑耸立在楼群中,显得突兀而醒目。我时常将目光停留在这几栋类似于旧电影中碉堡似的水泥建筑上,这灰旧的建筑体已经丧失了它的功能,就像一些在河边垂柳旁无所事事的老人,沉湎在无用的回忆和梦幻中。某一天,我推开窗户,看到这“城堡”耸立在眼前,难免会产生处在卡夫卡小说情境中的幻觉。

我沿玉带河往前走,因为是周末,女儿去学校上课了,太太出差参加一个写作者的聚会。我从楼栋里出来,来到河边,阳光很好,在冬天,金色的阳光是奢侈品。忽然之间,我发现水面上涨了许多,一个工人站在一条铁壳子船上,用网兜打捞水中的垃圾。水并不干净,但是比起多年前又改观不少。贤士湖与玉带河“暗通款曲”。这方圆数里,经过费力改造,仿佛一个中年妇女勉强画上了浓妆。但旧城其实是很有味道的,比起许多新开发的城区,旧城以它沉厚悠长的气息和永不衰竭的活力,显示它的存在。我沿着新铺的花岗岩地砖,漫不经心地从柳荫下走过。南昌的冬天,垂柳并不完全显得萧瑟和干枯,它的水分和蓬勃的意思还在,迷迷蒙蒙中,还能让人产生一点类似于诗情画意的感觉。

跨在水面上的是一座新桥,也装饰着花岗岩材质。这是一个半月形的拱桥。我已经来到河对岸——我并没有继续沿着河水往下走,来到桥下时我临时起意到河对岸走走。过去的废弃之地现在栽种了花草,立了浮雕,还有一些树脂玻璃做的时兴口号。工程显然尚在进行中,几个乡村老妪边捯饬花草,边在聊天;已经铺好的人行道,不知何故又挖开了,像新耕的土地暴露在阳光下。我注意到,周围只有我一个人无所事事,在这里闲逛,看起来与周围的风景格格不入。湖边的亭子里、停满小车的路边,都有不少老人,他们同样无所事事,坐在阳光里,发呆或眼神迷蒙地看着前方,无所事事正是他们的职业,不像我,年轻力壮,却在这个周末的上午毫无目标和计划地闲逛。

我注意到花圃旁有道围墙,缺了一个口子,便走过去。越过这道围墙,是往日的粮油加工厂,喑哑的机器、灰白色的标语、混合着化工和粮油制品的气味、高大建筑下阳光的阴影、一个临时集市(粮油制品的集散地)、运载着面粉的卡车、一间间仍然堆满着面粉的仓库以及来往的居民……我原以为计划经济体制下的粮油加工和供应链,已经成为诚如眼前建筑一般凝固、死亡的景观,但没想到,它还在发挥作用。我站在一个机器面前,一位工人正娴熟地用一个个塑料油桶,在一个类似于泉眼前的油嘴下装油、安盖。一桶桶贴着某个品牌标签的食用油,在阳光下散发着蜂蜜般金黄诱人的颜色,在灰旧厂房前面显得夺目而鲜艳。我站在源源不断地流出油来的机器旁,仿佛专注但其实一无所知地看着,如同被一个巫师施了魔法一样,呆若木鸡而又入迷。我最终继续漫无目的地往前走,看到一个个堆满了白色面粉的仓库,以及墙上写着警惕烟火防止爆炸之类的标语,空气中充满了面粉的味道。这边寂静,除了偶尔一辆卡车来回,便没有几个人,我像来到一片野地,抛掷在一片没有人烟的某个现代派油画家笔下的风景中。

其实仓库的背面是决然不同的景象:这里是个集市,一个个店面门口摆放着米、面、油,贴着不同的标签包装,花花绿绿的颜色吸引着旧城老人们、家庭主妇们的目光,他们穿梭其间,采购心仪的物品。我之前看到的一桶桶从机器中流出的食用油,也许就摆在各店主的摊位上,当然,也摆在许多隐没在这城市和乡村各小型超市的货架上。

这一切让我感到新奇。我像是第一次看到一个旧日的粮油加工厂的内部,显然,这不是合上时代节拍的部分,还停留在过去的轨道但又勉力追赶。正是这差异性吸引了我。

从粮油食品加工产出来,我又返回到桥上。我俯身桥栏,看着流水(它如同我一般漫无目的、漫不经心)。我的周围,分别有:一段废弃的铁轨——与水泥“城堡”一样,属于旧时代的景观,铁轨之上是立交桥桥洞,里面有个修补自行车的摊位,一个水果店,和几个蹲坐在那里说不清道不明的背影;我的侧后方是个新建的小学,门口是条不宽的街巷,有几个单位隐没在这片灰色的街巷中,记得散步时曾经见过“南昌市建筑设计院”的牌子,后来路两边的口子已经封起来了(意味着改造),不允许汽车开进去,一些临街的店面也关闭了,幽深的街巷颇有些二十世纪八十年代老县城的感觉;我的右后方看起来是一片开阔地带,新铺的花岗岩和垂柳沿着玉带河一直往前延伸,那是一片我未曾涉足之处。

我已经下了桥,沿着河流继续往前走,离居住的小区越来越远。为什么陌生之地总能引起我的兴趣?在视觉中,殊异的场景会使我的精神为之一振,充满探询的愿望。这里是片池塘。我暂时离开了玉带河,沿着池塘转了一圈,冬日的阳光冷冷地照耀,有些微风吹动,使脸庞感觉到寒冷。池塘的岸边也栽种着新鲜的花草,猩红的泥地上翠绿的颜色呈几何形状分布着。几个骑电动车的人从一段围墙出来。有一排筒子楼裸露在池塘边,有几盆花草和人为修葺过的窄小后院,小的窗户和属于厨房设施的排烟管道,没有人影,但让人感到这些砖木混搭的棚户并未曾被放弃。我进入小区,这是个比贤士花园老旧得多的居民区,楼房都是七八层,未安装电梯,便利店、美发室、水果铺、餐饮店,一如在别的小区见的一样。我在小区里转了一圈,这样无目的地行走并不能使我完全安心。我感到周围常有眼睛望向我—— 一个陌生的闯入者,一个行为和神情与周围的环境格格不入的人。我故作轻松其实心里略微紧张地走着,手心微微出汗。我为什么出现在这里?在寻找什么?或寻找什么慰藉?我突然发现,一个无所事事的人的状态是荒谬和可笑的。

从小区出来,我并未着急返回,而是从突然逸出的漫步中回到了流水的身边。我倚靠着栏杆,略微整理一下慌乱的思绪,仿佛内心刚刚经历了一场并不平静的冲突。远方有一对情侣坐在石凳上,在池塘边,阳光舒适地照在他们身上,他们完全沉浸在一个封闭的个人世界里,仿佛空气里与外界隔了一道厚厚的透明的墙。我似乎也曾有过这样的片刻,在遥远的过去,在狂热和忘我之间,吮吸那颗黑色但甜蜜的糖。脚下水上的漂浮物,让我想起不久前看过的一个小说:某天早晨,主人公见到海港里有一只死猫,嘴边叼着一个破烂的鱼头……

短暂的歇息并未消减我继续探询的兴趣。流水将我带到另一段铁轨处(正是之前看到的那段往前延伸的部分)。我拾阶而上,来到骑跨在玉带河上的另一条路上——二七北路岔路。二七北路一带全是汽车修理、配件、美容店面,不是那种门面漂亮、炫目的,而是有些灰扑扑、脏兮兮的感觉,不少出租车停在修理店门口。一个粮食学校(现在成了一个职业技术院校的分部)隐没在汽车修理店之间。一个新开发的楼盘鹤立鸡群地耸立着(楼盘的名字有"观澜"二字)。这突兀和醒目,隐含着:冲突、平衡、重塑……

我的胡思乱想,并未阻止我的脚步。我已经完全偏离了玉带河。沿着旧铁轨继续往岔道的纵深走去。在这城市盲肠一般的弯道上,依然有各种汽车配件店和修理铺。实际上我已经走进了一片旧日的厂区,走进了计划经济体制落幕后,一些停留在旧时代沙滩上的遗存——停止生产与运行的车间、办公楼、附属建筑,在经历一阵闲置和荒芜后,突然之间,成为城市的文化创意区。我的眼前出现了餐饮酒吧、艺术培训、电影院、书店、设计公司等新潮的城市景观。近年来,在全国各地大有蜂拥而上之势。为什么这种本来陈旧、落后、带有废墟性质的工厂,改头换面后反而拥有一种新潮和先锋的气质?

这是一个冬日的上午,我被流水带到了一片似乎未曾到过的陌生之地,在对流水和事物的注视中,时间,也在其中显出陌生的倒影。

寒冬夜行者

南昌的冬夜显得漫长。不到十点，贤士横街就已显得冷清了。也许冬天不像春季那么红粉、浅薄，也不像夏秋那般繁盛、灿烂。冬天是极简主义，是冷峭和深刻美学的集大成者——这一点，深合我意。自女儿升入高中以后，每晚都在学校上晚自习，因为时间紧张，连晚餐都在学校附近的小店里解决。我基本做到了每晚去接她下课，回忆起来，是让我颇感欣慰的事。

从贤士花园到女儿就读的学校——南昌市实验中学，步行不到十分钟。我从家里出来，贤士横街的“萍乡菜馆”“益丰大药房”“三维快捷酒店”依然在灯光的笼罩中，而平时嘈杂、纷乱的街景这时一扫而空，代之以缄默和空旷。通往菜市场的狭窄岔路口，平时是宰杀活禽的摊点，现在也已全部收拾停当，地面的污秽血迹被冲洗得干净，白昼的热闹归于沉寂。我步行在贤士横街，系着围巾，戴着手套，嘴里呵着冷气，显得安逸而沉静。我像个世代居住于此的人，对周遭的一切熟悉而亲切。夜晚的灯光使我感到温暖，而空旷的街景也让我心满意足。无所事事，有时会制造一种荒谬的情景，衍生出生命的荒诞状态。因为人在这样一种无所事事的状态中，会发现自己与周围忙碌的人群，有目的性的一切，格格不入。而我此刻的轻松、闲逸，却不是无聊和无所事事，与荒谬无关。相反，我内心沉静安宁，像一泓清澈的湖水。日复一日，每到晚上十点准时出门，走在这夜深人静的街上，重复这单调的夜行，却不感到厌烦——相反，我每晚都在等待这一刻，像个虚构的小说中的人物，准时拿起手杖、戴上礼帽、披上风衣，踽踽夜行。

意大利作家卡尔维诺那篇小说《寒冬夜行人》已广为人知。卡尔维诺说："我很想写一部实质上只不过是'引言'的小说，它自始至终保持着作品开始部分所具有的那种潜力，以及始终未能落到实处的那种期待。"作家实验性地创作了一个重建、摧毁、再重建、再摧毁的故事：男读者满怀欣喜地购到新出版发行的《寒冬夜行人》，读到32页以后，发现该书装订错误从而找书店更换，遇到一位因同样问题出现的女读者，由此小说开始进入一个不断拆解的游戏中……回忆贤士花园居住的时光，有时觉得像是对小说的戏仿。当我试图将那个真实的世界，那一个小区发生的故事、日常生活，变成纸上的文字，我不知道那些"抽象的言辞"多大程度上还原了生活的真实性？透过文字眺望那个消逝、逃逸的"世界"，我确信那如真似幻的一切未曾化为乌有。我们生活中每一秒都在形成过去，如果不去记载，它将永远湮埋在不复存在的时间之海。官方的志书、大事记，不会钩沉到我们具体而微的个人生活——但它从硬币的反面周详而精准地还原了生活的真相。

我在路口等待红绿灯，行人很少，出租车一辆辆从面前呼啸而过。在斑马线等待的这一刻，我的身边出现几个路人，现在唯一能记起的是他们的背影。我来到永外正街，走在一附院附近——那满是杨树的街道，冬天，笔直的树干删繁就简，冷风摇撼着树枝，发出"呼呼"的叫声。住院部走廊的声音、病人的呻吟、器械的声响，以及家属的说话声，封闭空间的嘈杂声，此刻都已听不见。只有我"窸窣"的脚步声，和手臂摩擦在衣服上的声音。偶尔，有人骑着电动车经过。甚至我认出提前下课的学生——后座上坐着他的同学，姿态夸张地疾驰而过。

女儿就读的是一所普通高中，她不是那种在学习上给家长带来惊喜的人，但对美术情有独钟——似乎遗传了我的基因。我在她那个年纪时也整天画画，有志成为一个画家，但阴差阳错，我后来更热爱写作，直到今天。画家的梦想早已破碎，但并不遗憾。

学校北门，已有一些家长等候在那里，大约十来个人。我站在一棵杨树下，双手插在兜里，眼望着教学楼灯光，我的身旁是一面“光荣榜”——发布着上届学生录取信息，从中央音乐学院、中国美术学院等重点大学，到一些普通三本院校，数百人之多。不出意外，一年以后，女儿的名字将出现在这面墙上。我每晚十点出来接她，一天都不耽误，似乎就为了这个结果——她的名字出现在“光荣榜”上。想到这一点，我不仅没有感到欣慰，反而觉得茫然。仿佛这不是我要的结果。我不知道我要的结果是什么。似乎不是普通意义上的考上大学，学有所成，功成名就。说实话，这不是我对她的期待。名落孙山，一事无成，庸碌一生，更不是我希望的。我对她的期待，似乎包含着前者但又不仅限于前者。我并不期待她成为一个世俗意义上的成功者，只希望她按自己的兴趣“有价值”地过完一生。

那些家长，有的倚靠在电动车上，有的坐在小车里，有的如我一般，站着低头看手机，彼此没有交流。整条街，嘈杂而陈旧。围绕学校衍生出一些产业：餐饮店、甜品屋、便利店、文具店，林林总总，在深冬这个时刻，大部分已经打烊，因而显得冷清而寂寥。数百辆共享单车，堆积在校门口，不宽的街道停满了汽车。我站在树荫下，无言地看着这一切，每天都是如此，没有意外——我不期待生活中的意外，我希望明天这个时刻，也同今天这样，安然沉静地站在树荫下，学校大门打开，看到女儿从校园里走出来……

谁是小区的“王”?

谁是我们小区的“王”? 或者说,谁是小区的管理者? 一天,我脑子里突然冒出这样一个疑问。显然,贤士花园并非“化外之地”,在一个现代社会,它早已纳入严密的管理体系中。小区中心广场上,拉着一条横幅:“社区治理,人人参与,人人尽力,人人共享”。从社会学意义上来说,贤士花园正是一个具体可感、有一定时空限制的对象。这是城市生活的一个微小单元,却也是一个纷繁复杂逸出想象边界的“世界”。不同于费孝通先生对乡土社会“差序格局”的描述——那由血缘关系展开的传统社会结构,这里没有一个具有向心力的家长式的人物存在,也不存在所谓的“圈层格局”。坦率地说,贤士花园是个陌生人或半陌生人社会,虽然它内部有相当数量的单位福利房,但经过二十余年住房市场化改革,它与原有单位那种福利性质的紧密关系趋于稀解。那种人、房俱属于原单位的情况已不复存在。小区的房子几经易手,其所有者早已换了好几拨人了。

我的太太曾经因为要开具居住证明,到贤士花园社区居委会盖章。是在小区大门口传达室二楼,G2 栋 1 单元 204 室。我每天从小区进出,竟然从来没有上去过。我也许能够想象它内部的场景:几条办公桌——采购自本市办公家具市场,棕色带三抽屉,左边无隔板的空间里放着电脑主机,电脑屏保是甜俗的风景画或花卉图画,抽屉里有本子,卷了边,一次性圆珠笔,墙上挂着制度、规则内容的框子,旧空调,有着霉点的墙以及看起来不算干净的地面。三两个上了一定年纪的人(太太纠正说也有年轻人)。疲倦而冷静的眼神。在平时,社区居委会的人仿佛不存在,说实话,即便遇到我也并不认识。

小区没有规范的物业,而是分割成若干个单元自行管理。我居住的C栋,有个独立的小院,有道铁门和一个门卫间。我居住的几年换了好几个门卫(都是一些老年人)。除了看管铁门,门卫还负责打扫电梯以及地面卫生,按月收取物业费。而小区大门口的门卫——是一位五十多岁的老妪,这是个值得描述有特点的女性。满口南昌乡下土话,穿着打扮以及神态显示出她的郊区身份。其言谈举止在我看来甚至有些偏执和蛮横,南昌有句方言叫"夹沙糕"(通常形容那种不可理喻的女性)可以形容她。因为掌管着车辆的放行——我只是租客,没有固定车位,每次有急事开车进来便要向她求情,对于我来说,她是个权力很大的人。

每次见到我开车进来,她要么隐身起来,装着视而不见;要么瞪着眼睛看我,头摇得拨浪鼓似的。我敬重她遵章办事,原则性强。若非万不得已,我不会开车进入小区。我曾经说过,在小区里有过三次搬家经历,每次都会有一些书籍、锅碗瓢盆、衣物的搬动,不开车进去实在不方便。正因为这一来二去,她算是我在小区比较熟识的人。每次见到她竟会向我点头打招呼。虽然难堪,她每次还是予以放行,只是叮嘱我早点开车出来,更不能过夜。

经常见到,她坐在门卫室里,嗑着瓜子(瓜子皮吐了一地),身边堆满了快递包裹,我偶尔也会去她那里取快递,但我不算网购频繁的人。有时也见到她拿着大扫把,在清扫院子的干道。有几次还遇到她在当街瓦罐汤店吃早点——不知为何,见她一个人捧着一碗拌粉,就着瓦罐汤,潦草地用早餐,内心竟莫名地产生一种悲悯之感。

她的面相显示出她没有幸福的往昔，穿着极随意、不讲究，有些粗糙，性格刚硬甚至像个男性，讲话咋咋呼呼很不悦耳，往往词不达意。这是个生活中的不幸者。同时在我眼中是小区真正的主宰者——她似乎也很配合这种身份，有着一个把关守卡的“将领”的威严。她的形象，有时让我想起老家县城曾有一个叫“五狗”的混混，来自乡下，瘸腿、常去卖血，因为性格强悍，聘为市场管理临时工，勉强度日。五狗在县城以混混的身份竟在乡下获得了一点名声，弟弟“六狗”兴冲冲前来投奔，结果被“五狗”用拐杖赶回了乡下。他涕泗横流地教训弟弟，六狗你不学好样，却要学我当混混！县剧团还据此编了个小戏《五狗教六狗》在各乡演出。

女儿即将结束集训和校考，我们又要在她学校附近找一套合适房子租住，直到高考结束。我习惯性地回到了贤士花园，我发现，这个我居住了好几年的小区，对于我又成了一个陌生之地。我找到门卫室老太太——直到今天我都不知道她的名字，向她说明来意，寻求她帮助。她的脸红扑扑的，嘴里嗑着瓜子，眼神显得明亮而精光——那是一种诚恳同时意味深长的眼神，她说她手上恰好有一个房屋要出租的房东电话。原以为数次开车进去给她制造麻烦会对我有成见——其实完全是书生自恼。她像完全不记得或者说并不放在心上。

某天，太太从她那里拿快递回来，无意中说到“门卫老太太变得‘称突’（太太家乡湖北沙市话，意即平整）”。我细细回味这句话，想起她刚来时，完全是个乡下人模样，面色蜡黄，人很憔悴，声音沙哑，腿有些跛（走起路来让我想起瘸腿的五狗）。随着时日增加，她慢慢显得精神起来，虽然还是那么粗糙、那么咋呼的一个人，却在太太眼中变得“称突”，甚至每日竟有许多人去找她拉家常，她开始有机会帮助到很多人，帮人安排一些事。特别是大门口装上电子横杆以后，她手握按钮，更加信心满满地坐在门卫室，脸上都有了些高傲的神气。

我居住的C栋门卫其实也是值得一说的。我第一次搬进去时，门卫是个六十多岁瘦高男子，穿得干净得体，肤色白净，像是某个单位退休人员，闲来兼职。C栋租户不少，鱼龙混杂，各人身份境况不一，我们的门卫平素显得有些高傲和骄矜，眼睛瞅人有点睥睨的意思。老实说，每次我到门卫室去交物业费，心里不是很舒服的。他慢吞吞的动作也许出自习惯，并非刻意怠慢，用一口纯正的本市方言与你交谈——来到南昌二十余年，我虽不会说但完全可以听懂。他的身上有一种优越感，虽然不知从何而来。他在门卫室外面的空地上，种养了许多花草，虽是因陋就简，但他侍弄得井井有条、生气勃勃，各种我叫不出名字的花草葳蕤其间，显得绿意盎然。在叠垒的架子中间，他竟然还放着一面不小的镜子——想来天性是爱美的。这是个临时工作之地，并非居家之所，但他将品位和爱好，不经意间流露出来，让我多少又有些敬意。他的太太偶尔带着孙女来看他，我看到孙女趴坐在他的腿上，显得亲昵而可爱，有时孙女在屋外与孩子们玩耍，他也会声色严厉地教她如何如何。可见他是个张弛有度、富有章法的人。后来不知何故，没有继续再做了。

后来的门卫是一对夫妻，来自赣中永丰县，年纪约莫六十上下。与他前任不同，男主人是个极小心翼翼、态度谦卑的人。当他得知我老家来自莲花（过去同属于吉安管辖），他对我格外热忱，每每以老乡称呼。也许我早已习惯前面那个门卫傲慢的作风，对于他迁就讨好的样子，反而不习惯。有时我下班回来，看到他拿着铁桶在门口洗澡，穿着大裤头，裸露着干瘦的上身，觉得他身上有种我似曾熟悉的东西。门口的绿意早已全无,他全然没有这个雅兴,只是那面镜子还在,孤独地映照着天光云影,也映照出他赤裸干瘦的脊背。他身上还残留着一种"农业文明"的痕迹——想到赣中那个农业发达、科举很盛,同时民风耿介的地方,觉得似乎是合情合理的。他的妻子,倒显得端庄和温良,看不出低眉顺眼的样子,而是不亢不卑的。

在贤士花园几年,在那个松散的社会结构里,我没有见到真正的管理者,而一切却又有条不紊。居委会的人如同隐身人,通常很难见到——直到今天,我都没有接触过。门卫老太太——她具有一个管理者的气势和对我而言事实上的权力,但其实也是个弱者。C 栋的门卫，那自成一统的小院落的管理者——一个是退休后闲暇兼职，一个是投奔儿女为他们分忧的异乡人,也很难说是小区的"王"。维持小区运转的"后台"是什么？——也许是我们每个人内心保有的认知——一部分来自传统社会的遗传，一部分来自现代文明的洗礼。在这个大转型时代,一个乡土中国与现代中国,急速复杂完成衔接、更替、转换之际,每个人都是这大旋涡的被裹挟者和被塑造者,同时又是自我完善和新生的主体——自己故事的叙述者和关于时代的"隐喻"。

颜色的秘密

波兰女作家奥尔加·托卡尔丘克在小说《白天的房子,夜晚的房子》中曾写道:“瑞士的屋顶是世界上最美的屋顶之一。那里人们生产陶瓦用的是不同寻常的五彩缤纷的稀有泥土,那里没有颜色相同的屋顶。屋顶的外观不断变幻着色调,以泥土所能呈现的上千种颜色而令人惊诧,看上去就像用各色布片拼缀制成的百衲衣。”

对于一个注重水墨画传统的国度,我不知道城市规划设计师是否会将色彩作为重要因素予以考虑?色彩反映着城市的性格、风度和气质,某种程度上也是城市主人内心审美和文化素养的体现。

我曾经登上小区C栋楼顶,那是冬天,阳台上的阳光转瞬即逝,我们像许多住户一样,把被子、洗好的衣物拿到楼顶上晾晒。屋顶是个裸露的水泥大平台,除了一个大水箱,视线中便是花花绿绿的衣物被子——规整地垂挂在一根根结实的铁丝上。我们生活中不乏这样的能手,善于对生活环境进行改造,甚至制作简易家具,属于邻居主妇口中经常称道的对象。我们楼上这些晾晒铁架,显然也有些年头了,就出自如前所述的能手中。如果不是这些晾晒物,屋顶本身是单调的灰色。C栋是本小区最高建筑,站在楼顶,可以将小区全景一览无余,甚至可以看到更深的城市远景。我发现,我们小区整个笼罩在一片灰色的海洋中,就色彩感而言,是毫无新意的。

小区整体的色彩呈现出某种保守性格。建筑物外墙统一装饰着淡白色瓷砖，经过风吹雨淋，颜色陈旧发暗，它们主导了小区的色调。以至于小区的灌木、香樟树，也显得不那么青翠。地面是硬化的水泥，在后来的一次改造中，铺设成了黝黑色的沥青。13 栋建筑，除了高矮不同，都是一个模子立在那里。楼是空间的主宰者，它们占有并分割了这块空间，承载人们的欢笑、哭泣和梦呓，见证了老人的死亡与婴儿的诞生。不少人从某间公寓里搬出来，从此不知去向；也有人从小区兴建后就搬进来了，现在还居住于此。那些漂洋过海回到非洲、印度、巴基斯坦的南大医学院留学生，以及实习的女护士，带着小区某套居室的气息、记忆，回到家乡，而原来的房间已换上新的主人。被记忆保留的小区的整体灰色，成为他们日后回忆起来感触颇深的部分。

建筑外墙的颜色也投射到内部的居住空间。从我第一次搬进小区算起，陆续住过几套房子，尽管楼层、厅室、布局略有不同，但内部的装饰、格调都大同小异：二十世纪九十年代初实行的水曲柳木门和吊顶，暗黄色木质地板或青灰色（也有肉色）方块地砖，甚至连卫生间的材质、款式，都是一模一样的，毫无个性，带着体制单位职工共通的装饰趣味。这色调和风格，容易唤起人们对于某种话语的记忆，一种分配制度的遗产，稳定的审美情趣和精打细算过日子在居室细节上的投映。有时，我在卫生间洗漱，面对斑斑霉点和锈迹深重的镜子，看到身后 30×30 厘米白色瓷砖砌边的浴缸（经常为发物堵塞而生烦恼），积着难以清洗的陈年污垢——因而只有视觉意义上的存在而弃之不用，马桶、热水器和莲蓬，都有着共同的特征以及相似的毛病。这房子的盛年已经过去，它健康的部分和在那个年代属于时兴的风格、功能，随着主人一道老去，把残存的红利和不断出现的毛病留给了后来的使用者——那临时租户。我没去过小区的常住家庭，不知道他们是否也感受到这种困扰。

在乡村——每个人事实上的故乡,我们在那些残留在夕照中的建筑物上,感受到的是一种温暖的色调,一种炊烟和童谣萦绕的古老哀伤。但在城市小区,这些被时间伤害的墙体上,我们看到的是一种陈旧、破败本身。乡村的老房子,是我们割不断的故乡脐带,而陈旧的城市小区则是根盲肠,随时会被资本的利器所收割。贤士花园兴许不至于这么早会被纳入拆除改造的名册,它兴建于二十世纪九十年代初,不算太老,只是像个中年妇人,风姿不再。它的气质,从一开始就是中年的趣味和旧色。它远没有比奥尔加·托卡尔丘克笔下瑞士那些有着五彩缤纷漂亮屋顶的房子古老的地步。但从营造的那天起,就是个中年妇女模样,穿着咔叽布服装,鲜艳的色彩和漂亮款式从一开始就在蓝图上缺席了。实用功能几乎覆盖了一切。色彩和艺术感,并未纳入正题。如同严肃的生活中,理性、效率和功能性的需要,构成的最大公约数,审美和艺术性,那是一个小众的话题和需求。贤士花园就是这样一个鲜活的标本——它是房地产市场兴起前夕单位福利房的最后见证。

但在时间这位真正主人的眼中,它其实与那些漂亮的花园楼房(虽然它也以花园命名)是没有不同的,不存在优劣之分。它的局限、嘈杂和纷乱,却也是那些精致漂亮的楼盘所缺少的。如同 V.S.奈保尔在采访印度某周刊编辑听到的一句话:“你有没有看到我们一些贱民的美?”也许任何一种人类活动和生活方式都将留下一笔值得铭记的文化遗产。

贤士花园整体呈现的灰色,是一种后计划经济和工业化的痕迹,是一种市场与体制交媾的产物。其隐含的秘密,传达出一种理性、福利制度甚至安土重迁的意味。在过去,这里是南昌不大的市区版图的边缘地带,因此带有村落特征的地名和风俗仍然存在,居住在贤士花园和周围一代的人，有比重不轻的数代居住于此的“土著”。它的身后是历史久远、无限广阔的农业文明，它的面前是喧嚣嘈杂、日新月异的现代社会。它像是一个铆钉，焊接在这两端中间，成为时代的见证。我的楼下，有一对年迈的夫妻，依然保留着农历初一、十五烧香的习俗，我母亲在老家县城，都难以完整地承续这传统社会礼仪。据我所知，在这个小区内，这样的老人不算少数。农业文明往往伴随着狂欢、幻梦、非理性的日常、节庆和仪式，工业文明和商品主义的特征则是刻板、效率、理性的流水线般的图景和内心世界。假如说我们的农业文明反映在色彩上是大面积的红色——那张扬的、喜庆的、牺牲的、让人血脉贲张的颜色的话，工业文明则置换成毫无个性的灰色——那意味着理性、客观、收缩感、让人安静的色彩。每年春节，在南昌——江西省会城市，家家户户少有人再贴春联了，那残存的一点红色，早已让渡，或被大面积的灰色所吞噬。这一点，却在我老家的乡下大不同，每年春节，那里依然是一片被红色主宰的国度。

并非奥尔加·托卡尔丘克女士笔下的瑞士屋顶，那有着多样性色彩的房子，我相信，它们，有的也许经历了上百年、几百年，但它们依然无缝对接到现代文明中，成为旅游业和文明的一部分。而在我们这里，在这样历史久远的国度，朝代更替频繁，喜新厌旧，难以建立一种长久的稳固的意识。在城市规划师的蓝图上：那些历史痕迹、市民生活的习俗、属于个人情感的部分，有时会被忽视和轻易地抹去。

现代性越来越强势地植入我们每个人的生活。以正当性、毋庸置疑的正确性，招呼着大家一起上路。没有人能回到过去的生活，回到历史中去。终有一天，贤士花园和它周围混乱、嘈杂，但生气勃勃的一切，也终将坍塌在铲车和机器荡起的尘埃中，一种生活和记忆的消逝，将变为一个不可挽回和争辩的事实。

在雨季

在雨季，贤士花园像一条船，陷落在连绵的雨水中。记得苏东坡写过："小屋如渔舟，濛濛水云里。"这里是亚热带湿润季风气候，雨量充沛，属于"夏炎冬寒"的典型城市。与东坡先生贬谪的湖北黄冈气候差不多。雨季闷热、潮湿的天气给南方人带来了烦恼。湿漉漉的地面、墙壁，拧得出水来的家具，雨后无尽生长的霉菌，深受其害的电器，以及永远不得晾干的衣物，让人不断诅咒这天气。贤士花园作为老城区旧建筑群，仿佛这样一幅图景的代言人，雨季给人带来不便和烦恼的一切，它都有。对于一个局外人来说——一个电影观众，或小说读者，南方的雨季可能是某种诗情画意最集中的体现，是南方世俗民情，特别是在一些小城市，生动而浪漫的布景。南方人精致的生活、邻里之间的人情世故、友善温暖的诸多细节和景致：小心翼翼地撑着伞在街巷行走、放学的孩子顽皮地踩水、苍老的巷子窗棂上青葱翠绿的植物、阿婆背着竹篓跨过拱桥、英俊的少年骑着自行车在雨中疾驰、咖啡馆里一双细嫩修长的手搅拌热气腾腾的饮品、邻居递过来一把香葱茴香、鱼儿在小溪里欢快畅游、二哈明亮乌黑的眼睛、楼上的钢琴声、招牌上乌亮的仿宋体字、校园围墙外疾走的年轻夫妇、汹涌的城市内河、焕然一新的柳树、一个女作家笔下的文字——"南方那种与自然和群体关系密集的居住结构，让生活十分便利，让人保持对季节以及细节的兴趣。那时他们做什么都是喜气的，即便喝一碗绿豆汤，也会由衷地赞不绝口。对食物有着格外细腻热诚的心意……”(安妮宝贝)——所有这一切，与居住在贤士花园里的居民所感受到的：由于潮湿，墙纸从墙上脱落下来，下水道驱之不散永远难闻的气味，电视机一经打开朦朦胧胧泪眼婆娑的画面，因积水而停留在单元门口心急如焚的上班族，在雨中滑倒的电动车——诸如此类，似乎隔着两种画风，不在地球的同一个区域。

没有谁比一个居住在贤士花园里的老太太对雨季更有发言权。雨，形成了她们性格中的一部分，影响了她们的口音、味觉、深入她们的作息习惯和内心世界。雨水加重了建筑物的重量，对于那些阔叶植物、香樟树和竹类来说，同样如此。在雨季，贤士花园的人说话的声音都是“嗡嗡”的，舌头仿佛在青苔上打滑。橡胶套鞋成为又憎又爱的对象。伞是使用频率最高的词——有人站在地铁、学校、商场门口兜售雨伞(20元一把)。少女们开始忧愁头发。人们从雨中钻出来，来到商厦屋檐下，跺着脚，互相尴尬地一笑。这是适合吃米粉肉的季节，某种绿色蒸制食品(青团)开始上市。没有谁比大街上的清洁工更怨愤这季节——满街香樟树开始落叶子，推陈出新，不知不觉中树冠已被刷了一层绿漆似的——翠绿得让人不敢相信，黄黄绿绿的叶子落得满地都是，它们粘在地上，在雨中、风中，病毒似的到处扩散。大街上，没有哪一刻，会比现在显得更加混乱。潮湿的空气又闷热又寒冷，“二四八月乱穿衣”，收进衣柜的厚衣服又被翻出来，也有人穿着短袖，趿着拖鞋满街乱跑，从人们的着装上来看，分不清季节。主妇们对居室的被褥、床单忧心忡忡，伸手摸进被子，湿漉漉的。建筑物的楼顶上现在一片空荡，只有锈迹的、冰冷的铁丝，像几道蛛网无辜地暴露在雨水中。屋顶形成了许多水洼，雨水溅落下来，开花、消逝。有时，竟然会有阳光突然从雨中照射过来。雨水加重了事物的重量，延长着寂静的时间，使人们内心的迟疑持续扩展。雨水是书本的天敌，一个读者站在青苑书店门口——手中新买的书被雨打湿，纸张粘连在一起，字迹浸泡在一片狭小的水的沼泽中——这是一本崭新的读物，这是最让人心烦的一刻，被雨水浸泡过的纸张无法再回到它挺括、光洁的过去，这忧愁加重了内心的疲倦，诚如印在书封上的文字——“超越一个人本身的疲倦，宇宙的疲倦，树上耷拉的树叶的疲倦，突然好像流动不畅的河流的疲倦，慢慢褪色的天空的疲倦”（彼得·汉德克《试论疲倦》）。

一个城市小区在雨季似乎也获得生长的力量。如同山上的竹笋，在暗中拔节生长。雨水涤荡了身上的尘埃、污垢，使窗户变得明亮，让沥青地面显得更黝黑光亮，一个在雨水中“洗过澡”的小区，像一个突然长结实了的男子，向你迎面走来——这也可能是你的一个幻觉，事实上没有比在雨水中泡过的建筑更让人觉得沉闷。雨水加速了它的衰老，在毁坏它的墙面，朽烂它的门板，让霉菌在房间内无处不在地生长。老人们拿出瓶瓶罐罐，摆满了床头、餐桌、茶几，只要一进门，就能看到。这些药丸躺在一个个玻璃瓶、塑料盒或白色长方形纸盒里，似乎在提醒她的儿女们，重视她加重的病情，为忽视对她的关心感到内疚。一颗粉色药丸摧毁了一个家庭的和谐，考验着伦理和亲情。无可争辩的事实是，我的母亲每到雨季肩膀和膝关节就隐隐发痛，风湿和关节炎折磨着她的暮年。她躺在 14 楼某个居室床上，为不吵醒酣睡中的我们，疼痛难忍半夜她自己用手撑起微胖的身躯，给肩膀张帖药膏。楼下的麻将桌早已支起来，雨季也摧毁了这项娱乐，使老人们变得更加无所事事。那些挺过严冬考验的高龄者，携带身上的病灶和日渐衰竭的器官卧在床上，轻易不迈出家门。从早到晚，他们不知厌倦地听着雨水“滴滴答答”地歌唱——那虚无的、隐形的歌唱家，从虚空处来，遁迹于虚空处。

雨季使北门后面的玉带河猛涨，像一根不堪重负的肠道在吞噬、排泄，那些从暗沟流出来的废水，不可避免地加重了它的污浊。一些来历不明的柳枝和水藻漂浮在上面。水的刻度不断上涨，几乎快要与路面齐平（洪水退后，新砌的花岗岩上留下深重的水渍）。贤士湖新种的菖蒲和其他叶片狭长植物，全部浸泡在水中，清淤泵和增氧机在勉力工作，罗茨鼓风机将空气压到水里，几条鲫鱼浮在水边的菖蒲丛，反射着微白的光，一动不动。闷热潮湿的天气，让蚊子大面积繁殖，蛙鸣混合着雨声，在夜晚进入人们的睡梦中，带来初夏意味。雨水改变了人们的出行，使踏青的计划被打乱。雨季，使一个租住于此的写作者，仿佛看到远在黄州的东坡先生，正苦于雨的烦恼，"空庖煮寒菜，破灶烧湿苇"，对一个刚刚写下《赤壁赋》《后赤壁赋》以及《浪淘沙·大江东去》的豁达者来说，漫长的雨季也让他写下心灰意冷的诗句——在那诗中：被雨水污泥践踏的海棠花、白发病体、湿冷的灶台、乌鸦、坟墓——种种意象，显示出一个灰暗、颓废的形象。

雨水将逝去的时间与当下的时间连接起来，将不同的区域连成一片。甚至将小说里的时空，电影里的画面，音乐里的形象，勾连起来。雨消弭了真实与虚幻、存在与消逝、此岸与彼岸的界限。在玛丽·雷内东笔下，雨季让"极地那冰雪和黑夜的混沌之中拔地而起的"豪华旅馆陷入了无边的沼泽地……雨水影响了人们的生活，也催生出一些虚构的故事。雨甚至直接催生了一位诗人——博尔赫斯，这位盲者，他的诗歌仿佛是为雨而生的，随着雨落下，他突然看见"幸福的命运向他呈现了/一朵叫玫瑰的花"。雨落在一个深夜阅读者的头顶。落在宁波、黄州、格里芬、巴黎、布宜诺斯艾利斯。漫长的雨季，让人仿佛进入冬眠，也让回忆终于以粗暴者的形象出现。

我的房东们

从我入住贤士花园算起，平均不到一年半时间，便有一次搬家经历。描述这些房东，并不是件困难的事情，他们有着各自的背景、性格、情趣，虽然我与他们的交往浅尝辄止，远谈不上深入，但从一个自以为善于观察人的角度来看，大致能够对他们有所把握。频繁地搬家，可以看出我性格中某种变动不安的偏好，一定程度上的完美主义、爱挑剔、理想主义乃至易幻想的特征——总觉得会找到更好的房子。回过头来看，这四套房子其实总体上大同小异，在居住的便利性和缺陷上有着惊人的一致性。因此，我的搬家看起来像是瞎折腾，显得有些徒劳和不切实际。

搬家是很辛苦的事情，那些随着时日增加的书籍、衣物、厨房用品等等，在每次搬家的时候，成为恨不得扔掉的累赘。在这期间，我们清理掉多少书籍，是不可计数的。当我面对一堆堆并非“经典”但也来自朋友的馈赠、若干场合偶然所得、一些会议活动的附赠品时，取舍往往是让人痛苦的。我总觉得某本书会作为今后的工具或资料而用，但显然，没有足够的空间摆放它。更重要的是，在搬家时不可避免的负累。我的太太，是个比我干脆和豁达的人。正是她帮助我痛下决心，将那么多的书清扫出我们的书柜，使之遭遇化为纸浆或摆上旧书市场货柜的命运（如果是后者，我内心的愧疚感会轻一些）。我的一大纸箱早期发表的样刊，竟也在某次搬家的过程中丢失了。

我的第一个房东，是一对中年夫妇。这是两个高个子、相貌平整、很般配的人，两人都姓郑，而且名字最后都有一个华字，这是让我惊讶的，乍看之下，以为这是一对兄妹。我在他们的房子里住的时间最久，大概有两年多——如果没有记错的话，我们是女儿初一下学期搬进这套房子，直到她初中毕业才离开。阴差阳错，女儿录取的高中，又在这片区域，我们又鬼使神差地搬回了贤士花园。基于与原房东良好的关系，彼此信任，我拨响了郑女士的电话(在他们家庭关系中，她是主导者)，遗憾的是，房子已经租出去了。我们在女儿学校周围找了一圈，快临近开学时，都一无所获。有一天我在单位接到太太电话，告诉我找到房子了，还是在贤士花园，让我赶过去看下以便敲定下来。这当然是后话。郑氏夫妇，都在证券公司上班，属于哪个层阶不清楚，年纪比我和太太大三岁。从房子原有的装修和格局来看，属于经济上的宽裕阶层，目前他们住在红谷滩新区(是集资房还是商品房不得而知)。这套房子他们此前租过一个客人，我们是第二个租户。显然，他们对以前的租户很不满意，那是几个南大一附院的实习生，共同分担开支，房东嫌她们不太重视卫生。这是一对职业特点鲜明的夫妇，也许工作劳累或者别的，女主显得有些憔悴，看起来比实际年龄老些——但那份精干、细致(伴随着轻微的苛刻)却是显而易见的。男主看起来年轻一些——他们同岁，只相差一个月，曾经是同学。不是万不得已，我们不会约着见面，那通常是家用电器坏了，或遇到什么难题非得房东出面解决。一般是女主来得多，也是来去匆匆。他们在经济上不算是很大度的人，锱铢必较，理性而严苛，虽然总体上是不错的人。他们是优秀的父母——因为他们培养了一个清华大学数学专业的儿子。我希望，我们家能沾上他们的好运。对这套房子，我比较满意——虽然那沙发摇摇欲坠，是个危险品，厨房和卫生间也不少毛病，电视机完全是个摆设等等，但对于当时的我们来讲，似乎不该有太多的挑剔，我们做好了长租的准备，一些不足我们准备来逐步完善。

我一直对这对夫妇有一定好感，想来他们人缘也是不错的，他们在这里生活了至少十年之久，孩子在这里读书、成长。C 栋门卫看得出来与他们非常熟悉，关系也很好，每次他们过来（尽管时间很短），总能看到他们亲切地打招呼、攀谈。

第二个房东，始终未曾谋面。房子是太太通过中介找到的。我赶到贤士花园的时候，只有中介—— 一位女士，和太太在房子里。房主将钥匙留在中介手上，她是外地人——抚州临川人，不知何故，在南昌拥有这样一套房子。这是一栋八层楼高的二楼，小两室一厅，面积大约只相当于前一套房子的一半，可能不到 70 平方米（我们之前租的房子有 140 平方米）。但这套房子看起来装修得比前者新些，家具电器也更齐备，虽然小，但也紧凑，加上临近开学——再加上我并不是个很有耐心的人。往往是这样，房子在你最急、最需要的时候，是最稀缺的，踪迹难觅；而在平时，在你不在为找房发愁时，菜市场边上的公告栏里，各个建筑物的临时招贴处，那种租房信息比比皆是。我们很快就和中介签了合同，并且住进来了。自始至终，房主未曾见面，只在电话里有过沟通。仅从电话里的交往来看，这是个厚道、实诚的妇女，一言以蔽之，是个好人。我们才住进不久，热水器就坏了，我打电话给她，她二话没说让我们找菜市场旁边的电器修理铺维修，费用从下个月的房租中扣除。我想，如果是前面那位房东——郑女士，尽管我对她印象也不错，但显然的，会有一番核实和交涉的。后来几次因为房子一些问题与房主协商时，对方都很大度，充分信任。这让我对临川人产生了一种莫名的好感。

但房子的缺陷，开始日益显现出来。这时，我的母亲已经完成“保姆式”式的陪伴使命，回到赣西那个小县城去了。尽管如此，房子仍让人觉得拥挤。女儿的房间，只摆下一张一米二宽的床，一个小衣柜，就没有多余的空间了，写字做作业的位置也没有。我们将书桌摆放在客厅，客厅成为我们家吃饭、休息空间外，兼做了女儿书房。高中第一个学年，还不要求上晚自习，每晚女儿在客厅做作业，我则侧躺在靠窗的沙发上——用女儿的话说是“葛优躺”。太太拿着书在卧室里看。这是每晚我们家固定不变的情景。窗外，是两栋楼宇之间的平台，户外的声音纤毫毕现，以前在 14 楼听不到的老太太们的闲言碎语、楼下电视里的声音、狗的追逐声、风吹起地上纸屑的声音，现在如此逼真地传入耳膜——这些都是可以忍受的，最要命的是，那在别的小区、广场和空地都能遇到的，这些年来一种奇怪的健身运动——广场舞，每晚准时伴随着一支乐曲在窗外响起。那是一支奇怪的曲子（我不知道歌名），同时有着奇怪的旋律——现在，只要一闭上眼，那支奇怪歌曲还会在我耳边萦绕——“感觉自己棒棒哒……”那些妇女，大概七八个，每晚准时随着音乐出现。基于此，我到现在无法接受广场舞——也许那时带来的阴影太重吧。我的房东——那个隐身人，自然是无法目击和感受到这一切。她是个好人，我们却无法再合作下去。

第三位房东姓刘，是位温婉的女性。我回到了 C 栋，那么凑巧，我从地宝网上又找到了一套 C 栋的房子。当我们开车把东西搬回 C 栋时，我看到 C 栋门口小卖店罗老板（我通常叫他罗师傅）惊掉下巴的神情——我们之间有过一次不快，但仅这一次，我们之间友好的关系便终结了。我第一次住进贤士花园时，是房主带我还是自己找到罗师傅的记不清了。那时，小区没进行燃气改造，还在使用罐装煤气，我在罗师傅店里代办的煤气使用手续。每次他扛着煤气罐上来时，我们还会交谈几句。他是个热情的人，每次我们交谈都很愉快。我也时常在他店里买些小零碎。在我前次搬离这里找他要回三百元押金时，他要我拿出押金条来，这理由无可反驳。然而两年多时间过去，押金条不知藏身何处。我向他说明，他一改往日的热情，恶狠狠地拒绝了我，料想我们今后将不会再见面。我觉得他脸变得太快，有些不近情理，便愤愤地离开。

房主和我加了微信。我记得第一次见到刘女士时，她穿着一件旗袍，虽然年纪与前面的郑女士相仿（从后来的聊天中，得知她也在证券公司上班），但她的风格与郑女士不同。郑女士是那种精干的职业女性形象，刘女士则带些文艺范。她会在朋友圈里晒她参加古琴学习、焚香、时装秀之类的信息，也会晒一些抄写《心经》、读书会之类的照片。她是几个房主里唯一一个称我“李老师”的人。我的微信偶尔会露出我职业特性的一鳞半爪。既然我们是微信好友，我想她多半也会关注——作为一个谨慎的房东来说，这合情合理。我们的合作关系时间不短，仅次于她的同事郑女士。我们回到了电梯房，回到了高层。我重新拥有了写毛笔字的空间，而女儿则开始了上晚自习。她拥有一个带书桌、书柜的很大的卧室，外面还有一个阳台，每天阳光会照射进来。在那许多个夜晚，我沉浸在写毛笔字中，桌上摊着一大摞字帖：《黄州寒食帖》《蜀素帖》《祭侄文稿》《苕溪诗帖》，地上满是我涂写的毛边纸，一得阁墨水的气息在房间里沉浸不散。刘女士很少过来，微信省去了很多麻烦。但中途也来过几次，每次都穿着不同款式的旗袍。她看起来大约五十来岁，肤白，身材苗条，秀眉长目，也许古典的打扮反而使她显得老相一些，实际年龄可能不到五十岁。解除租赁合同后，自然地，某一天她在我的微信好友中消失了。

至少到现在为止，互信在我和三个房东身上都存在着。我们有时会夸大人的恶意，喜欢听闻人群中糟糕、负面的信息，对于陌生人之间建立互信总是持怀疑态度。我们有时习惯了“他人即地狱”的思维。

我的最后一位房东，是位男士，年纪与我相仿。春节过后不久，女儿即将从杭州返昌。我回到贤士花园，找到大门口的门卫老太太，她带我看了一套房子(她有钥匙)，但那房子并不能让我满意。我从网上摘录了一些房子信息——有些不实的信息将我带到十公里之外的地方。看房是要付费的，大约花了百来块看房费后，我不甘心似的又回到了贤士花园。意外地，我在一个拐角处看到一张A四纸那么大的新贴的租房信息。我拨通了上面留的电话，是一位女士接的，对方让我在原地等十几分钟。迎面骑着电动车过来的却是一位瘦削的男性，嘴上留着小胡子，衣着普通毫不讲究，仿佛正在干活的中途过来，急匆匆，寡言少语。这套房子的陈设，与前面几套大同小异，三室两厅，除了光线稍差——因为我们进屋开灯后，好半天室内才显得透亮一些，那是一栋高层楼的三楼，没有电梯。对于我来说，觉得已经不错了。房主审慎地、沉默地陪着我将屋子转了一遍，熟稔地按着开关，拉开窗帘又拉上。我浮皮潦草地看过后，便迫不及待希望签订合同。他显然有备而来，从口袋里掏出两张有些发皱的纸来。当听说我只租六个月后，他断然拒绝，说那不行，最少要租一年。我心里十分清楚，这是此次可能出现的最大障碍。房主收起那两片纸，起身准备离开。他说他很忙，店里还有生意要去照顾。我非常清楚，没有更合适的机会了，因此我请他再考虑下，帮帮忙。我说实在是因为女儿读书就近才来租房，她学美术，刚刚从杭州集训回来，离高考不到五个月时间。他突然眼睛一亮，看了我一眼说你女儿也在实验中学?

我说是的。原本不报指望的心又提起来了。他说好吧，我租给你。原来他女儿也在实验中学学美术，我女儿在八班，她女儿在七班。

此后一切顺利，不仅签了合同，房主还将卧室里坏了的空调换成新的。我们之间的共同点，成了我们合作和缔结友谊的纽带。他甚至坐下来，与我聊了下他女儿的学习情况。因此知道他的女儿是在本市某个画室集训，联考成绩比我女儿落后大概千把名。他没有让女儿回学校学文化，而是放到一个培训机构（新状元还是博艺？）学文化。这又是一笔不菲的费用。他说他还有一个儿子，正在读初中，供养两个孩子读书，成了家里最紧要的事，他们夫妻两个是做小生意的，离这里不远——我脑海里浮现出永外正街那些店铺的形象。王兄——我这样称呼他，对他的负责任的态度表示钦佩。他说，还不是想搏一下，为了孩子，做父母的不都是这样？这是个非常朴实的人。我与他之间的信任感，在亮明一个准备高考的家长的身份后，无比坚实地建立起来了。就在我离开贤士花园半年后的春节，还收到他的微信问候和祝福。

琴声悠扬

每个周末，早上八点，我的楼上准会响起悠扬的钢琴声。至今，我没有与这位弹奏者谋面。只好在想象里，将她描述成一位长相不赖的女士。钢琴声时而如急促的瀑布倾泻而下，充满激情和力度，时而像草原上的微风，轻柔而悠长。每次弹奏的时间都在两个小时以上。通常，这个时间我会赖在床上，厮磨到睡意全无才起来。因为周末，是摆脱工作的时刻，睡一个踏实的懒觉，是对辛劳一周的奖赏。不知从哪天起，我的睡梦中出现了钢琴声，如雨点落下，也如阳光照耀。曲子是温暖的，悦耳的，我在半寐半醒、虚幻与真实之间醒来。聆听一支又一支曲子滑过耳际，熟悉又陌生。有些曲子似乎早有耳闻，有些则完全陌生。我在师范读书时，同学中有许多弹琴高手，那时的师范教育，注重人文艺术的全面培养，我将自己描述成整天在一种艺术的熏陶中并不为过。红墙碧树的琴房、妙曼的少女——那里似乎寄托着早年幼稚、朦胧的情感。我的懒觉是睡不成了，但我也不愿起来，便在床上，兀自“欣赏”这一段段乐曲。

这位弹奏者，只在每个周末上午时分，才那么真实地存在。琴声提示着她的身份——一个院校的音乐老师、青年(为什么是青年)艺术家、资深音乐爱好者？对音乐我不在行，我无从去判断这位女士(假如是)的艺术水准。但有一点是不容怀疑的，琴声优美、悦耳、温暖。在那些旋律中，我似乎听出了人的喜怒哀乐，看到了群山大海、草原蓝天，也看到了潺潺流水、田园村舍，我感受到了春的芬芳秋的清凉，听到了奔流嘶吼和鸟鸣啾啾。我仿佛看到一双白皙、细嫩、修长的手，在黑白琴键上抚摸、舞蹈、跳跃，它们弹起、落下，有时像白鸽轻柔展翅，有时像鹰隼迅疾俯冲，我甚至看到了她的一头秀发垂泻而下，青丝勾勒出一张白皙、若有所思的脸。

她是我们小区众多住户中的一个。我对其中绝大部分无从交集，谈得上一无所知。我们唯一的共性便是栖居在同一片屋檐下。我们像是一个大家庭中的子民，但互不相识，也不交集。我们会去同一个农贸市场买菜，与熟悉不熟悉的商贩讨价还价。在同一个站台候车，脸上有着同样的冷静或焦灼。会去同一个湖边锻炼，或沿着玉带河漫步。我们不知互相的身份和姓名，这让我们轻松和心满意足。与我的童年不同，我的童年是在故乡县城长大，在街坊邻居的“亲情”中成长，在一个熟人社会，毫无秘密可言的人际网络中，开始形成对人和社会的认知。所有的温暖和羞耻都在其中获得，烙印般深刻。但现在，比如这个小区，我在其中居住五年与居住五天，是没有分别的。我们的人际关系不会纵深展开，像一个点，既是起点，也是终点。这是我们的幸事还是悲哀，无从知晓。时间会培养人的一种惯性，对他既有的生活方式加以固化和肯定，他处在这时间蛛网结成的茧中，慢慢变得惰性和麻木。他没有改变既有一切的勇气。

废名曾给鹤西写过一联：看得梅花忘却月，可怜人影不如香。很有意思的一副联，我是在格非写鹤西的一篇短文里见到。这是对人的状况一种生动的表达，顾此失彼、喜新厌旧、欢喜一场，只有经历了才会懂得其中的况味。废名笔下那个“莫须有先生”，好像没有随着时间而死去，还活在我们众人中间。我们从何而来、到何而去，为何来、为何去——说到底，别人是不关心的。我们在这世上留下点痕迹，譬如，我写过的那个制造点响动的借贷者，楼上的弹奏者，甚或我对他们的书写，也许被人看到、听到、读到，便烙印在他心里，至于这个人究竟是谁其实不是重要的。我们大部分人恐怕难以摆脱这样的命运——留下一鳞半爪的是幸运儿，更多的是灭影息身在人群中，如一滴水汇入大海，杳无踪迹可言。

我们都是梦中人，不愿醒来。这仿佛是无法质疑的。我们能够把握到的真实有限——当那些时刻我们悲欣交集，却又怀疑是在做梦。也许那睡梦边缘的琴声，会强化这一点，让人生出更多人生如梦的感慨。我闭着眼，却醒着，耳边流淌着倾泻而下的琴声，那天才之手谱写的旋律（他们想表达什么？），随着曲子深入，我目击到更多的场景、画面，我深入其中，徜徉、流连，久久不愿出来……但终有那一刻，琴声戛然而止，四周一片空旷。仿佛我听到的是梦中的乐曲。琴声逃遁得无影无踪，我兀自留在沙滩上，头顶是深邃的蓝，脚下是金色的月光。我躺在床上，又像躺在一艘空无一人的大船。

又一个周末早晨，我来到户外。那是秋天某个时分，小区里笼罩着一层薄薄的若有若无的雾。我从电梯里出来——这栋楼本来有两个电梯，其中一个坏了，金属按钮显示牌被掏掉了，只留下一个洞，旁边贴着一张禁止使用的 A4 纸（四周用透明胶带牢固地粘着）。从我搬进来时就在那里，有些年头了。我穿着套头衫、牛仔裤，显得轻松、惬意，看起来像是准备出门的人。但我没有任何计划，不知道去哪里。

我把琴声抛在身后，走出楼洞，看到秋天的雾，将一切笼罩起来，像一顶巨大的薄的帐篷，将建筑和人都收纳其中，让人想起莫奈的油画《日出·印象》。我看到门卫室黝黑门洞里的人影，便利店货架上几何形、圆柱形、方形货物上的图案和标签，一只猫蹲在门口，显得安静而松弛，旁边是农贸市场——一些没有固定摊点的商贩，将紫色塑料盆搁在地上，里面是活跃的水鲜，盆子旁是一块塑料布，一些鲫鱼在上面蹦跶，地上是血污、鱼鳞、脏水。零乱的电动车，堵在农贸市场后门，人来人往，既熙攘又沉静。我走出单元，整个小区出现在视线中：浅灰色楼宇、黝黑的地面、花园广场以及周围一圈香樟树、刷着五颜六色油漆的锻炼器械、停得满满当当的汽车、一些老人和一些孩子（他们清脆的尖叫声刺破雾霭）、门卫在扫地（伴随着轻微的“嘶啦嘶啦”声）。浓雾遮蔽了琴声——我仿佛入迷地看着眼前的一切，随着时间流逝，雾不仅没有散去，反而显得越来越浓、越来越重……

梦

我做了一个梦。我经常做梦，几乎每晚都有梦。我梦见在一个考场，面前支起一个画架，手忙脚乱地将画纸粘在板子上——老师分发了好几张纸给我，其中有一张是有编号的，但我看不清楚，几张纸上都已经被前面的使用者画满了（有水粉风景、素描人物），我花费了十来分钟都无法辨别，向监考老师提出疑问。他接过去瞄了两眼就把那张涂满颜料的纸给我。幸好这场考色彩，我带的水粉颜料可以将纸上的色彩覆盖掉。我小心地用夹子将纸固定在画板上，其实用透明胶带可能效果更好，于是去找胶带。我已经花费足够多的时间来做准备，但似乎没有理出头绪来。我的隔座考生——一个男孩，捂着嘴偷偷发笑。我听到老师焦急的声音："先画起来。"是的，要先画起来。可是我的画笔找不到了，我在地上摸索，以便确定用哪一根来勾形，洗笔筒里的水污浊不堪，似乎只到了桶沿的三分之一处，我起身去装水。我记得考试时间是一个半小时，我掏出表来看，已经过去半个小时了。我感到非常焦虑。起先我对这场考试蛮有把握的，色彩头像对于我来说似乎不是难事，虽然捂着嘴笑的男孩告诉我，考题是——他居然从自己的口袋里掏出一张相片给我，上面是几排合影（黑白色，像二十世纪八十年代的学生毕业照），其中第一排左四这个小指甲盖大小的头是个模糊的——在周围清晰的脑袋中显得那么格格不入，像是照相时猛烈地在甩头似的。他告诉我，就画这个模糊的头。我的信心受到打击。我找出一支笔来，胡乱地在满是颜料的纸上勾出一个似是而非的形来，然后把笔一扔，我知道，我无法完成这场考试了，完全不可能……我满头大汗地从梦中醒来。贤士花园的夜恢复了平静，我差一点坐起来，却仍然平躺在被子里，看到天花板，确定刚才的情景不是真的。我轻松地嘘了一口气，事后回想，也许是代替女儿的角色出现在考场上。那是考前的压力给造成的。

那个夜晚我没有睡踏实，我又做了一个梦。单位小肖告诉我，我们要到河对岸的茅棚里上班。什么，茅棚？这确定是真的？我想到办公室那些机器、文件，他们都将随我们到河对岸的茅棚中去。而单位的头头们，却留下来，其余的八九十号人全到河对岸去。那是一段不短的距离，也许只有电动车能派上用场。因为我们单位要拆除，在原址上重新修建。确实，它太陈旧了，是应该重建。后勤中心的人已经在开始筹划，怎么来搭河对岸的茅棚，他们提出了一个搭建两层的宏伟计划。这个梦没做多久我就醒了。哦，这又是一个梦，不是真的。工作同样给我带来压力。我的焦虑不经意间在梦中暴露出来。

这已是这个晚上的第二个梦了，但还没完。我出现在一个工地上，人来人往，一个大人物在巨幅图画前指指点点，似乎是一幅施工图，里面有隧道，前景居然是鸭群和牛群——它们从隧道口涌出来，中景是一些人物，远景有建筑、工厂、山峦。我提着一个铁桶，手里拿着抹布，站在一旁看着他们对着画面指指点点，其中一个人回过头来，看到我并过来与我握手。然后他们走进去了。留下来的人在那里争吵，显然大人物对这幅画并不满意。这只是这个梦的前奏。我在惊愕中看到人们离去，才又提着铁桶往前走，扭头看到一个熟悉的身影坐在画的背面——一位女性，短头发、小脸蛋，粉色衣服，她坐在矮凳上，一双黑白分明的眼睛瞟了我一下，我觉得那张脸很熟悉。我认出来了，是个同行。她说有几句话问我。周围人来人往、乱糟糟的。我和她去寻找一个僻静一点能说话的地方。我们来到一处，坐下，她劈面问我，说昨天和几个女作家在一起，她们说听到你说某某人的事情，想来求证一下。我惊讶地站起来，这完全是不实之词，况且，我讲什么话，她们怎能听到？她说，你在乡下说当然没人听到，你在城里讲，保准没人听到吗？况且，她说，她那个地方——西部某个省份，距离我们这里就是几十公里（实际在 1200 公里之外），保不准我说话的时候有人正好在我身旁听到。我质问她，是谁要这么说？她闭口不言，只拿黑白分明的眼睛瞅着我——言下之意，难道你心里还不清楚吗？我脑袋雷达似的快速搜索可能出现的面孔——这时我听到一阵响声，从梦里惊醒。原来手机设定的闹钟响了。

每晚，只要我的头一挨着枕头，梦就开始潜入我的脑袋。我发现贤士花园 C 栋 1403 室真正的主人不是我，也不是我太太和女儿，而是梦。梦主宰了这套居室，主宰了每个夜晚，而白天的所见，则为它的世界提供了素材。与其说我生活在这房子里，不如说是生活在梦里。每晚它以不同的面目、故事出现，并寄居在我身上。我只是它的房子而已。就像我和这房子的关系。可以想见，每晚小区要发生多少故事，已大大超过白天发生的那些事实多少倍。那些形象、故事，投射在夜的天幕上，简直灿若星河，像个奇观。各种各样的故事，披着梦的外衣，在颠倒的时空里穿梭往返，在那真正“自由的国度”生成、嬗变。我做梦，那是每晚不可避免的事，如果我不迅速将昨晚的梦记下来，也许什么也不曾看见，什么也不曾发生。

悖谬的故事

有一天我对门(后来知道男主人姓邓),看到我不小心掉在门口的毛笔字纸,我的书法也许打动了他,于是拿出一本《江西邓氏简志》(第一卷)向我咨询。我们虽为邻里,平素却从不往来。他有一个读小学的儿子,与他一样虎头虎脑,有一个穿着打扮时髦的太太,每次在电梯间里,闻到一阵刺鼻的香水味,无疑,是她留下的。他们家境殷实,气质像是做生意的人。

这是一本红壳子硬装十六开印刷品,没有正规出版。从《致江西邓氏宗亲的一封信》可知,是一位叫邓必哲的人所主编。前面还有地方政协官员做的序。序言呼吁"更多族人自愿捐助,在条件允许的情况下,再重建清乾隆三十五年(1770)的江西宗祠,以此来增强江西邓氏的凝聚力"。我注意到一个现象,随着经济发展,修族谱、建祠堂等致力传统文化的努力,也呈现出复兴的态势。有的地方,现代化水平越高,复兴传统文化的愿望越强烈。

邓先生提供的文献显示,他属于南昌青山湖区分路口支,基祖邓琬(1316—1404),适逢元军南侵,为避战乱,来到分路口长春村龚府做长工,因其忠厚仁爱,龚老爷将女儿嫁给他为妻,并划田供他耕作。从此,邓琬后裔世居于此,"课耕""课读",至今已传十九代至"觐"字辈。邓先生正是"觐"字辈。大约在其太祖时,他们从长春村迁入贤湖村(今贤士花园所在地)。此前,他们居住在自家盖的三层小楼房里，因这里一带建各单位小区，被征用拆迁了，以货币补偿的方式获得一笔不菲的资金。或许出于故土难离的心理，他在贤士花园购买了一套房子，继续在这里生活。

李银河在一个案例研究中认为，由于市场经济和工商制度在中国社会中的长足发展，家族文化及其理念已经在受到巨大冲击之后逐渐退出历史舞台。“中国的家庭与西方家庭之间的区别会变得越来越不明显，二者最终将趋于一致。”我的邻居邓先生，作为一个拆迁户和“拔根状态”中的一员，同时也是这本非正规出版物的出资人，当他拿着这本邓氏简志向我请教（也可以理解有些炫耀的意思）时，那片遥远的乡土他其实已非常陌生。他是个时尚的现代青年和商业上的成功者（她太太是名牌包和名牌服装的爱好者），他们有足够的条件去更漂亮、设施更好的小区居住，但他们却住在这里，仿佛是个安土重迁的人。

赫尔岑在《致亚历山大二世的信》中曾说：“不可能有一个拥有电报和电动机的成吉思汗。”这句谶言里面有种悖谬感。而悖谬感，是这个城市根深蒂固的符号。这个城市以及整个江西，存在感不强是不言自明的，这并不羞耻。你很难将一个历史上如此辉煌，自赵宋以来，这块土地走出那么多骄傲的名字——晏殊、晏几道、欧阳修、王安石、曾巩、黄庭坚、朱熹、陆九渊、周必大、杨万里、姜夔、文天祥、马端临、吴澄、朱思本、周德清、解缙、杨士奇、吴与弼、罗洪先、魏良辅、颜钧、聂豹、何心隐、汤显祖、朱耷（八大山人），与眼前这个城市，这片土地相提并论。

其实悖谬感在上述人物的思想和性格里都或多或少地存在。比如文天祥气贯长虹的忠贞坚韧与一个如此孱弱如浮萍的朝廷命运，如八大山人哭之笑之的流离背影与一个旷世天才之间的分离。

贤士花园小区前面的阳明东路，因纪念王阳明而命名。走在这条路上，我脑子里总会冒出他的诗句："樽酒无因同岁晚，缄书有雁寄春前。"其实，他的一生也是充满悖谬感的。而他与这个城市以及它的主人之间制造的故事则更加悖谬。

那是正德皇帝在位时。朱元璋打下天下，将子孙分封到各地当王。分封在南昌的叫宁王，朱宸濠是第四代宁王。与这个称号形成绝妙讽刺的是，宁王不宁，他想搞事。搞事，其实是他朱家的传统。当年朱元璋第四子燕王朱棣不就因为搞事，攻破南京城，废了建文帝，自己当家做主了吗？宁王朱宸濠想重演历史，正德十四年六月十四日，在南昌发起叛乱。这场有预谋的军事政变，原计划是在八月十五日（正是全国举行秋试时），正如多数情况下计划总不如谋划者所愿，而不得不提前进行。最后起义的日子定在了六月十四日——宁王生日后一天，这也是经过充分考量的，因为江西百官正在宁王府赴会饮酒——那是一个鸿门宴。宁王可以剪除来自内部的威胁放开手脚杀到长江那边去。历史从来是个看似偶然实则注定的把戏，有一个至关重要的人物被宁王布下的天罗地网给疏漏了，那就是王阳明。并非他神机妙算，而是六月初九，王阳明因接到兵部尚书王琼的命令去福建戡乱，正在南赣剿匪的他那日从赣州出发。他错过了为宁王庆生。

仲夏的江西是个火炉，炎热的天气让人的情绪有时处在失控的边缘。阳明自然不会想到(不过也并非完全没有起疑)南昌城里那隐隐的杀机。当然，更无法预知多少年后，那座城市再次爆发出惊天动地的枪声。作为一个浙江人，他自己恐怕也没料到个人的遭际如一片犁铧与江西这块土地嵌得如此之深。17岁他奉中过状元的父亲王华之命从浙江入江西，去南昌府迎娶他的新娘。这是两个位高权重同时是亲密战友的达官贵人很早就为儿女定下的婚约，在中国古代，这是志同道合或门当户对者强化亲密关系的一种有力方式。虽为后来反封建的现代主义思潮所唾弃，坦率地说，对于构成稳定和有共同价值认同的婚姻来说，并非一无是处。浙江与江西是邻省，在历史上的差别不像今天这么明显，都是富庶和才人辈出之地。江西广信府靠近浙西南，是阳明赴婚之途的必经之地。那里有个大儒娄谅，对于阳明成为学者是个重要的启蒙者，用《王明阳年谱》的记载来说“先生始慕圣学”。对他的拜访，开启了阳明由朱学向心学转向的发端。

娄谅是个学者，同时也是一个深谙神秘数术的人。他长得仪表堂堂，端正清癯，良好的基因直接影响了后代的容貌。女儿素珍聪颖貌美，儿子伯英俊倜傥。娄谅在英宗天顺七年进京参加会试，走到杭州突然返回。人们问他为何，他说，“此行非为不第，且有危祸”。后来，果然会试的贡院起火，会试的举子们，烧死烧伤者无数。

王阳明由信江入鄱阳湖，一路上游山玩水，他携带着露水和草木的气息来到这座城市，昂首走进了一座张灯结彩的布置得充满喜庆意味的高宅大院。成婚的当晚，他却失踪了。他走到翠花街的铁柱宫（万寿宫）与一个道人相谈甚欢，全然忘记了正坐在婚房里哭泣怨愤的新娘和布政使大人及夫人蒙受的羞耻大辱。黎明时分，当他幡然醒悟般无辜地出现在众人面前时，悖谬感像突然而至的光线，将所有人照亮。

王阳明坐在船上，经过他曾任知县的庐陵，快到丰城地界的时候，接到宁王反叛的消息。此地距离南昌城只有一百多里地。这消息让他震惊，但并没有让他慌乱。他脑子里迅速闪过的蛛丝马迹似乎印证了这个结局不难理解，此时他觉得自己“单旅仓促”难以作为，必须逆流而上。他习惯性地握住宝剑平静而果断地命令船家北上。

当船家听说宁王发兵千余人前来劫持王阳明，吓得不敢开船，结果被王阳明用剑削了两个耳朵，才哭哭啼啼地摇动了桨橹。王阳明心里怦怦跳，但未丧失理智，他卓尔不群的智慧在关键时刻总能显示出超乎常人的地方。他脱掉官服，潜入渔船中，留下一个人穿着他的官服，迷惑追捕他的人。这招果然奏效，在宁王的人盘查替身并差点杀了替身的时候，王阳明已经赶到了临江府，此后又在知府的建议下坐船去了吉安府调度人马，以一系列的反间、用诈、布疑、奇袭等谋略和手段，完成了平定宁王叛乱这一奇功，成为后世叹服的“儒者之用”的典范。

宁王被擒后，站在囚车里，望着已然面目全非的南昌城和整肃的队伍，居然笑着对王阳明说：“这是我的家事，先生又何必如此费心呢！”随后他又低头，似乎自言自语：“商纣因为听信妇人的话而失了天下，我不听妇人的话而亡国，真是悔恨莫及！”又抬头对王阳明说：“娄妃是个贤妃，投水自尽了，请帮我好好安葬她。”娄妃正是王阳明 17 岁由浙入赣途径广信府拜谒的大儒娄谅的女儿素珍。素珍嫁与宁王后，得到宁王恩宠，他特意从苏州府请来才子唐伯虎教她书法绘画（当然宁王罗致唐寅不仅为此），成为一代才女。她的居所——水观音亭杏花楼（离贤士花园不远），到今天，还残留着风雅的遗韵，水榭亭台在波光潋滟中似有清音妙曲幽幽传来。娄妃奉劝宁王不成，命人将自己捆了个密密匝匝投水自尽了。王阳明礼葬了娄妃，以表彰其深明大义，同时也是报当年娄谅点拨的恩情。

宁王被擒时，王阳明还在都察院讲学，讲《大学》的主旨“诚意”。忽然有人来报：宸濠已被擒。众人皆惊喜。而王阳明脸色看不出一点变化，语气平静地说，“此信可靠，但死伤太众。”说完，他接着娓娓讲述《大学》，就像什么事都没发生一样。

药店的兴起

我刚搬来贤士花园时，小区周边的街道，可以说是餐馆林立。不知从何时开始，许多餐馆悄悄地改头换面了，变成了一家家药店。现在，贤士横街的药店，大有和餐馆平分秋色之势。

就我们家而言，我太太在市属单位、我在省属单位上班，我们分别拥有市医保卡和省医保卡。这几年，我们卡里的金额在明显增长。我发现，药店里卖的不仅仅是药，还有鸡蛋和其他一些生活用品（它们往往以赠品的形式出现）。我和太太常去的那家——益丰大药房，在贤士横街宰杀家禽摊点的拐角处。有一天，不知何故，买完药以后，我和店员聊起了小孩的学习。教育、医疗、住房——是让陌生人之间能迅速交流的话题。这位女士，在这方面似乎颇有心得——她也有一个女儿，正在上饶师范学院读大二。她的女儿严重偏科，数学怎么都不开窍，后来，找到了一位二中的老师一对一补习，有明显起色，原本只有考专科的成绩，结果冲上了本科。她感到心满意足。当然，她补充说，钱是花了不少。因为她采取这种一对一的补习不仅限于数学，还有好几门功课。我试着向她要那位神奇的数学老师的电话号码，她掏出手机来，但没有找到。为了证明此言不虚，她准备打电话问她女儿。我觉得唐突，制止了她。我说，你们怎么得到这些优秀老师信息的，她说会有一些群啊，你难道不会去打听吗？她女儿读高一时，她就已经开始在为高考做谋划，对于哪些愿意给孩子补课的名校名师,她掌握得很详细。听她这么一说,我感到很惭愧,觉得自己太不称职了。而对于女儿即将迎来的高考又忧虑了几分。

这个药店,原来的位置是个小型超市,前几年才改成药店的。尽管小区周边新开了好几家药店,大小都差不多,但我们还是习惯去这一家。如同我和太太习惯去农贸市场里固定一两家摊位买菜一样。我们家隔段时间要清理一些过期的药品,虽然平时各种常备药都会买一些,但有些却不大用得上。是药三分毒。药也不是能乱吃的。在家庭开支中,买药远比在外吃饭花费多,我们这代人更愿意在家自己做饭吃,即便口味差些,终归觉得安全。而下一代,似乎都爱点外卖,或者在小馆子店解决(不排除他们上学时间紧张图方便的缘故)。药店林立,这是全民医保的直观体现。同时,也不能忽视,其中巨大的产业链。在我的记忆里,过去牙龈肿痛、咽喉肿痛、头晕脑热、扁桃体炎、感冒、咳嗽、拉肚子、口腔溃疡什么的,不会用很复杂的药,类似牛黄解毒片、羚翘解毒片、藿香正气水、夏桑菊颗粒、维生素片、黄连素片等等,就能解决掉。但现在有个头疼脑热、感冒发烧、腹泻发寒,去药店拿药,如同进菜场买菜,同样的药品,厂家、质量、类型(药丸还是药剂)、价格等等都不一样。以前几块钱甚至几毛钱能解决的,现在要上百块几百块,拿在手里一堆药,花花绿绿,像买了一堆蔬菜水果似的,我心里总觉得不是很踏实。

有时,我也会买一些药寄回老家去,给年老的父母备用。我妹妹在老家县城医院上班,是个护士,有时她会给我提供信息,家里大概缺些什么药。我的父母通常是不太向我开口的——我们家的人都有这个脾性,都不太愿意麻烦别人,哪怕是亲人。但我发现,除了一些补钙的药以外,很多的药也是没太派上用场。近来母亲突然在家养了几只鸡,让我买些阿莫西林寄回去,说是给鸡吃,杀菌。益丰大药房的女士听我说完，愣住了，她从没听说过买药给鸡吃。我也没有听说过。

虽然我和太太医保卡上尚有不少的余额，而且家里常备药不少，但还是有几次，有点小问题，需要对症下药时，将那白色塑料小药箱翻了个底朝天，却找不到对症的药。这好比出去旅游，爱在景点买些纪念品什么的，它们堆在家里，你发现它们毫无用处，既不美观，也不实用。有一次，我削苹果时可能心不在焉，刀子划到了手指，到处翻，居然找不到一片创可贴。

步入晚景，我的姨妈因为骨质疏松，身体疼痛，严重时，到了无法走路的地步。表哥表妹几个带姨妈来南昌洪都中医院（骨科在省内较有名气）治疗。出院时，生活在广州的表妹在药店给姨妈买了个电动轮椅带回去，姨妈很欣慰。在她的愿望里，这将给她的出行带来很大方便。事实并非如此，第二年再去洪都中医院看望姨妈时，电动轮椅对她生活的改善，成效微乎其微，轮椅也没有避免摆设的命运。姨妈眉头紧锁，躺在病床上——这个我童年时极佩服的女性，被疾病所折磨，长吁短叹，对治疗怀着深深的忧虑。姨妈治疗骨质疏松，三年一个疗程，每次治疗周期为半个月，花费不少，这些费用，平摊在几个子女身上。姨妈没有收入，前几年，姨夫因为遭遇车祸去世，给姨妈很大打击。去年是姨妈治疗的第三年，也许治疗本身是一个缓慢的过程，要将身体里常年形成的痼疾清除出去并非易事，因此，姨妈期望的那种药到病除的奇迹并没有出现。这不完全是治疗的问题，也与姨妈平时的作息、保养、饮食密切相关。这可能是不少患者的共性吧——病，与其是说看的，不如说是养的。靠的是经济条件和医疗保障，也靠健康的饮食和生活习惯。

药店的兴起，也许在提示，全民重视健康和养生的时代来临。同时也在发出一个国家步入老龄化社会的信号。

尽管忌讳，疾病却像影子一样纠缠着你。谁都不能大意，或在它面前昂起高傲的头颅。因为一个昨日还身强体健的人，今天可能就被它击倒。它击倒人的方式有很多种，有缓慢、持久地对一个躯体进行侵入和折磨，也有猝然出手，一击致命的。人类在它面前实在是渺小。那些肉眼看不见的病毒，在空气里扩散，被宿主携带，有些在人群中传播，造成群体性的恐慌。

疾病在任何时期都是存在的，但是近十几年来，医院、药店的数量在扩张，看病的人越来越多，医院里每天人满为患，床位成了紧缺资源。由此衍生出的医患关系，不像以往那么平和——这是个复杂的话题，自然不仅仅是病人增多的原因，更有医疗体制改革、医疗资源分配、医保、公民教育等因素。病人的增多，带动了药店的兴起——它们以连锁的方式，分布在城市各社区周围。只要有社区的地方，一定可以找到药店（通常还有诊所）。

我妹妹曾一度在贤士一路的一家社区诊所上班。因为妹夫从老家县城考研出去，毕业后在一家省直单位上班，从事土地测量测绘工作（让人想起卡夫卡小说《城堡》中的K）。我的外甥女思思已经出生，并且将入小学。夫妻俩起初分居两地，妹夫在省城，妹妹在老家。我妹妹属于极有主见的人，很快就办了停薪留职手续，将思思带到省城来，全家团聚了。这样的生活维系了近十年之久，在这期间，为了发挥自己所长，妹妹受聘在贤士一路社区诊所工作。思思即将升入高中时，妹妹原单位取消了停薪留职政策，要么回去上班，要么离职，只能二选一。妹妹选择了前者。妹妹在诊所上班时，有时会用到我的医保卡，似乎那时刷医保卡没现在这么方便，一些适合老人用的药品药店不给开，而在诊所则方便多了。

现在回想起来，妹夫初到南昌时也住在贤士花园，在农贸市场的八楼。那是他单位一套三室两厅的房子，妹夫一家与另一个也带家属的同事一起住了几年。我们偶尔会到妹妹家串门，假日一起聚个餐。当时断不会想到，数年以后我们会住到这里来，度过一段平常但也难忘的时光。

贤士花园正门口过去有个土菜馆，我们和妹妹家在此聚过几次。店主正是我最后一次租房时，门卫老太太带我去看的那套房子的主人，在土菜馆二楼。门卫老太太说他在小区有好几套房子，那是开餐馆赚来的钱买的。两年前土菜馆也变成了药店。顾客还是那批顾客，但吃的内容已大不同了。

四女性

无论多么有序，菜市场总像个场面混乱、腥味刺鼻的地方。一个个猩红色肉铺、毗邻的水产品鱼虾摊位、禽类摊点、酱货咸菜、时令蔬菜、厨房调料……让人头晕目眩，不知如何迈步。加上这里空间密闭，空气不太流通，污浊的气味足以让人掩鼻。这是一个女性占比较高的地方，同时又以老年妇女居多。按照南昌人习惯，一般是妇女们掌握菜篮子。年轻人要上班，因此基本都是老太太来逛菜市场。据我观察，水产类店主男女各占一半，猪肉铺位，百分之八十以上是女性（其中尤以三四十岁妇女居多）。她们娴熟地挥舞刀具，场景多少有些滑稽。而卖蔬菜的，则基本都是女性，其中五六十岁以上的老妪占多数。

我通常是周末去买菜，让太太换手休息下。我对农贸市场一点都不陌生。出于一个写作者的敏感和常年观察使然，在那纷乱的人群中，有四个女性，给我留下较深的印象，虽然我至今不知她们姓甚名谁。

其中一位是卖蔬菜的。她的铺位在西区中间位置，是一位四十出头的妇女，应该说长得比较端正，皮肤也白皙，我的太太每次都在她那里买菜。久而久之，我也习惯到她那儿去。这是位看起来干净、清爽的女性，眼睛大大的，戴着手套（看得出来懂得保养），她的形象在周围那些老妪中显得格外醒目。我注意到，她的摊点生意较好，顾客比较多,又以年轻人居多。她的摊点要说有什么特色,那就是整洁、清爽,但也贵。这里蔬菜永远是品相最好的,码放得整整齐齐,看起来总是新鲜和可爱的。她的菜虽卖得比别人贵一些,但总不缺少顾客。菜铺与她这个人一样,让人看起来舒服,毫不马虎,有一种端庄、专谨的精神在里面。她看起来不应该在这儿卖菜,而应该坐在写字楼里当白领。从我住进贤士花园起,五年多时间里,她一直在那个位置,显然更年轻时就开始了这份职业,相信还会继续做下去。我对她欣赏的态度她似乎有所察觉,因为我从不与她对视,生怕多少有点轻慢了对方,而要让对方感受到对她的一份尊敬。我用余光发现她其实是平静而自然的,虽然闪亮的眼神含有淡淡的感激之情——但对哪一位顾客不是如此呢?我对她的身世有些好奇——对她的家庭、丈夫以及孩子。也许她家就住在贤士横街与玉带河交叉处的那一片房子里,我曾经写过的张开双臂就能触摸到两边的狭窄弄堂,有一个普通的像她一样做小生意的老实巴交的丈夫,一个正在上学的儿子(或女儿)。与住在那里的居民没有不同,只是更爱美一些,收拾得比较整齐、清爽一些而已——但正是这一点,那对美的一点热情,像微光照亮,在灰暗中脱颖而出。

如果说这位女性与周围的环境有些格格不入的话,农贸市场西出口处那个女孩则更加明显。那个出口正对着一条盲肠小巷——通往贤士横街,巷子两边是:包子店、杂货店、汤粉店、简餐加工店、金店、山东炒货店、米酒店、露天禽类店,还有一个网吧入口(通向二楼)。白天人潮汹涌,夹杂着骑电动车和共享单车的,嘈杂、纷乱但并非无序。一个二十来岁的女孩,每天下午五六点钟在那个出口卖虾。女孩白净,有点像前面那位卖蔬菜的女性(不知道二者之间有没有关系)。一个青春靓丽的女孩,面前一摊挑拣后毫不新鲜的虾子(价格比市场里的便宜得多),在这个临时的方寸之地,身子根本舒展不开只能蹲下。人们从她身边甚至头顶跨过进出市场。我第一次看见,就感觉到她与周围的环境如此抵触。我曾经在她那里买过几次虾,不是为了便宜,而是希望她早点卖完收工回去。她只卖虾,面前一个簸箕大的盆子,没有水,虾看起来一动不动,泛着灰白色的光,在周围嘈杂纷乱的人影中、在电动车喇叭声中和人们的脚步声中,在傍晚的昏暗中——显得像她一样无辜、一样轻微。女孩沉默,双手娴熟地将个大的虾拣出来放在最上面,嘴里叫卖着,眼睛里有一种悲戚但无谓的神色,不微笑,也不冷漠。她蹲在那里,挤占一个本来就狭小的出口,仿佛一锤子买卖——像是临时弄来的非正常渠道货品。她几乎每天都在那里,面前永远是这一捧半死不活的虾子,夏天的时候,因为蹲着,T 恤的领口有点微微的显露而让人不忍直视。我每天从这小巷子路过,因而总会注意到她。她让我想起妹妹年轻时的样子。我对她有种对待妹妹似的隐隐的怜惜之情。

太太喜欢光顾农贸市场的熟食店。各种卤菜(卤鸭、卤牛肉、卤猪肉)、凉拌和其他吃食,应有尽有,论方便真是没得说。有一对母女常年坐在这个玻璃房里。母亲是个四十多岁的女性,女儿不到二十,是一对美女,可能是这个农贸市场里最漂亮的女性。母亲长得有点像香港演员温碧霞。两人都打扮得很时髦,画着浓妆,有几分妖冶的意思。我偶尔也会光顾那里,与前面两位激起心里淡淡的忧愁不同,这位漂亮的女性(母亲),给人的态度异常冰冷,甚至有点嫌弃顾客似的。我对她女儿的印象不深。总的感觉她们总是坐在店的里面,手上各捧着手机在追剧,嘴里嗑着瓜子。每次到她那里买熟食,那种冰冷的表情像是欠她人情的感觉,这也让我百思不得其解,不知她的冷漠和骄矜从何而来。当我离开贤士花园一段时间以后,有一天突然明白，她的内心一定有着难以言说的隐衷。她起初或许有着更好的生活，目及之处是精致的物件、敞亮的环境，交往的大多是些衣着光鲜靓丽的俊男靓女——而非眼前嘈杂拥挤、气味难闻的农贸市场以及荆钗布裙、灰头土脸的白发老妪。生活的变故中断了曾经的一切，但生活总该继续，母女俩出现在这里谋生实属不甘但出于偶然。她的表情里隐含了命运的密码，眼角间的波光流淌着一二生世的沧桑。

最后这位女性有些特别。我刚住进小区时，有一天早上出门，迎面走来一位身材颀长的女性，三十来岁，长头发，背着一个小包，从我身边擦身而过。此后好几次，在这个时辰，在上班路上总遇到她。后来看到她坐在贤士花园农贸市场的小办公室里，才知道她是农贸市场管理员。不知是什么原因，我对她留下印象。这是位体态匀称的女性，脸长长的，可以说是比较清秀。她的样子让我想起童年时县城有位女性，我曾在散文《镜中童年》里写过她。一个男孩对于女性最初的美的启蒙和教育仿佛来自于她，让他心里起了波澜，感到忧伤。这是一个秘密，隐藏多年。意大利电影《西西里美丽的传说》，莫尼卡·贝鲁奇主演的美丽少妇玛琳娜，对一个少年的启蒙，让他意识到，原来在很多男孩的经验里，大约都有这样一位女性，在他们的身体和意识里烙下印记。县城那位女性，虽然自始至终未曾与她相识、交谈，但在一个孩子的白日梦里，她扮演了最初的“情人”角色。农贸市场办公室这位女性，让我意外地想起家乡那位女性来——虽然，并非指她激起我那样的情感。从我第一眼见到她，与她轻微的对视，然后擦身而过，就感觉到有点特别。其特别处在几次见到后得到加深。有时偶尔看到她拿着一个扫帚，办公室门口扫地，总是面色平静的样子，与管理处那几个五大三粗、稍显粗糙的男人在一起，显得也是不协调的。最初见到她，是穿着裙子、头仰着、胸脯挺得很高，人很精神，走路带点御姐范的仙气。随着时日加深，几年以后她的脸上似乎开始蒙上一层黄色的中年妇女的菜色，人也没以前那么仙气。她最初给我的惊艳之感，像是被时日给磨损了，而完全融入农贸市场整体的情状，那照亮人的眼睛，使周围黯然失色的部分——开始在消退了。

说到底，我们总试图将生活中那闪亮的一部分东西挽留，殊不知，它迟早要褪色和消失。那在人内心深处激起的某种东西，比实际交往带来的外部感受，更微妙和不可言说。如同好的读者往往在小说中不只是看到了情节、故事、作者设置的噱头，还感受到了那情节、故事、噱头之外作者的不经意间呼出的气息、“凉的烫手”（加西亚·马尔克斯《百年孤独》）的热情、倦怠和神经质……那是一个非现实世界的景观。当我闭上眼，贤士花园四女性的形象，确实清晰如星星一般地呈现在意识的天空中。

房间奏鸣曲

曾经一度，我在房间漫无边际地幻想，在某个“灵魂开窍”的时刻，听见房子周围的声音。不是外面风猛烈地摇晃树木、塑料雨棚以及锌皮遮挡物——那暴雨骤来前夕，气流撕裂、怒吼的声音。也不是暴雨本身，那磅礴的气势和骇人的力度，不顾一切冲向大地的满腔怨愤。相反，户外是宁静的，阳光金色的光芒在建筑物和空地之间，在树木和湖面上，留下古老的印记。正因为窗外的静谧，使得室内的声音越来越响、越来越密，像古战场的脚步声、擂鼓声、兵器撞击声，伴随着人的呜咽和哭泣声、窃窃私语声，小孩玩具掉落声、餐盘破碎声，男人睡觉时的呼噜声，手机另一端陌生男子说话声，女人穿着拖鞋在卧室里来回走动声（伴随着丝绸睡衣的摩擦声），猫咪慵懒叫声，钢笔掉落在地上“嘀嗒”声，电视里外国女人的笑声，莲蓬水流冲击浴缸声，辗转反侧者呓语声，小说里主人公的低语声以及书本被突然合上的“啪”声……

当我仰躺在圈椅里，面对着电脑屏幕闭目养神时，恍恍惚惚中，那声音自四面八方而来。房间里充满了人影，我像个守候在电视机前观看肥皂剧的观众，看到客厅、卧室、书房和厨房里，人们在走动、看报、用餐、没完没了地对话——我看到从前的主人，他们那看不见的生活，近在眼前，真实而虚幻。仿佛那随空气溜走的时间里的镜像，纷纷在我眼前重现。房子里每天该发生多少事啊，日积月累，这是个庞大的事实的数据库,它们自生自灭在这空间,在小区的建筑物里上演和湮灭。

一个女孩在读一封异乡男友的来信。脸庞沉浸在灯光下,因为激动和不能相见的渴望,神情紧张、情绪激昂。事实上写信的年代早已过去,她是在笔记本电脑前,在床上,与QQ里一个男孩在视频。屏幕显示对方是在一个网吧,他略微紧张,表情显示他们还没到那种亲密程度。在他背后是数排格子状桌子,那些沉浸在游戏世界中的男孩女孩,嘴里发出叫喊声、口哨声,吃过的方便面和百事可乐丢在篓子里,塑料烟灰缸挤满了烟头,如同从半空俯瞰网吧密密的人头一样。女孩窝在被子里,已经好几天没出门了,她的床和床的周围一样零乱,地上是外卖盒、一个个拆了以及等待拆开的快递,搭在椅子上的衣物(以及随意摊在地上的裙子衣服),宫崎骏漫画书,COS-PLAY(装扮动漫人物的服装、饰品、道具)。另外一个房间,一位年龄相似的女孩宅在屋里,足不出户,室内的场景与前者如出一辙。

一对父女在争吵。妻子在旁边紧张地观望。男子愤怒但压抑住自己的情绪,要女儿交出手机,女孩显得比父亲更激动,口中振振有词,眼神紧张、焦虑,双手死死地摁住书包。争吵演变成动手,失控的父亲像一头暴怒的狮子,扑向女孩,场景变成一个抢夺书包的战争。父亲伸手要夺书包,女孩则用双手紧紧箍住,因用力她的身体侧倒在床边,以至于把父亲也带倒在地。女孩哭泣、尖叫,把书包压在身下,已经无法自控的父亲,身体发抖,声音嘶哑,以居高临下者的暴怒、愤慨,与女孩缠在一起(他的右腿至今留下一道清晰的乌青的疤痕)。最终父亲将书包夺过来,扔给了一旁的妻子。这是一幕伤心的剧情。是每个女孩的青春期必然遭遇的一课,和一个父亲反应过度的小心、惶惑的剪辑。

一个老人在屋里死去。子女还在工作岗位上，未及来到他身边。仿佛没有预兆，之前一切都还是好好的，甚至有说有笑，但凌晨他却悄悄地告别了这人世间。在床头药丸的陪伴中，在盖得严严实实的被褥的包裹（在变凉）中，在静谧房间流动的早晨空气的酸楚味中，在时钟突然停下来的走动声中，在窗外桐花无声息的开放中——死去了。这是个素食主义者，一个信佛的老人，他走得如此平静，似乎摆脱了轮回之苦。床柜上，从佑民寺求来的经卷，还翻开着，上面做了记号。他一个人生活在这个居室，长达数十年之久。他有一个漂亮的妻子，是歌舞团演员，曾在话剧《八一风暴》中饰演过一个角色，不幸三十多岁时去世了，给他留下一对年幼的双胞胎姐弟。他自己是京剧团一位琴师，原本是上海人，二十世纪五十年代，上海京剧团到这个城市连演数十场京剧而全城轰动，周总理为了对这个做出巨大牺牲有着光荣传统的城市以支持，让一支队伍留下来了，成为省京剧团的前身。他的妻子去世以后，他因为深沉的爱没有续弦，一手拉扯两个孩子长大，并分别送进了医学院和地质大学。他自己鳏居于此，并在多年后改吃素食，成为释氏虔诚的信徒。

一个民国时期的老叟，一个古琴家，从很远的梅岭来到贤湖村，来寻找他的一位旧友。他拿手的曲子是《忆故人》，其他如《凤求凰》《广陵散》《清夜吟》之类也是不在话下。他有一张南宋时传下的焦桐。据说，听他弹过《忆故人》的人没有超过三个。他越是不弹，人们越是想一饱耳福，甚至有人出千金求他一弹，他毫不理会。据一位以研究民间文献和墓志铭的朋友说，胡先骕有幸听他弹过一回（他在给某位友人的信中曾提及这件事）。有一次，我与太太去上海参观一个书画展，策展人是浙江温州一位作家，也是我朋友。展览在上海工人文化宫——一栋英国维多利亚风格的老建筑里举行。这是个特别的展览，参展者并非专业书画家，全是诗人、作家。当我和太太来到这栋老楼，几个模样年轻的人正在布展（他们全都来自温州，都是写作者），我的朋友有条不紊地指挥大家悬挂作品，张贴广告，布置前言及背景墙，显得老道而熟练，仿佛是个行家。翌日上午十点开幕，除了几个从浙江匆匆赶来的作家（马叙、哲贵）以及上海女作家薛舒、孙频，观众总共只有十几位。这是我见过的人数最少的一个展览。

有一位中等身材的老先生携着一张琴，蹬着布鞋匆匆赶来。他甫一落座，大家便静坐他面前。老人弹了一支《忆故人》。他是古琴家成公亮先生，从南京坐火车而来，在一个女孩的陪伴下来沪治疗眼疾。弹奏之前他说了一句话，在古代琴就是为你们这样的人弹的。大约三四年以后（2015 年 7 月 8 日），成先生便因病去世了。我看到从民国时期前来的老叟，长着一张类似于八大山人尖锥的脸，成公亮先生的脸是国字形方脸，但两人都有着同样沉静和温雅的表情。

一个专栏作家，同时精通美食的年轻女性，坐在房间里为晚报写下一个新的故事。大致是，一个生活渐有起色的女性，在物质富足之后情感却开始贫乏，精神上很孤独。她生活的小区麇集着富人和成功人士，但一巷之隔，却是个平民区，居住着一些经济条件困窘的普通人（甚至贫民），她与一位开拉面馆的妇女意外地成为朋友（她单方面地认为，但那位妇女不见得认同），她经常到她店里坐，点上一碗拉面吃（她其实只吃得下一两口），或者什么也不点，只是与她聊天。她从这妇女身上得到慰藉，仿佛那是绵长醇厚的友情。基于此，甚至与丈夫的隔膜也显得不那么重要了。一个偶然或说一个微不足道的事件，却将这位孤独女性和拉面馆女人之间的距离暴露无遗，并严重伤害到她们的交往，一个虚幻的友情的镜像粉碎一地。女士逃离了拉面馆，再没踏入那个巷子一步……

有一个男人，年届五十，至今未婚。他居住在小区的三楼，他的二楼是一对年老的夫妇。这是一对走路都生怕踩死了蚂蚁的老人。他们出门总是成双成对，并且身体紧紧地依靠在一起。并非完全出自恩爱，只是因为身体都较差，常年受病痛的折磨，以至于一个人出门——一阵风便可能将他（或她）吹倒。因之，他们从不敢一个人出门，而必须同进同出。有一次他们从小区出来，去省人民医院门诊部拿药，快走到八一广场的时候，一个手里拎着菜的妇女，本来已经走到八一广场的另一头去了，特意从老远绕弯过来，走到他们面前竖起大拇指说，好！好！少年夫妻老来伴。他们住处三楼的那位未婚男士，有一个弟弟，他们性情完全不同。哥哥是个沉默、内向、寡言少语的人，在他父亲曾经工作的单位做一个职员，在一个最不起眼的岗位上。弟弟则泼皮活跃，在一家国有企业做业务员。同事曾给那位哥哥介绍过好几个对象，要不嫌对方个子太矮（他自己个子只有一米六），要不嫌对方学历太低（据我所知，他没有进过大学），要不嫌对方年纪太大，要不嫌对方是乡下人，总之，他非常挑剔，甚至一个本来处得好好的对象，因为嫌弃对方笑声难听（他形容像鸭子的“嘎嘎”声）而放弃。他是个财迷，每个月工资全部攒起来，几乎没有花销，以每个晚上聆听一遍通过电话查找的储蓄卡的余额为乐（久而久之，他爱上了电话里那电脑设定的温柔的女声）。他幼年时，曾经被父亲放到一个陌生人家里待了几晚，从此落下了轻微的抑郁症，对单独一人出外过夜怀有极度的恐惧。他生活中的乐趣，除了聆听电话里存款余额的声音，便是养了几盆花草。他把它们放在阳台的边沿上，每日浇水捯饬。终有一天，楼下那对老夫妻上门来拜访——因为总担心花盆会砸落下来，他们每天要往嘴里塞进一大把心脏病药。当这对紧紧倚靠在一起的老夫妻出现在这位独居者面前时，吓了他一跳，惊得差点掉了下巴。

——我看到房子中，那么多故事在上演。他们从墙上、天花板上向我走来，向我聒噪、絮语、低吟。我凝神闭目，而当我睁开眼来，声音与人影却像水流一样消逝得无影无踪，如同我刚刚从梦中走出来一样。

游戏的终结

一个年轻社会学者在论文中，描述了中国东部一个村庄（夏村）公共生活的兴起与消亡。至少到二十世纪七十年代末，许多村庄都还有一个类似的公共生活空间："谷厂"（有的地方也叫"谷场"），就是晒谷子的地方。作者列数了那个年代的7种娱乐：1.追大大。即捉迷藏或"幽慢"（这个词形象地表达了这游戏的性质）。2.纸枪。不是纸做的手枪，而是以纸做"子弹"铅丝做的枪。3.打不死厄。也叫打陀螺。4.滚钢圈。5.走高跷。6.比香烟壳。7.弹珠。你会发现，这都是孩子的游戏。作者进一步了解到当时大人的一种"暧昧的集体娱乐"——摸奶子。对于今天的人是不可想象的。为什么在那个保守甚至具有禁欲色彩的年代会有如此开放、大胆的游戏：村里在夏至、中秋、太尉庙生日、过年时，会请戏班来唱戏，或者放电影。男青年会趁夜黑，去摸女青年屁股或者在她胸前"掸一下"（真正当面摸的不多）。

格非在散文《乡村电影》中，也对那个年代的乡村生活做了精彩的描写，对于是否存在这"暧昧的集体娱乐"并未提及。但他在另一篇散文《乡村教育：人与事》中也疑惑地坦承："在七十年代农村，关于'性'的知识几乎是完全公开的，其传播的深度和广度都已达到令人吃惊的程度。农民们在干活时的随便的玩笑和闲聊，比任何禁毁小说都要'黄'得多。我至今不太明白的是，他们为何会当着孩子的面说出那些'令人发指'的昏话，究竟是出于无心，还是故意让我们一饱耳福。”

公共生活的消失，是以农村联产承包责任制为起点，进而以市场经济为标志，那种单一性、集合性的集体娱乐很快消失，变为多元性和私密性的碎片化娱乐。从看电影、阅读报纸文学杂志，到录像厅兴起、唱流行歌曲、跳霹雳舞、电视普及、动漫兴盛、网络崛起，短短数十年，大众的精神文化方式发生惊人的变化。我曾经写到，贤士花园老人们的一项娱乐：打麻将。坦率地说，在贤士一路临街的麻将馆里，参与此项活动的并不仅仅局限于老年人，中青年人都有。那种“带彩”的娱乐，深受南昌人欢迎。但我也发现，近五六年来，喜欢玩麻将的人，数量在减少。“当老人们在打麻将时，年轻人在干什么？”随着智能手机的普及，手机占据人们的时间越来越多。前几年，使用平板看影视剧的还比较时兴，现在几乎也不太见了。手机的功能愈益强大，供应商针对不同的群体有着精准的设计和推送，数额巨大的研发投入和数量庞大的研发队伍，在背后“操纵”着我们的精神生活，除非你坚决不用智能手机，否则你无法不陷入它对你的设定和裹挟中。

每到夜晚，除去个别跳广场舞的区域（也是有时段的），贤士花园里面静悄悄的。手机甚至把电视沦为多余和摆设，看电视的人数在减少。小区的夜晚通常是这样一副场景：每个人专注于自己的手机，沉湎在无边无际的信息之海，成为一个个无所不知而缺乏见识的人。文学作品、学术文章和稍微有点深度的图书，被各种微信公众号无情地挤到一边。我所尊敬的一些读书人和写作者，每天在微信朋友圈里发表或转发很多东西，可以想见，微信每日占据他多少时间？一位长者，有一次我见他的手机显示有近万条微信消息等待阅读，他的微信好友有数千人。在公寓、等候地、自建房、快捷酒店、外来户出租房、餐馆、网吧、公交车上、地铁、写字楼、市场——微信，将人与世界的联系更深更广。

手机成了一个移动的银行、学习的载体、文化娱乐的空间、旅途的伴侣、出行的导航、交往的工具、快乐的源泉，它以劫持的方式不断拓展你生活的边界，同时在不知不觉中引领你走入一种“地穴”的生活。集体的游戏在消失，虽然它具有一种粗陋的，简单的，甚至粗野的形式（和内容），但它令人沉迷和温暖的性质，却让人难以忘怀，在记忆的天空里深深镌刻。

有次，我蓦然惊觉，跳广场舞的与当年跳秧歌舞的是同一拨人。我不知道她们在跳舞时，是否沉浸在过去的时光中？我的一些亲戚，在年龄上是我的长辈，有时会发些那似曾相识的文章、图片、视频给我，出自一些宣介小组、光辉岁月之类的公众号，我惊奇地发现，一些东西似乎没有消逝，手机复活了一些东西，活化了一些本来结壳的记忆。

我们都臣服于这种生活的事实。就如同我们打开回忆之眼，看到年轻时甚至童年时各种画面、情景——比如说，童年时，我常常假期一个人跑到乡下的姨妈家去玩，整个假期都在那里，我快把自己变成那个村庄中的一员。那个小村只有十几户人家，以一个池塘为中心，各户人家沿塘而建，依着房屋的走向形成了几条小路，村外的机耕道则连着园圃、田野，通往其他的村庄和集镇、县城。姨妈家门前就是“谷厂”，是集体娱乐的发生地。每晚，吃完晚饭的人们从各自的屋中出来，汇聚到“谷厂”，聊天、讲古以及打情骂俏，是每天不变的内容。现在这个小村完全成了废弃之地，池塘淤塞几近干涸，再也没有白鹅鱼群嬉戏其间，荒草掩埋了道路，房子破败，但没有倒掉，所有人在村子以外的地方盖了房子，但没有再形成一个中心。那个村子我每次回忆起来都有点心酸的感觉，但却也相信——那个场景、那段岁月是过去了，永不会再来。

贤士花园何尝不是如此，尽管我看到它面目有些老旧，楼栋之间没有水榭亭台、运动会所、花园和绿地，它的周边环境芜杂纷乱，有着老城区的鲜明特质。但它的前身，却是一片美丽而宽阔的湖泊，远比现在的贤士湖不知大多少倍，是个荷叶田田、充满诗情画意的村庄。那些在贤湖村居住过的老人回望这里的一切，未必不在记忆深处感到痛楚。在那个文化娱乐并不丰富的年代，被那些集体性娱乐和游戏慰藉过的人，重新回望这物是人非的一切，心里未必不产生酸涩的感觉。

集体的游戏已经终结。我们很难找出贤士花园的代表性娱乐。除了微信，那每日带来安慰的一成不变的消遣。家庭生活以孩子的学习为中心所展开，游戏的缺席，使大人们从约束、管教、监督、"服侍"孩子的忙忙碌碌中体会到另一种异化的"游戏""欢乐"。真正的游戏隐藏了，变相为对孩子的关注和干预——那"理所当然"的行为。老人们和父母们，每日都要以一个学习中的孩子为中心，吃喝拉撒、衣食住行、上学放学、兴趣班补习课等等一切，都在一张仔细设计和控制得周密的网中展开，它是游戏缺席后的补充和替代，是一种游戏的变种。孩子们的游戏更是无从谈起，他们的身边不是小朋友而是大人。大人冒充了他们童年的伙伴。前面列举的二十世纪七十年代孩子玩的几种游戏，他们完全陌生。他们的生活除了学习，没有游戏的一席之地，集体的游戏——如果是指校园里的安排，那只不过是另一种学习，假借游戏之名。游戏的欢乐和天真，在一代孩子或几代孩子的童年中消亡，就会以另外的面目出现。我看到贤士花园的孩子们，他们也过早地使用上智能手机，他们在模仿大人的语气说话，和同学相处。当我一个同事告诉我，她读小学三年级的儿子班上，一些孩子以老公老婆相称的时候，你会觉得有多震惊。而现在农村的孩子，对手机的依赖比城里的孩子更甚。

智能手机兴起的背后是一个普及而深入的互联网社会。一百多年前，法国社会学家埃米尔·涂尔干认为，社会集体活动能产生一种“集体欢腾”的体验。当人们聚集在一起娱乐、演奏、参与仪式的时候，就会产生集体欢腾的感受。即便仪式结束后，那种感受也久久在参与者心中萦绕不去。手机将碎片化的个人广泛地联系起来了，没有哪个时代像现在这样一个时代，将个人与世界的联系如此之深，如此之广。因为孩子参加艺考的原因，我加入了好几个艺考家长群，此后又加入了一个天津美院考生的家长群。我震惊地发现，那些焦虑而紧张的家长们，在群里的话题广泛多样，从孩子的学习，到衣食住行，进而扩展到大人的生活、旅游、情感、婚恋、兴趣爱好、时事，无所不包其及。每一个新人进来，发红包、抢红包，尤其是高考录取那阵子，每听到一个孩子录取的消息，群里面更是红包雨抢不赢。即便是录取已经结束，孩子都去上大学了，这些群还不愿解散，那些活跃分子，经久不息地点燃话题并引起广泛讨论。通常，我是个缄默的观察者，浏览但不发言，我只是通过这几个家长群来关注考试及录取的信息。我惊异地发现，用“集体欢腾”来描述我们这个族群的特性，是一点不为过的。他们在微信群中获得的欢乐，远超出了想象。当涂尔干试图从宗教的角度描述他那个年代西方人生活的两重性（日常生活和宗教生活），“它能够获得最大的强度和效果，因而使得人们对他们所过的双重生活和他们所享有的双重本性都具有了更加积极的情感。”在我们这里，在这个宗教感不强的地方，你会发现，这双重性奇妙地在广大网民身上合一了。那种宗教的集体生活的强度，通过互联网、微信群，深深地植入他们日常的生活。

市场经济催生了独立的个体，但互联网——早些年是电脑，随着智能手机的普及——又将孤立的社会关系建立起来了。游戏并没有终结。它还在继续。

场景与速写

新疆阿克布拉江羊肉牛肉专卖店

每天上午，这里准时宰杀。屠宰后的羊悬挂在店面门口，地上流淌着腥膻的血水，苍蝇在嗡嗡乱飞。店面很小，顾客很多。店铺上方挂着一幅画着羊群草地、印刷着红色花体字的招牌。人们拥挤在店门口，不到一上午，新鲜的牛羊肉便被贤士花园以及附近的居民所瓜分。下午，门口空荡荡的，阿克布拉江也不知去向。只有门口的绿色微信二维码依然紧紧粘在墙上。到了晚上，这里升起浓浓的烟雾，仿佛一台演出拉开帷幕。阿克布拉江像个摇滚乐手，双手忙碌不停，嘴里还叫唤着，他的面前摆放着烤箱，木炭火制造了烟雾，带来混合着肉的烤香的呛鼻气味。

嘿漫成人 24 小时自助售货

作为一家专业成人用品店铺连锁点，似乎前两年才开始出现在那里。谁是它的主人，无法确认(采用电子支付方式)。谁是它的用户，更是无从知晓。这涉及一个私密、敏感和难以启齿的话题。白天，无人光顾，人们避之不及。也许只在深夜，这助欢的机器可能偶尔传来隐秘的响动。它的顾客有着隐身人的模样和一颗在深夜“扑通扑通”跳动的、战栗的心脏。

老涂平价鲜果行

一对年老的夫妇常年坐在店里。他们的儿子，用一辆五菱之光小货车去水果市场（在青云谱区建设路上）进货。采购性价比高的水果是保证生意兴隆的关键。尽管贤士横街上水果店有好几家，但这家店生意最好。得益于它的位置，处在贤士花园与贤士横街相切的巷口。借用香港一个地名“旺角”来形容很贴切。鲜果行占领着一个“>”字形路口，水果从室内一直铺到门口，球状的水果鲜艳的色彩（紫红、橙黄、翠绿、雪白），诱惑着人的视觉。每晚，其他店铺打烊，街道光线转暗，这里依然灯光明亮，如同一幅凡·高色彩绚丽的油画。涂老太坐在电子秤前，几乎不挪动屁股，顾客挑好水果搁到电子秤上，自己扫二维码支付。每一笔交易，涂老太都用一个本子（有时是水果包装壳）仔细地记录。挤挤挨挨的水果，士兵一样整齐地列队，等待挑选（将在顾客冰箱、餐桌水果盘里占据一个位置）。每天看着这么多相似的水果，不知老涂夫妇会不会感到厌倦？我下班后总不自觉会走到那里（水果很多，喜爱的吃的却不外乎那两三种）。我发现，每次买的水果，和上次买的几乎是一样的。

伊香飘影品牌女装折扣店

它的消费群体是谁？机关事业单位上班的人不太可能会去那里。大学生、实习生更不会（她们通常喜欢在网上购买）。它的款式和价格，似乎对应着一些小工商主、品位保守的市民、进城不久的主妇、出租屋里的异乡人。如同店门口模特的缄默和僵硬,这个服装店展示出来的情调,是对周围环境的附庸和融入,是低首和迁就。女店主——那个涂着鲜艳口红、擦着暗色眼影的中年妇女,日渐老相,看起来在徒劳地抵抗时间的吞噬,她坐在店里,其坐姿奇妙地呼应了门口模特的站立。

拐子平价土猪肉店

他的生意应该比市场里的猪肉铺要好一些。因为,下午他早早就收工了,他的小四轮电动车停在路口,再过一会儿,他将驾驶它离去。在冬天,他除了出售新鲜猪肉外,还会卖腌制腊肉、香肠(它们挂在案台的架子上)。被肥瘦相间的猪肉和白酒浸渍的猪肠现在变成了一层薄薄的透明的膜,香肠还未晒透,因此显示出一种鲜艳的红白相间的颜色——当它晒成一种沉浊的暗红, 外面的膜颜色变黄,用手摸起来有足够的硬度时,才算完全晒好了。藜蒿炒腊肉、大蒜炒香肠,是南昌人的最爱。一般的百姓家庭到了冬天,都喜欢晒点腊肉香肠。诸如像我这样的人,则会到这里购买。我们家,唯有我,在冬天,喜欢在煮饭时蒸上一碗腊肉或香肠,我迷恋揭开电饭煲那一刻,蒸腾扑鼻的肉香。

湖北谷酒店

像个酒的博物馆,散装谷酒储放在一个个深褐色瓦瓮和透明的大玻璃缸里。各种浸泡酒:金樱子酒、党杞酒、山楂酒、三鞭大补酒、黄蜂酒、追风祛湿酒、捻子酒、花旗参酒、青梅酒、杨梅酒、蛇酒、蜜蜂蜂巢酒、蚂蚁酒、蜥蜴酒，林林总总。一些药酒里还放了玛咖、鸡血藤、北芪杜仲、鹿筋等药材。四层架子满满当当都是，酒香四溢，但也让人对酒的安全性有一点疑虑。酒是一种“致幻剂”，是仅次于毒品的人类古老的发明。在饮酒——这一习而不察的行为中，有人产生诗意、有人舒解愁闷、有人借此狂欢。酒像个古怪善变的精灵，在水与火的边界舞蹈。酒有优劣之分，价格千差万别。但酒抵达味蕾，带给人的悲欢忧喜没有等差。

丰城佬小黄牛

与湖北谷酒店共用一个二维码收钱，让人以为是一家的。市场里还有一家店面整洁、看起来品种繁多的肥牛店，但生意没有这家好(兴许是冰冻肉不新鲜的缘故)。如果不是这些悬挂的鲜红牛肉，这个店铺似乎不存在，因为它除了一个挂钩、一杆秤，就没有更多的设施了。肉铺素来是画家钟爱的题材。文艺复兴时期画家彼得·阿尔岑(约 1508—1575)开创了一种大幅静物和风俗画风格，他喜欢刻画市场和厨房中的情形。在油画《肉铺》中，可以看到摊位上种类繁多的生肉和相关制品，画面右边还有开怀畅饮的人们，与之形成鲜明对比的，是背景中圣家族分发救济品的场景。最抓人眼球的，是画幅中间的牛头——在宗教中，牛是神圣的象征，其图像与基督上十字架构成对比，二者都象征从罪中得到救赎的意味。国内先锋画家曾梵志也曾创作过一幅油画《肉铺》，这幅画中几只倒挂在如同祭坛上的家畜，醒目地刺激着眼球，在 2018 年香港苏富比秋季拍卖会上估价达到 1500 万港元，而他另一幅油画《最后的晚餐》则卖出过 1.8 亿港元。动物屠宰具有的残忍意味和牺牲血腥在艺术的表达中，常常具有一种不言而喻的张力，更能审视人对生灵的态度，察觉人性的幽暗。正如阿根廷诗人博尔赫斯在《肉铺》诗中写的：比一家妓院更卑贱/肉铺在街上炫耀着招牌像一个侮辱。/ 在大门上方 / 一只瞎眼的牛头 / 俯瞰着妖巫的子夜会 / 看那些剥皮肉脯与最后的大理石 / 带着一尊偶像的遥远的威严。

山东顺康炒货

这里的价格，比盐津铺子和良品铺子等品牌休闲食品店要亲民得多。炒花生瓜子是主打，凉果蜜饯、饼干、山楂、糖果等零食都有。通常，这种炒货店都隐身在各个小区的农贸市场附近，从不会在显眼的、干净整洁的街道出现。它适合人群密集、嘈杂、对环境要求度不高的地方，容易制造垃圾，但不会带来过度污染。这些食品是打发无聊时光的产物，适合在读书间隙、看电视时、在等候地以及其他“垃圾时间”咀嚼。当它登场，时间便显得没有重量，呈现出一种可有可无的、轻逸的特质。矜持和讲究的人是不会轻易嗑瓜子儿咀嚼这些零碎儿的。它不仅塑造了垃圾时间，也塑造了食用者一种轻薄的面相。

牛奶烈火蛋糕

这是一种金黄色、类似蛋挞的蛋糕。中产家庭对这种食品通常嗤之以鼻。它的主要原料是面粉，辅料是白砂糖、黄油、鸡蛋、水、蛋挞水、牛奶，主要靠模具取形和烘烤。如果你仅仅只是看到这蛋糕本身，断不会想到它有这样一个具有诱惑力的名字。

眼镜子服装店

南昌有不下10家“眼镜子服装店”。眼镜子是南昌方言，是一般老百姓对戴眼镜者的调侃和戏称。这个称呼里，有点嘲弄文化人的意思。除了服装店，南昌人还喜欢用“眼镜子”这个词命名餐饮店。大街小巷里，你会看到不少诸如“眼镜子煨汤店”“眼镜子田螺店”“眼镜子混沌店”“眼镜子夜宵”等等。这个普通得不能再普通的服装店，其衣服的款式、材质、花样是毫无说道之处的，如果非要说出一个特点，那就是便宜。

贤士花园实信纯手工粽子

不像我的老家，粽子只在端午节吃。南昌人一年四季吃粽子。每天，小店门口堆着满满的新鲜粽子，可以看到，店主在熟练地包裹粽子。一个个金黄的咸鸭蛋黄像生日蛋糕上点缀的草莓，堆积在盛满糯米的盆子的顶部，老远便能看见。不知过去贤湖村的粽子是否有名？不像我，对粽子素来没有兴趣，我看到那些老人们，喜欢买粽子吃，这是他们记忆的一部分。饮食比天大，人们的奇思妙想使食物的花样如此丰富。粽子——北方也有叫“角黍”，端午（即端五）食角黍，有取阴阳尚相苞裹未分散之象的意思。食粽，是古人四时有序的体现，而食物对四时节令的僭越，是否也是今人古老敬畏之心破碎的表现？我的这一想法无疑有杞人忧天之意。我看到巷子里，人来人往，人们脸上平静而冷漠，他们匆匆来去，显示出对周围一切不关心、毫不在乎的状态。这与忙碌、疲倦如机器般地不断包裹粽子的这双手，形成了反差。

在花园旁

所谓花园，就是一些红色吸水砖拼成的空地，上面摆放着几套体育锻炼器械。吸水砖的尽头是水泥修葺的花池，里面栽种着女贞、丁香。有个老人在体育器械前引体向上，另一个男人在后面等着器械空下来。我在小区的行道上，看到这一幕，不知怎么，脑子里想到彼得·汉德克，这个写过《守门员面对罚点球时的焦虑》的奥地利小说家。我想到的不是这篇小说，而是另外两篇：《试论寂静之地》《试论蘑菇痴儿——一个独立的故事》。通常，人们认为这是晦涩难懂的小说，难以读下去，相反我很喜欢。作者长篇大论在“寂静之地”（厕所）和一位朋友（未必不是他自己）山间采蘑菇的时光，其实都是为了说明远离人群的欢乐。独自待着，是因为“时至今日，他一直没有摆脱交际恐惧症。”那个等待引体向上的老人从器械上下来的男人，在这片刻，处在他的寂静时刻，那种无聊的状态，和不经意间显露出来的无助被我所捕捉。

如果把那个男人这一片刻的状态投射到贤士花园其他人身上，你会惊异地发现，那绝对不是孤立和个别的，其广泛性和普遍性，已成为一种小区里共通的景观。小区外，是个纷扰、嘈杂的世界，是个忙碌而无序的场，你会看到，各色人等在为生计奔忙，有的清早就在忙碌，开始营业，或驾车去往上班的路上，或被大人拖着往幼儿园、小学赶。或者在相反的时间，在夜晚，还在接待顾客，清扫狼藉的桌子、地面，为第二天的营业筹划和准备，拥堵的交通，阻塞了回家的脚步，还在方向盘前焦虑地观望。而小区内，则是完全不同的景象，是静止的空间和属于休憩的时刻，是个真正的“寂静之地”。快递小哥将电动车停在某个院口，繁忙的脚步松弛下来，他靠在车把上（双臂搁在上面），盯着手机，地上铺了一地的快递：方形、扁形的盒子，柔暖的灰色塑料袋包裹，个别圆形或长形物，大多是如此，像公园里的套圈游戏。快递小哥的神情与引体向上旁边站立的男子一模一样。时间在这一刻荒芜起来，无用而无助。

平价店的罗老板坐在店里，他脸上的表情与快递小哥是一样的。体育器械旁的男子盯着在空中艰难升起的身体，快递小哥盯着手中的手机，罗老板盯着快递小哥。他穿着通常喜欢穿的红色背心，黝黑的胳膊虽瘦，但肌肉还紧致。他的眼神空洞而无言，典型的工人师傅的脸。他的太太在背后小间的洗手池前洗涤物品。他靠在玻璃柜上（里面五颜六色的香烟、巧克力、糖果、口香糖、纸巾——像鸟巢里的卵，等待孵化和唤醒），店门口有几张半旧的凳子、椅子，现在没有人坐在上面，地上香烟头的灰烬早已冷却，猫咪突然站起来，弓着身子，使劲拉长，像是做瑜伽的主妇，夸耀它乏善可陈的体态。有个从幼儿园回来的小孩坐进电动摇篮车，音乐响起来，电动摇篮车摇摆起来，把这幼稚的身体抛入假想的波浪起伏的洋面。他的奶奶背着书包，表情貌似严肃地看着，在那寂静的时刻，她的表情和体育器械旁的男人也是一样的。

有人在窗户前张望。半开的玻璃窗，咖色窗帘在暮晚的风中轻轻飘动。那个人石膏像一样在窗前一动不动，他望着前方的花坛，那红色吸水砖，刷着绿漆、黄漆的金属器械和活动的人，绿色植物。他长久地看着，仿佛在等待什么发生。他手里夹着香烟，烟灰落在窗台上，他夹烟的手已经举了好一会儿了，直到火焰传递到手指才醒悟一般将烟头弹出去。这是个头发谢顶两鬓发白的老人，戴着眼镜（这时摘下来了，挂在脖子上），他看不清前方，但他却一直地、呆呆地仿佛是为了眼睛休息似的目视前方。花坛在他的视线中变成一团模糊的虚影。我震惊地发现，他突然张口，打了个长长的哈欠。

在下午，曾经有很长一段时间，贤士花园农贸市场沉寂下来。午饭后的人们在午睡、消遣，等待食物消化和思量晚餐的计划，上班的人在办公室里喝着茶，三两聊着工作或家长里短。农贸市场里的小商贩们，一圈一圈地围着打牌。卖猪肉的年轻女店主，嘴里叼着烟，拿刀的手在麻利地洗牌、抓牌，一些人在旁边站着。水池里的雄鱼、鳊鱼、鲫鱼、鲈鱼、鳜鱼、黄鳝、泥鳅得到片刻安宁，它们在水池里待着不动；人工养殖的青蛙在蛇皮袋里安静下来，不再叫唤，下巴的气囊一鼓一鼓，证明它们还活着。蔬菜失去了水分，它的主人不管不顾，自己也有点恹恹的。我曾经写过的那位长相端庄、眼睛大大的卖蔬菜的女性，此刻没有参与打牌的队伍。她坐在蔬菜堆后面，眼神呆呆的，像是没有个性的人，淹没在荒芜的时光中。那位像是我童年时遇到的在一个男孩心里激起波澜的女性——漂亮的女市场管理员，此刻，也是久久地、一动不动地坐在办公桌后面。她穿着浅色的连衣裙，脖子上挂着一根项链，裸露的手臂交叉放在腿上，十指扣在一起，身后的墙上挂着时钟，桌上有本子、笔，旁边有金属柜，矮几上放着热水瓶、茶叶盒，塑料挂钩上有抹布。她像一个给人写生的模特，久久地、一动不动地坐着，既不疲倦，也不活泛。她这个样子，又像一个坐在火车站候车室的旅客，落寞地等待检票员的呼唤，准备乘车远行。

我甚至看到我的母亲，她在花园旁一栋楼的阴影下。五个打麻将的老人，其中一个是等待上场的替补。按照顺时针打一圈，淘汰下来一位等待，由替补接上，依次循环。我在人行道上，看到母亲正好处在替补的位置。她佝偻着身子，站在那里，左顾右盼，又像是什么也没看，她略微弯弯腰，用手去揉发酸的膝盖，或者用手捶一下腰背。其他人，则专注地、热火朝天地玩着这游戏，像一群跳进泳池的人不亦乐乎，而把她抛在岸边，像个局外人。母亲的眼神空洞（带着一丝迷惘），仿佛这游戏丝毫没给她带来快乐，相反，她禁锢于此，既不能前进，又不能走开。我甚至看到母亲突然之间看到了我，与我的眼神在对视，她没有表现出喜悦，而是有点意外，仿佛一件什么秘密突然被人发现而无从做出反应。

这荒谬的、荒芜的时光像植物一样疯狂生长，一直延伸到了小区之外。在忙碌、纷繁的景象中，突然涌现出一张呆呆的、无神的脸。三维快捷酒店——它的前身，是一栋居民住房，不知从哪天开始，这里变成了一个工地，居民搬走了，一家快捷酒店出现在贤士横街。酒店楼下一间小的屋子（原来是间空屋）挂着“洗脚”的牌子。在模糊的玻璃后面，出现一张呆呆的、毫无表情的脸。漆黑的空间里，一张蓦然出现的脸，像一朵沉重的湿漉漉的花挂在干枯、黝黑的枝条上，既不绽放，也没有掉落下来。

我看到那一刻，荒谬的“停摆”的时刻，人与本质的我分离开来。那是失重的一刻，也是漂移的一刻，在那片刻之间，人不为自我所主宰。一个人，从他为人熟悉的状态中脱离，瞬间变得陌生。我看到，所有人，男人、女人，大人、小孩，都像被时光施了魔法，在那一刻，任由生命荒芜、处在一种存在与遗忘之间的状态中，像水面漂浮的门板，或挣脱手的风筝，被气流无目的地托起。在这喑哑的时刻，时间生锈，身体内荒草丛生……

此时此刻

通过卫星地图，你会发现，小区内的空间大部分是一些盒形的房子，剩下不到三分之一（可能更少）是空地和路面。这些盒形房子，形状不一，有长方形、矩形、工字形、7字形、凸形。13栋房子，密密匝匝，分布在一个更大的梯形盒子里。奇怪的是，有的楼栋以字母，有的则以数字加以区分，分别是：H1栋、H2栋、J1栋、J2栋、C栋、5栋、6栋、E1栋、E2栋、E3栋、F栋、G栋，还有一栋居然没有标上代号（处在H1栋和5、6栋之间）。我们就生活在这些几何图形里，一个规整、理性的空间，高低大小不同的盒子，建筑水泥的小树林。此时此刻，我正站在这里，在这个空间内部，而不是借助高德地图来对它进行俯视。我在这个小树林里散步，从一栋楼，走到另一栋楼，穿过阳光和楼宇投下的阴影。就像鸟儿必然要在树枝上搭建一个巢，我们，必然也要安排一个栖身之所，以便身体得到保护，同时让灵魂、心灵在这个地方停顿、沉静下来。我们还要携带妻小，追随我们的脚步，在一个地方安一个窝，藏身在这坚硬的水泥壳子里，免受来自外部的伤害。我们如同一个个活动的物品，收纳在各个楼栋的“抽屉”里——谁在珍藏和回忆他收藏的这一切？一些物件在时光中消失，一些新的物件又代替进来。记忆就像江河，永远不会干涸，永远不会空缺，它无时不在、奔流不息。

一些楼侵占了过去的田地、屋舍、水域，将这些有形的村庄粗暴地夷为平地，同时将发生在村庄里的故事、传说、谚语、信仰，将村民的情感和灵魂，一同踩在脚下，垒砌进水泥浇筑的地基里，如同被仙人许真君锁在井底的蛟龙，再不得现身。一片被混凝土荡平的村落看起来就是一张工业的白纸，它从设计师的桌案移到大地上，一些水泥壳子在白纸上搭建，就像积木一样，有着积木的外形和结构。水泥积木越长越高，最后封了顶，安上窗户、门，外墙贴上瓷砖，刷上涂料，切割机在室内嘶鸣，如同大夫切开肌肉，埋进水管电线，墙面刷上白粉、乳胶漆，空地里栽下从别处移植过来的草木，整个焕然一新，像是工业机器生产的一个商品，完好无缺。人们纷纷住进来，来自四面八方，过去的原住民早已不知去向，迁走或散失，下落不明。

越来越多的东西带进来，越来越多的东西开始被时间淘洗、变旧。地上越来越多的石子儿、宠物的粪便、落叶、纸巾、包装盒、破烂的鞋子、鸟的羽毛、机动车落下的零件、饭盒、避孕套。一些草早已死去，有些是被人不断地踩踏，变黄枯萎的，有的居然活过来，经历一个又一个冬春，生生不息，倔强地在地上露出青绿的颜色。那些香樟树、丁香树、女贞树，已经开始习惯这里的土壤、气候、风雨，它们开枝散叶，婆娑婀娜，始终保持着自然的本色和亲和力，不像那些水泥建筑，一栋栋让人仰望，枯燥、僵硬地立在这里，在夜晚更像一个个黑色的巨人。人们建造这一个个高大的建筑来让自己仰望，感到自身渺小，恐吓自己，怜悯自己，同时又使自己身心得到安慰，心满意足地走进一个个狭小的空间里去。

这些四方形建筑，在夜晚，用灯光来昭示存在。这发光的物体，用黄色光亮驱赶周围的黑暗。窗户里，看得见孤单的人影。每一个窗户的景象都是相似的，每天同时上演相同的无声的默剧。那些脑袋，像一个个蘑菇，在夜晚的窗户里，在灯光下，生长。在白天，窗户紧闭，一无所见，像缄默的眼睛。我经常行走在这些窗户下，在一栋一栋楼之间，逡巡、漫步，在这小树林里，踩着想象中的落叶，看见想象中的野兔，感到想象中的露水浸湿了足面，听到想象中的泉水叮咚，用脚踢开想象中的枯枝，这是属于我的空间，我的小树林，供我消遣、散步和思索。多年来，我已经养成了一个习惯，当我思索，我可以迅速地进入自己的内心，而屏蔽掉身外的嘈杂（小区里孩子的嬉闹叫喊，大人的聊天招呼，远处汽车的声音，我通通听不见），我心安理得地在这几何图形里，在这一个个盒形的积木之间行走，或者站在某个单元门口，眼睛空洞地望着前方，陷入恍惚之中。越来越强烈地，喜欢退回到内心里，在一片自我的小树林里沉思和幻想。我的一个多年的朋友，谈不上非常亲密，但时断时续，一直保持着松弛的交往。一个大学老师，有一天，在城市郊外山上，自己盖了一栋房子，水泥砖木混搭的，有个简易院门（真正实现了“柴门闻犬吠”），他把他这些年从江汉平原搬到京城的图书（又在京城购置了数十倍），一起搬到山上的房子里，每日拥灯夜读，不与俗世交往。有一年大雪，他在微信里晒出雪后的山上，孤零零一个房子，孤单的橘色灯火，一行脚印。政府鼓励居住在山上零散的村民，移迁到山下的平原。农民都下了山。而他却相反，一个人住进这杳无人烟的山上。

想象中的松针、腐叶、榛蘑，覆满了小树林子。这是个自足、独立的世界。我们寻找并栖身于这样一个世界。我们向内挖掘自我的矿藏，聆听来自内心的声音，我们过往的经验，经历过的事情，见过的风景，听到的温暖或冰冷的话语，异性的抚慰，陌生人的善意，来自亲密者的诋毁，童年时的欢笑阴影，旅途的见闻，阅读过的书籍文章，甚至梦境——一起沉入记忆的矿土里，一层一层，采之不尽，用之不竭。平常，我们在人群中行走，在喧闹的世界里，在既定的游戏网格间奔忙，完全对往昔无视和忘却。我们在一个光影交错的世界里，在一个声色与虚妄的世界里，在一个写满荣誉、名利、欲望的世界里，像战场上的斗士，一往无前。我们终日在外部奔忙，没有时间来聆听自己内心的声音。

那外部磨损我们的一切，使我们的容颜变老，脸上开始出现褶皱，两鬓爬满白丝，体态臃肿，不再那么讲究，胸前滴着油渍，器宇轩昂的风华化为风中迟缓的身影。有一天，我们开始喜欢后退，退回到那几何形状的狭小空间，退回到针尖大小的内心，退回到往昔和回忆的位置，看到那日日奔忙中没有看到的东西，看到那么多熟悉的声音、面孔，温暖的絮语，柔和的眼睛。当只有你不断地后退，真正退到一个最卑微者和最弱小者的位置，你才看得到，听得到。当你，志得意满，脸上写着骄矜和喜悦的时候，你不可能看到这些。那时，你是个盲者，你目光炯炯，你以为世界在你面前纤毫毕现，可是你什么也没看到。你不断行走，害怕裹足不前，你其实根本无法迈动一步。你以为你一直在得到，却不知一直在失去。在失去时间、失去记忆、失去身体的强健、失去耐心、失去曾有的纯朴、失去见到秋天第一片落叶时的感伤。你满世界寻找，有些时刻，你感觉到达了人生的巅峰。你不知道宇宙便是吾心，吾心便是宇宙。当你真正停下来，听到内心的另一个我在说话，你奔忙中蓦然回首之际，在灯火阑珊处的另一个自己，在阴影中无限哀怜和慈悲地望向你。那时，你被定住一般，呆呆地看着这个陌生的自己。

不是要陷入所谓唯心主义和道家的消极。不是的，一直以来，正是这形而上的东西消耗了你，限定了你，禁锢了你的身心。你只是要反躬自省，试问你的内心是否安宁，真正感到了幸福？你需要内心的镇定和沉静，来应对世界的风雨。外部的世界，那众声喧哗的一切，容易淹没你，让你陷入慌乱，你在这纷乱的世界里，渐渐成为一个扮演者，你在你父母的眼中、同事的眼中、熟悉和不熟悉的人眼中，渐渐脱离开内心的我，成为一个惟妙惟肖的扮演者，以至于你自己都分辨不清。你从小是个积木爱好者，执迷于这简单的游戏。搭建的乐趣，推倒的乐趣，哪一样都能让你迷恋其中，不能自拔。从小，你不是个循规蹈矩、按部就班的小孩，你喜欢野蛮生长，像个风中的孩子，你在你的世界里奔跑，沉醉其间。你是个课堂上的游离者，和母亲视线中的逃逸者，你在课本的边沿，在那空白处画下一个个图案、形象，你沉湎在一个由图像构成的世界里。大人说，你一贯如此，在你刚学会走的时候，你就在家门口的水泥地上，在一个公社谷仓门口，用瓦片在上面画下一个个歪歪扭扭的图画，你还在墙上画，在木门上画——这时，瓦片变成了木炭。你的内心里有无数的形象，像野草般在生长，小鸟般在鸣唱，你迫切地、急急地要让它们释放出来，在你面前随便什么地方，开出花来。但不知从什么时候开始，你身上的野性在消失，你越来越温文尔雅，越来越规矩刻板，你甚至从来不画画了，你阅读的书页干干净净，甚至从不画线和批注。你看过的书，还是新的，像买来时一样。你在一种众人喜欢的形象里消失了你自己。

你与周围的一切看起来越和谐，其实越暴露出一种不平衡。你对人说话委婉、客气，从不挖苦人，你对人迁就低首，不与人争锋。你不去批评人，甚至你对自己也和颜悦色，从不面对自己的弱点，你失去批评自己的勇气，你与身体里的自己握手言欢、斜肩谄媚。你讨好别人同时讨好自己。你不再是那个风中任性的、奔跑的小孩。就像你现在居住的贤士花园，用一个个水泥盒子，将过去的村庄碾压，让四面八方的人把那些原住民赶跑。那规整的、几何形状的房子，就是你现在的表情，就是你单调、刻板、僵硬的内心在那外在世界的映象。那在夜晚看起来高大的巨人一般的身影，不过是黑暗中的幻觉。在白天，在一附医院高大的住院部和周围写字楼的压迫下，仅仅是些灰扑扑的、低矮的水泥壳子。

你说：我看到阴影中的那个我；那个从身上分离出来、失踪多年的我，在烟花和灯光的照射之外，在那似曾熟悉的位置，在那浓阴处，微笑地注视着我。在此时此刻。

景象

初冬的萧瑟感，是通过门口那槭树、榆树的叶子显示出来的——像悲苦的老人紧皱的眉头，瑟瑟风中，已经变黄的叶子尚未完全脱落，还挂在枝上，又像冷风中抖动的肩头。第二天一早，我去停车场取车时，看到车身满是落叶，那粘在玻璃窗上的叶子混合着雨水，像墙上的小广告片。冬天的雨丝，夹带着寒意侵入脖颈、手腕，衣物上全是雨痕，糟糕的天气影响着人们的心情。这个停车场，在小区门口左侧，农商银行营业部对门，总共不到二十个车位，由一个穿着蓝色马甲的女同志看管。女收费员年纪不大，但头发全白了(头上戴着一顶蓝色帽子)。天气好的时候，她坐在银行门前，手里织着毛线。每次我从贤士横街开车过来，她会主动帮我引导，收费有时也不那么严苛，看得出来是个宽厚的女性。

现在，雨水夹带着落叶，在冷风中，将停车场、人行道制造成狼藉的景象。女收费员也坐在农商银行营业厅里避雨，享受暖气。营业厅还没有人来办理业务，银行职员穿着黑色西服白色衬衫，在玻璃后面，影影绰绰；大厅经理站在刷卡取号机器旁边，皱着眉头，正用手去拔指头上的一根倒刺。米色地砖干净、透亮，倒映着顶上悬挂的红灯笼，方形柱子上还挂着红色中国结，侧面是“严禁吸烟”“禁止拍照”的警示牌。电子滚动屏显示着“欢迎光临”以及“①号窗口”“②号窗口”的字样，猩红的宋体字。室内有暖气，女收费员舒适地坐在金属椅子上编制毛衣，不时地朝窗外的停车场张望。

鸿松图文数码快印的卷闸门已经打开，我和太太经常会去那里复印和打印资料，在一个十几平方米的空间里，摆满了大大小小的机器：数码直喷机、复印机、电脑、打印机。阳明东路一条街下去，到文教路北口站台，不到一公里之地，街道两边大大小小的图文数码店有十几家。数码店旁边是一家理发室——生意不怎么好，换了几个店名，也换了几个老板。再旁边是个网吧——我曾经进去过，正遇上家里宽带坏了，我走进网吧，通过网络直播收看欧冠半决赛（我是英超曼城队的球迷）。

益丰大药房和汇仁堂专业药房面对面，中间隔着贤士横街，它们门前也停满了汽车，隔三岔五会有交警过来张贴罚单。药店旁边是洗脚屋，狭长的室内排着六七个躺式沙发，在白天，除了店主——那对夫妻，再无一人，而晚上，明亮的灯光下，似乎显得特别忙碌。谭记水煮门口放着几个灌满混凝土的油漆桶——为防止停车占道设置的障碍。经常会有这样的时刻，我开车下班回来，在贤士横街寻找车位（停车场车位难以满足需求，当女收费员低着头，对试图前来的车辆不理不睬时，那就是车位已满；偶尔她也会抬起头来，扯着嗓子说，车位满了！）来回几遍，无从见缝插针。傍晚的贤士横街，是一片停满了车辆的乱糟糟的景象。

有时，晚上，我从家里出来，经过贤士横街，在猛味烧烤店旁右拐，进入一条黑黝黝的小巷子。巷子路口有个自助洗衣房、有公厕，还有狭小、简陋的杂货铺、早餐店，幽暗的路灯下，显示出一种蛮荒和陈旧的气象。天气好的时候，会看到一些老人坐在屋檐底下，现在是寒冷的冬夜，这里显得更加荒凉。在贤士花园小区，住着女儿学校的一个美术老师，姓萧，比我小几岁，清瘦的脸上戴着一副眼镜，蜷曲的头发凌乱地在脑后飘着。他在这片居民房里，租赁了两间房子作为画室（他的工作室则在我们小区里），他带了十来个学生，都是实验中学美术班的孩子，晚上在这里学画。我的女儿跟着萧老师学过一段时间画，每周有三个晚上，在这里上课。我曾经去过萧老师的工作室，对一副描绘着陈旧街巷的风景画印象颇深——这正是画室所在的位置，也是萧老师小时生活的地方，他住在这里，度过小学中学，直到读大学才离开。萧老师身上有着与这片陈旧的平民区相一致的气息。他个头瘦小，右腿前两年被车撞了，显得有点不方便，性格羞赧、内向，像调色盘上一团收缩的灰色，毫不张扬和醒目。他可能是女儿学校里最好的美术老师，平时开一辆银灰色的低价位的本田车。

现在是晚上，我行走在漆黑的巷子里，踩着地上的积水。这里的住户，以老人和租户为多。年轻人大多在外面有房子，住在更干净明亮的小区，留下他们年迈的父母在这里，只在周末或节假日来探望。再就是租户，在贤士花园农贸市场以及周围一代的小生意人，仅仅够养家糊口的普通劳动者，以外地人居多。这是片由数十栋密密匝匝的楼房构成的片区，分列在我行走的巷子两边，中间又有几条狭窄的小巷子通往外面的街道以及农贸市场。从地理上来看，是东邻贤士花园、南沿贤士横街、西邻永外正街、北沿玉带河的方圆几千余平方米的区域。这样的生活区，在南昌市内，不算孤例，是若干个类似陈旧生活区的一个缩影。

萧老师的画室在一楼，一栋老住宅楼的一室一厅，想来租金不会很贵。楼前沿着墙角摆着几张旧凳子椅子，平时都是一些老人坐在那里晒太阳、聊天。门前停着一辆小四轮车，那是其中一个租户用来运载蔬菜的。我和几个家长，在漆黑的夜里，坐在旧椅子上，或蹲在墙角，沉默着没有交流，都在看手机打发时间，等待孩子下课。下过雨的地面形成了水洼，椅子上湿漉漉的，空气中散发着一种陈腐的气味。听得到房间里电视机的声音、老人咳嗽的声音，不远处的玉带河席卷着城市的污水、从路面流下的雨水，顺流而下。我们听见萧老师的说话声，铅笔在画板上的“唰唰”声。几个家长，有男有女，年纪相仿，像秘密接头的地下工作者，在这个墙角汇聚，除此之外，户外更看不到别人。但他们并不交流，各自满怀心事，低头或缅想。

雨似乎在某个时刻停了。天上乌云涌动，沉寂的夜潮湿、寒冷，人世间此刻在我心中泛起某种酸苦、复杂的味道，我似乎品尝到生活的不易。我们都是平凡之人，杯水悲欢，以匹夫之躯去泅渡属于自己那一片窄小的水域。因为偶然的原因，走到这陌生的墙角，在一段鸡肋般的时间里，让自己抛锚在这夜的岸边。远处是城市辉煌的夜景，灯火璀璨、车水马龙，而我们站在这城市灰暗的角落，闻着空气中陈腐的气味，在陈旧楼房的垂垂老者身边，在对身边暗红砖墙、锈迹的楼道扶手、矮楼、小巷、电线杆的凝视中，像个隐匿者、局外人。

有一次，我们站在墙角，夜色中，突然一个学生家长——一个女性，对我说，你女儿学了多久的画啊？我女儿坐在你女儿后面，她说你女儿画得蛮好的。我记得她有一张圆脸，短头发，眼睛大大的。当她突然问我的时候，我看到她架着腿，正斜坐在一辆支起来的电动车上。

密语者

到目前为止，我还未曾尝试与小区更多的人进行交谈。交流的障碍，不仅对我，我发现对于很多人来说，同样如此。而有时，一个与人交流的愿望，像突然丢进湖面的石子儿一样，显得突兀和异样。有一次，在电梯里，住在我斜对门的一位女性（虽然她退休不久，但我很难用老太太这个词来形容她）——暗中偷偷盯着我已经很久了，终于忍不住了，问起我来：你们是新住进来的啊？你多大啦？做什么工作啊？（短暂沉默）这电梯就是这样，老旧了，经常出故障。唉，过一天是一天。我起初对她稍微有些反感，对她的“盘问”感到不适（缺乏应有的尊重）。但过后一想，这未必不是出自于好意，或者关心。她是个瘦高个儿女性，短头发，黄白色的脸，穿着偏于中性化，一种政工职业者的形象。

我的这一看法在餐桌上得到印证。午餐时，我说起对门这个女性，出乎意料地，太太和母亲迅速把话题接过去了。她们遭遇了同样的“困窘”。太太和母亲也在电梯里，被这位女性善意地“盘问”（对于她来说，是一种交流和沟通的方式）。同样的，母亲和太太感到了不适。母亲还用了老家一个词（恕我这里无法直述出来）来形容她，大意有多事、多言的意思。母亲来自小县城，一个常年工作在灶台和菜园的农妇，其貌不扬，有些拘谨和木讷，可以想见，在电梯里遭遇伶俐的女邻居的问话时的尴尬和难堪。我的太太，是位观察多于言语的人，不爱讲话，喜欢独来独往，也不善于与人交流，但很有主见。她的形象容易让人产生一种柔婉、和善的印象——当她进入女邻居的视野，两人在沉闷的电梯里，从 14 楼伴随着电梯哐当哐当的响声往 1 楼下坠，那双阅人无数的凌厉眼睛的注视和“关心”的问话，不可避免。这可能不仅仅是我们家，应该是任何在电梯里引起她兴趣的人，都能获得的待遇。

她不像小区里其他的老人，一种随遇而安的、与小区的氛围贴合度很高的状态。她不是，像是一个老旧机器上松动的螺丝，总无法与机器完美地拧在一起。我见她不时地坐电梯上下，在院子里走两步，并不走远，又回到 14 楼，然后又下去。她像个满腹心事、焦躁不安的人似的（但她的神情却是一种恒定的平静表情）。

我们曾经离开过小区 C 栋一段日子。当我们重新回到这栋楼（已经从 14 楼变为 9 楼了），有一次，在电梯里，她“意外地”再次见到我，略显惊讶的表情写在脸上，同时“欣喜”地看着我，对我重新出现在她的视野毫不意外似的。她有个老伴，但很少见他们一同出行，有那么两次，见到他们，一前一后，隔着好几米的距离。有一次，她主动说起她的儿子，是在外地（广州还是哪里）工作，给她生了孙子，但她不愿过去帮他们带，说自己的事情自己做（原话如此）。她似乎习惯了不黏人的生活，同时也不喜欢别人黏她。独来独往，缺乏交流，但又喜欢与陌生人攀谈。

她的老伴身上有种老干部的气质。机关生活似乎消磨了他们生活的情趣，连夫妻间的交流也变得那么冰冷。

而其他人是一种什么状态呢？譬如，在早餐店里。有段时间，我经常去那家福建馄饨店。如果是周末，我在那里停留的时间就会长一些。那是个二十平方米的小空间，店主是位三十岁出头的小伙子，有一个助手——一位女性，看起来比他大几岁，从他们的表情和举止来看，不像是夫妻或者姐弟。总之，几年来，这对搭档一直配合着，没有拆散过。来吃馄饨的人——买菜的老妪、休息的上班族、学生、生活在周围的居民、老板和小生意者，他们在店里几乎没有什么交流。如果有，比如，有一次，我看到的是一对父子，儿子像是从外地回来，我听到他们的对话像是交流职场之道和生意经，东拉西扯的，看起来很亲密，但又显示出这对父子平时疏于联系，有着亲情上的罅隙。我注意看，那位儿子，大概三十岁不到，比父亲更早地露出谢顶的迹象，他像是IT从业者。再有，就是恰好一对小区的邻居或者熟人，在店里遇到，客气地交流两句，似乎也没有话再继续下去。沉闷的空气里只听得到壁扇摇动的声音，和调羹撞击瓷碗的声音。

惠民家电制冷维修部门前，倒常能看到一群人聚集在那打牌。包括涵平衣铺、卡西形象设计、卤鼎记、爱婴堡、小熊水果店的店主们，在下午时辰，玩“梭哈”或“斗地主”。与其说这种“亲密”状态是由沟通、交流的愿望引起的，不如说是赌资的刺激所导致。他们熟练地洗牌、切牌，将抓在手上的扇形扑克紧紧捏住，所有的眼睛以桌面为中心，在其中汇聚，而完全不管店里的生意。那些站在身后观看的人，有一种局外人的轻松和无压力状态下的愉悦——但久而久之，则变成一种乏味、单调和无聊。输赢不定和牌面的不可重复性，是这游戏能不断继续下去的“潜力”。这古老的游戏，考验人的，不仅仅是智力、记忆、观察力，也考验着人的耐心和脾性。玩牌的人，那种在游戏时的热乎劲，在散场时迅速转为冰冷，仿佛热情的火焰突然化为灰烬。那些从牌桌前离开的人，回到各自的店里，不再看对方一眼，更不多交一言。仿佛在游戏中的失误、失利，转变为对对方的仇视和忌恨。

有个老妪——曾经是母亲麻将桌上的牌友，是个退休老师，每天接送读小学的孙子。她不仅与母亲一起打麻将，还曾一起去理疗店里听讲座，受到骗子的洗脑。有一次，我们一起在电梯里，突然，另一位老人——一位退休老干部模样的老头，突然像是自言自语地说，这小区周边哪有什么好学校啊，都是些垃圾学校。这是个平素看起来"优雅"、持重的老头，脸上有种养尊处优的神情。这一瞬间，我发现，母亲的麻友——这位老太太，脸色突然变得绛紫，眼睛里喷射出愤怒的火焰。我似乎也感到震惊，不知道这老头突然为何这样说——他说的也许是客观事实。但潜台词是否是——日益增多的陪读的租户对生活质量的影响，还是他自己的感同身受，抑或其他什么缘由？总之，他失礼的表现，使这位送孙子去上学的退休老师——老妪，感到了难堪和愤怒。而老头仿佛低语一般，脸上是云淡风轻的表情，貌似无心，只是触景生情有感而发讲了那么一句，却不知像刀子一般扎入了老妪的心。

我曾读过一篇小说，对作者阐发的"门槛理论"印象颇深——"在人们通常的意识里，门槛是一个区域向另一个区域的过渡"，"其实门槛本身也是一个区域"。回顾我在贤士花园居住的时光，正是具有"门槛"性质。这特别的空间，和特别的时间里，给我留下了至深的印象，以至于到最后，我似乎颇留恋这个"门槛"，待在里面不愿出来了。当我离开它时，我显示出恋恋不舍。在南昌工作生活二十余年，是贤士花园居住的几年时间，才真正让我与这座城市建立较为深入的联系。在居住过的其他小区，都没有此种感受——觉得自己是个异乡人、过客，而不是它的居民。当我以一个租户的身份住进贤士花园小区，我反而拥有了更多的市民——而非过客的认同感。这种认同感，并不以我人际关系的深入展开为特征，相反，我在这里，几乎与人没有交集，平时小心翼翼，尽量隐藏自己。

我经常回望，在老家一个乡村中学当老师的情形。那是个建筑在山顶上的中学——仿佛华莱士·史蒂文斯著名的诗歌《坛子的轶事》所描述的："我把一只圆形的坛子 / 放在田纳西的山顶。/ 凌乱的荒野 / 围向山峰。/ ……"那中学，也仿佛成为某种哲学的象征，具有形而上的意味。在这个中学教书的时间，与我在贤士花园生活的时间差不多。教书时，我也很少与人交流——像个密语者。阅读和写诗，伴随我渡过那时间。我是周末骑车下山，回到县城家中看望父母，周一再骑车回学校。每周都是如此。我在贤士花园，获得了如同早年乡村中学般的感受。两者都具有"门槛"的性质。

我试图去勾画贤士花园人们的交流，以及人际关系的展开。却发现——用一个社会学用语"内卷化"来形容，较为恰当。每个人不缺少交流的愿望，但这种愿望经常被中断、悬搁，对他人的关切有时却异化为一种"干涉"。到最后，我们每个人都成为事实上的密语者。

街道与树木

真的存在一条回忆的街道吗？当你闭上双眼，那街道的灯光自黑暗中闪烁出来，更多的灯将后面的灯点燃，建筑物浮现，广告牌、站台扑入眼前，有轨电车、的士车、行人纷纷涌出记忆之海，在汽车前窗玻璃的雨水中呈现。在冬天，落叶乔木和街心花园绿植静默的神态——聚拢在眼前，这纷繁而寻常的景观指向一个区域、一个地名，与观察者有关。

事实上，我们回忆某条街道，只是回忆这街道的一部分，就像我们想起某个人，我们脑海里呈现的只是他在某个时刻的片段，而不是他的完整信息。现在我坐在这里，不是回忆——而是看到这条街道，出现在视野中。街道作为一个古老的名词，它的出现，与人群的聚集、生产生活方式改变、从田野走向集镇城市有关。作为城市事实上的动脉、血管，街道，它是城市活力和畅通的象征。街道它也是挽歌、哀愁的一部分。这条街，那条街，无论是以人名(通常是古人的名字)，譬如孺子路、永叔路、子安路、渊明路、子固路，还是以城市名命名，如北京路、南京路、上海路、洛阳路，或者以专有名词命名，如胜利路、解放路等等——它不仅仅是功能性的存在，对于城市的个体来说，往往还与他的童年、读书、恋爱、工作地——有关。因此，街道在文学的意义上，诉诸人的情感，如《米格尔大街》(奈保尔)、《陌生的街道》(博尔赫斯)、《香椿树街》(苏童)之类。

街道，是个人情感升沉、转换的场。无论是熟悉的大街——那闭上眼就能看得见的天空（以及夜晚的星星）、建筑、街道树、车流；还是陌生的街道——那引起视觉上新鲜感的一切，都在那一片刻，界定着"我"和世界的关系。

小区门前的街道——阳明东路，北端连接着阳明路（一直延伸到赣江边），同时与八一大道西端、青山南路口相接，东与洪都北大道相交（它通过一条隧道从青山湖底下穿过），往东延伸，通过国威路、火炬大街消失在艾溪湖畔。这条大路，贯穿着南昌城内的东西向，横跨了一大片平原，像一根项链，将沿线的几个湖泊串起来了。严格起来说，阳明东路是一条不到5公里长的街道。站在楼顶望去，天气好的时候，整条街道在我的视线之内。白天，街道两边的建筑丛林分峙，类似于英国画家透纳的水彩画（他擅长捕捉景物在空气中的变化），近景清晰、坚实，而中景减弱，远景则模糊和虚淡。夜晚，站在街上，只能仰头看到灯光在半空绽放，霓虹灯、红绿灯，在它们固有的位置上，显示出无比清晰的明度和固有色。

阳明东路没有我个人更多的哀愁、伤感的记忆，有的只是平淡、温馨的画面。我是个旁观者，不是这"舞台"故事的主角。如果说，我看到过什么过于骇人的场景，其实并没有，正如我曾写到，街边确实躺着流浪汉、卖红薯的小伙，以及兜售假皮具的小商小贩，有恋人、上班族、学生，来自省城以外的中巴车（我终于弄清楚了，为什么那么多来自鄱阳湖边——鄱阳县、余干县、万年县的中巴车，在小区前的站台下客，因为永外正街与青山南路交汇的地方是个长途汽车客运站）。有一次，我在路口等待红绿灯，看到从南大一附医院北门出来一对老人（夫妇），他们手里提着东西，并没有绕道走到红绿灯前斑马线等候，而是——径直穿过马路，来到马路中间的铁栏杆前，翻身爬过栏杆,到对面的公交站台去。我有点吃惊地看着这一幕——仿佛目睹电影中的镜头。事实上,我在其他时候,也曾目睹到——老人,也有年轻人,翻越街道中间的栅栏,对于两边的车流脸上是满不在乎的神情。

阳明东路上都是香樟树。南昌城内也尽是香樟树。不单南昌,也不单城内,其实你到江西任何城市和乡间,见得最多的树就是香樟树。故楚汉时期江西设置豫章郡。豫章,也作豫樟,本为木名。《左传》曰:“抶豫章以杀人而后死。”这个以树木命名的郡,在汉代辖境大致与今江西省相同。香樟树是南昌的市树,也是江西的省树。然而在我的印象中,至少在二十世纪七十年代(我能记事起),我们老家县城,满街不是香樟树,而是——法国梧桐树,也叫悬铃木。这一印象,在与同龄人(或更年长者)交流时,得到普遍的认同。那时,江西境内普遍的街道树是法国梧桐。后查阅资料可知,树干高大、枝叶茂盛、生长迅速的悬铃木,最早是十七世纪中叶在英国伦敦育成,后引种到世界各大城市。我国是二十世纪一二十年代,由法国人种植于上海的法租界内,故称之为“法国梧桐”,其后迅速成为各城市的行道树。

我童年县城的街景,除了悬铃木,便是计划经济时代的建筑——县委会、工人俱乐部、电影院、百货大楼、公安局、消防队等,共同构成的灰旧、略显呆板——但同时也静谧、开阔的县城景象。南昌也是如此,那时,满街的行道树,并不是香樟树——从一张张老照片上可以看到,悬铃木是主要树种。我单位附近,靠近财富广场(原南昌工人文化宫)那里,直到2000年的时候,我还见过一棵巨大的悬铃木,像是个标志物。现在自然是没有了。这造成城市独特的景观——满街的香樟树,但树龄都不长——在江西各个城市、县城,都是如此。与魁梧、阔叶、色彩斑斓的法国梧桐相比,香樟树在观感上是不占优势的——除非乡间已经少有的上千年的古樟树,那是很壮观的,但毕竟稀少。香樟树生长缓慢的特性与悬铃木正好相反,因而它给人一种总像未成年人的感觉。悬铃木赋予城市一种浪漫、成熟的风情,是适合恋人在浓荫下牵手漫步的,而香樟树以它永远年轻的面孔,卵形的身躯,无法给恋人们提供足够的浪漫想象和事实上的浓荫。它们,更像一个个行人,站立在街边,那么孤立,那么乏味地向街道致敬。脸上总是一种表情和颜色——死命地绿,没有第二种色彩。

小区门口,倒是有几棵杂树,槭树、榆树,还有一棵悬铃木。因而,常有落叶光顾,让你觉得本该如此,不会因为落叶覆在车身而引起不快。落叶在秋风中,在太阳的缝隙里,让你感觉到节气的变化,内心呼应着这自然的节律。而香樟树不会给你这样的感觉,它永远地生机勃勃、青翠欲滴,隐藏了时节的秘密。

如果深究这街道的名字——阳明东路,因为和王守仁有关,倒也觉得香樟树与这街名是匹配的。曾经,有那么一段时期,大量的悬铃木进来了,迅速地占领了街道,在原来香樟树的位置上,带来一阵工业时代(重工业)和整齐划一的生活气息,那来自西方社会的审美和仿佛植根于计划经济深处的树种,与风衣、礼帽、烟斗、手杖、风雪相关——悬铃木,在电影里,成为那个年代气氛的一部分。而在这里,在街边的苏式建筑、柏油马路、中山装、革命歌曲、广播、自行车的物象中,也显得那么相得益彰——甚至,在那炎炎夏日,成为二十世纪六七十年代生人,夜晚街边纳凉记忆的一部分——阔叶扶疏的悬铃木不仅荫庇着少年的头顶,也在记忆的天空里撑开情感的巨伞——让人怀想、唏嘘和感叹。

香樟树来自农业文明,可以说是江西的精魂——豫章,是江西的面孔和名字。在这个丘陵起伏、河流纵横、村落密布的省份，香樟树的历史由来已久，根深叶茂。当王阳明带兵驰骋南赣和吉州，广袤大地上樟树成群，与丘陵、土地猩红的颜色成为对比。那是一种激情的颜色与温情色彩的合唱。

我不知道各个城市中的悬铃木是什么时候开始锯掉，而香樟树又是从何时重返城市、占领街道的。恐怕大部分人像我一样，没有去意识到这点。有自觉精神、喜欢刨根究底的人，毕竟是我们身边的少数。街道永远具有流动不息的性质，它不是一个驻足地，不适合停留；而树木则始终扎根于此，直到厌倦的人们将它搬离或锯掉。街道与树木——这流动与驻守的彼此，构成完整的街道本身。街道可以没有旁边的建筑（那五花八门的单位、小区、学校和机构，以及灯光、招牌之类），只要有树，街道便成其为街道，并成为城市最动人的景致。

街道与房子

有关街道与房子，我觉得意大利画家契里柯的油画《一条街道的忧郁和神秘》，是让人印象最深的。1919年1月，契里柯与另一位画家卡拉，都因精神失常被送入了意大利北部城市弗拉拉，加上常来医院探望的契里柯的弟弟、诗人与音乐家阿尔贝托·萨维尼奥，三人谈得非常投机，创立了"形而上画派"。这个画派，善于描绘一些被哲学的幻想所强化的形体，通过物体在"非现实"的背景上并置，传达出一种引人深思的神秘感。作品表现十分丰富，但荒诞离奇，给观众留下的印象是焦虑和不安。这个画派对其后产生的超现实主义绘画有较大影响。

16岁那年，我第一次在人民美术出版社出版的《西方美术史》上见到这幅作品，无法理解，但同时无法忘记。

《一条街道的忧郁和神秘》的创作灵感，来自尼采对意大利荒漠广场描写的启示。画面表现深秋城市午后，一大片被深褐色和灰色带拱顶建筑物遮挡的阴影，处在画面右边，占据画面二分之一，左边是一道低矮的透视感极强的白色连拱廊，十五个褐色门拱（连同白色拱柱）像黑白琴键延伸消失至地平线。天空阴沉，但街上十分明亮。一个滚铁环的小女孩出现在画面左下角，街的前方则是一个被建筑物遮挡的人投下的幽灵般的影子。一辆老式货车空车厢停在阴影里，车门敞开着，城市广场空无一人，商业停歇，一切显得令人费解、怪诞、恐怖、不合逻辑，给人神秘莫测之感。

这幅作品的含义似乎在事物的表象之外。高明的画家能够删繁就简，把握到人与世界最本质的关系。按照“形而上画派”理论：它“所描绘的不是‘思想’，描绘本身就是‘思想’”。我们借助这个画派的视角来观察贤士花园以及阳明东路的景象：宽阔、空寂的大街，高大的医院住院部（以及投下的阴影），灰色墙体住宅小区，停在贤士横街的工程车，天桥，正从文教北路经过的火车，夕阳——这画面也有几分“形而上画派”的意味。医院是人对抗疾病与死亡的象征，天桥和火车，让人产生空间和时间无限延伸的联想，工程车，人类工业文明的产物，是人手臂向外部的延伸——当我们透过这些“艺术等价物”去观看，阳明东路的景观仿佛是被刻意安排的，具有戏剧化的舞台风格。

街道与房子构成城市最基本的骨架。街道衍生出——广场、天桥、地下通道、隧道、隔离带——它们是街道的延伸和扩展，是“聚集”“抵达”“通过”这些词的对应物。是平铺直叙的街道的转折、承接和变奏。譬如阳明东路，它延伸的部分连接八一广场——它使流动、速度在这里转变为停顿、放缓，使街道的平易性质变得庄重、严肃，具有黄昏和挽歌意味。地下通道，使街道的明朗、清晰、直白变得暧昧、混沌和含糊，有着抒情和不可知的含义。隧道赋予街道以哲学上的深邃和存在主义的腔调，是海明威、惠特曼、杰克·伦敦向陀思妥耶夫斯基、卡夫卡、加缪的转换。隔离带是街道印象主义的存在，是不随时令纯属市政管理者变化莫测的喜好在植物花卉上的反映。街道的行政化色彩体现在它的金属栅栏上——有一次，我从机场接一位著名画家来我们的城市交流，当他看到街道中间阻挡行人通过的栅栏时，不禁皱眉，说一点儿也不美观，行政官员缺乏美学素养，所以弄出这僵硬、冰冷的东西来。

街道也是秩序的直观体现，作为它功能性的存在，它派生出指示标志、警告标志、禁令标志、指路标志、旅游区标志、马路施工安全标志；它还赋予颜色以新的含义，红色表示禁止、停止、危险，黄色表示警告、警示，蓝色表示指令、遵循，绿色表示地名、路线、方向，棕色是旅游景区和景点项目的指示，黑色作为标志的文字、图形符号以及部分标志的边框而存在（白色也相类似），橙色和荧光橙色是道路作业区警告、指路标志，荧光黄绿色表示警告。街道简直是一本符号大全手册。它的地面还密布着实线、虚线，黄线、白线，三角形、菱形，网格线、短横线等等。身处街道的人们，他们置身在符号的海洋。

街道是黎明和黄昏在诗歌里最深沉的意象。在那经典的咏叹中——"我的灵魂在布宜诺斯艾利斯的 / 街道之中。并非那些被人群和交通 / 逼迫的贪婪的街道，/ 而是那些寂静的街巷，/ 隐形于习惯的力量，/ 在落日的微光中获得永恒……" 街道是曙光的桌案，也是落日的肩膀，是天空永不厌倦的欣赏者，是夜晚最神秘最忠诚的伙伴，是形而上画派最永恒的道具和"艺术等价物"，也是印象派当仁不让的主角和流量担当。

如果说街道是抽象的语言，房子则是具象的空间。房子不是街道的装饰物和多余。不是洛可可或哥特式的花腔，也不是宫殿式或城堡式的式样，更不是古典主义或包豪斯风格的斗彩——那只是房子在不同历史、文化、地域中的假面，房子只是一个空间——密封的带窗的建筑物，是行人从街道抵达或出发的点，是人暴露在街头的反面，是隐藏和停下。在形而上画派作品里，街道旁的房子具有思想者的面容和气质。而在土耳其细密画里，房子则像个历史中的弃儿——具有衰败、沧桑的形象。在帕慕克的小说《纯真博物馆》里，街道边的房子，还是从纸面走向现实的展示小物件——这爱情、时光见证物的真实的魔镜。街道是忧郁的歌女、午夜巴黎、暗香浮动的探戈，房子是悔悟的浪子、阿郎的故事、壮大华丽的波罗涅兹舞曲。

坐落在阳明东路的房子：南大一附医院、中信银行、千爱艺术酒店、老电力大楼——我每天出门就可看到。它们因地缘关系而毗邻在一起，成为这座城市森林的一部分，在太阳光的作用下，将长长的投影贴在彼此身上，缔结了隐秘的血缘关系——就像我居住的贤士花园小区，那十三栋以字母或数字代表的楼栋构成的姐妹关系。它们一起坐落在这儿，纯粹出于偶然，成为按图索骥者寻找的参照和对应。它们是那壁画——《最后的晚餐》中的耶稣、犹大和十一门徒，街道是布满盛宴的餐桌。它们是惊恐、怀疑、愤怒的制造者，天空威严，它们显示出命运悲怆、怅惋的神色。它们在风中，在太阳底下，举手加额，翘首相望，握手言和。

在月亮升起的夜晚，阳明东路像静默的河流。站在14楼的窗口，可以看到外面——因为沉默而变得无言。街道像个隐匿者，在车辆、灯光、安静下来的沉默中消失。像一片草地，歌声荡漾，在微风中，在回忆中，在城市森林边缘，像一段陈年往事。唯有头顶上的星星，踩着这房子的肩膀，在高远处，在深邃的时空之外，无辜地闪烁，满含悲伤地微笑。

脸

如果不在房子中，我们不会刻意注意到自己的脸。房子中的——浴室镜、电脑屏幕、电视机里的镜像、在厨房漫不经心收拾时印在金属厨具上弯曲的投影，甚至陷入深思时仿佛从书本纸页上浮现出一张古老的脸庞，书架前用手指逡巡读物翻开的勒口作者头像，以及在睡眠中仿佛从天花板上纷纷向你走来的面影……此类种种，都在提醒着脸的存在。仿佛那是一本书，让你随时进入，阅读。而在户外，大街上，旅途中，你不太会关注自己的脸——你的注意力，被外部的图像、声音所牵引。只有当你独处一室时，你才会真正注意到它，你会习惯性地用手去触摸脸，在镜子里寻找那仿佛变得陌生、可疑的面孔，以便确认自己的形象。

阅读——脸，这一行为，何其古老。有一度，我对博物馆里陈列的古铜镜充满兴趣，揽镜自照——隔着玻璃窗，想象那镜前的影像。博物馆通常灯光幽暗，那在地底下沉睡千百年的古铜镜，现在又换了个位置继续沉睡——每次走进博物馆，在铜镜前，我都难免产生一种穿透玻璃，拾起那枚镜子映照的冲动。铜镜斑驳，泛着绿锈，看起来完全遮掩了光芒——不免让人深深怀疑，它能否清晰地映现美人的面容？这与我们在博物馆书画厅看到的，几近暗黄的美人图感觉一样——我们看不出那超凡绝尘的佳丽形象，就像是时光的做旧，给观者展示出一个过气的、暮气沉沉的美人，一个赝品，美人不可靠的替身。铜镜古老,仿佛容颜一经映照便迅速老去。而玻璃永远年轻——这是一种奇怪的物质，有时，我们在乡下见到那种古宅——也不那么古老,一百多年的历史,房子已经老旧、颓败不堪,但镶嵌在门扇、窗格间的玻璃(有些是彩色玻璃),却还像新的一样。而古铜镜却不会这样,它一经同主人埋入地下,便彻底黯然失色,拒绝再让别的形象在那曾经光滑冰凉的深处升起。

是镜子唤醒了自我的存在。镜子重叠的形象里产生的却是孤独。在你与妻儿老小欢乐共处的时候,镜子仿佛消失了。通常,只有在太太不在身边、女儿上学去了——唯独我一个人在家时,我才会听到镜子的呼唤——我会不自觉地走到它面前,看到里面那个有时睡眼惺忪、胡子拉碴、发如飞蓬,有时目光炯炯、满面春风、轻松自若的“我”来。无论是脸颊塌陷了,还是白丝增多了,眼圈更黑了,或是神情焦虑、若有所思,抑或脸上恢复了血色、显示出一种对未来的信心和期待,脸,都在提供一种生活(和精神)状态的证明。只有当你凝视自己脸的时候,你才能真正看清自己的处境,并在那一情境中,对自己的状态做出反思。虽然,镜子的属性是映现,在大多数情况下,揽镜自照这一行为,得到的情况多是孤独。

我小的时候,对悬挂在乡间门楣上方的剪刀和镜子不解。——如果镜子,不是为了使形象现身、显影,那镜子就失去了它自身的意义。我不知道,那里面藏着一种简朴但也深奥的有神论的认识——在人类学或民俗学意义上,这枚镜子不是为了照见,而是为了阻挡(使污秽和鬼怪不能进屋),具有驱邪避秽的功能。在神话故事里——无论欧洲、中东还是东亚,镜子都有着服务于超自然和异己力量而不仅仅是脸的传统。而神话的机能和怪力乱神的故事,都要通过脸来反映,只有在镜子里的形象得到确认——上述神话学的传说和故事才能成立。

有一度,我还对尼德兰画家扬·凡·艾克的《阿尔诺芬尼夫妇像》这幅画感到不解。在精心地描绘一对富裕的新婚夫妇同时,在身后墙壁上还画了一个精美的镜子——里面却藏着画家本人的形象。如果说这一仿佛是美好爱情的“婚纱照”,葆有中世纪资产阶级兴起催生人文主义思潮的意思在里头——那画家“恶作剧”式的在一幅充满着忠贞和宗教意义上的新婚场景里,插入自己的脸,似乎在消解着什么——对爱情和忠贞的怀疑?对资产阶级生活观念和情趣的戏弄?——还是其他,则不得而知了。无疑,墙上的镜子拓深了画面的空间——使之具有无限循环下去的可能。——从这个意义上来说,这张隐藏在镜子里面的脸,也具有无限循环和增殖的可能性。画家似乎想要让自己在无限延伸的时间和空间里,对爱情和婚姻进行旁观和审视。

通常我独处的时候,唯有书和镜子,是唯一使我受益的。我的阅读很宽泛(但似乎也很局限),我通常喜欢同时阅读好几本书,它们——有的摊开在书桌上,有的折页放在沙发上,有的(经常是好几本)叠放在床头——至于哪本会成为睡前的读物,则不一定,也许我在客厅里关灯准备去卧室上床时想好阅读哪本书但伸手拿起的却是另一本。我不能保证某本正在阅读的书能完全读完——我的书柜里,普鲁斯特《追忆逝水年华》和乔伊斯《尤利西斯》以及加缪全集,购来已有二十多年了,数次决心全部读完,但都是半途便丢下了——我又拿起了另外一本书。我习惯(和满足于)这样一种阅读方式,仿佛在家里坐下来,随时可以阅读。当目光随着文字移动时,那书中的画面(伴随着自己的脸),会在镜子般的书页上浮现——没有哪一种方式,会比阅读文字更让人欣慰和满足。

有时我会突然中断阅读，将书搁在腿上，手指不自觉地轻轻滑过书页，另一只手的大拇指和小指似乎还紧紧夹着某页纸张，我侧躺着，将眼镜摘下来——眼前一片模糊。我不断地进出卫生间，坐在马桶上，或站在浴室镜前凝思时，感到——阅读带来的短暂晕眩和幸福感。浴室的空间将室内的静谧放大，对任何音响的阻挡和排斥，是内心获得完整宁静的前提。帕慕克说："我对着镜子阅读自己的脸。我的脸是罗塞塔石"——这公元前196年刻有古埃及国王托勒密五世登基诏书的石头——分别用希腊文字、古埃及文字和当时通俗体文字刻了同样的内容。我看到镜子里的脸，不是历史的景深和衰落的文明，而是一种中年人——有着东方古老民族特征——寄予幻想和臣服命运的脸，是疲惫、犹疑，也是超然和平淡。有时我坐在桌前凝思——我的手机压在摊开的某本书上，手机光滑、黑色的镜面倒映着窗帘、天花板——往前俯视，一张戴着眼镜的脸在里面出现。通常我不会注意到这个形象，我在打开的笔记本前写作，我在写作《脸》这篇短文时，试图回忆自己的面容，白色的文档页面仔细看，有一张淡淡的脸的虚影，躲在文字后面。

脸和房子构成一种修辞，一种隐喻。脸在房子里无处不在，那是它窥探、自察、回忆的证明，脸在房子空间各个角落浮现——当它端详着眼前的绿植：蕨类、橡胶树、栀子花、金钱草、绿萝、菖蒲——当我现在，在自己家里回忆居住在郑女士出租屋里的绿植，我不能完全确认上述植物就是当时太太所种植的品种。我当时附身去看这些植物——太太出门远行，吩咐我照顾好这些花草，我仿佛是第一次见到它们似的。我记不起它们搬进我们家时的模样——它们何以长成现在这个模样，我也一无所知。说实话，我对这些植物，平常并不上心，我没有种植花草的习惯——这是太太的爱好，虽然，在这方面失败的教训比成功的次数多。我仿佛仔细地端详这些绿植——脸几乎淹没到里面去了——甚至在一个透明的球形玻璃缸里，在那浸着植物根茎的水面上看到—— 一张古怪的脸：一张对照顾花草没有信心、冷淡的脸。

我也许应该想到，一张出现在出租屋中的脸，它与房子之间构成的修辞和隐喻，远不是稳固和能确认的。事实上，这空气里，还浮动着许多消失的脸——虽则消失，但依然存在，就像那位尼德兰画家描绘的阿尔诺芬尼夫妇，并没有意识到，他们在卧室里携手留下这一无法磨灭的瞬间——被画布照相写实地留存下来，其实在那深处的墙壁镜子里，还隐藏着另外的一张脸。

痕 迹

我又一次走到粮油食品加工厂对面。两个圆形建筑,有一种宗教般的威严和人去楼空的衰败感。是水塔?还是粮库?我一直没有搞清楚。它像土耳其的宣礼塔,在召唤那不存在的信众。也让人联想到过去广播的年代,洪亮的声音从建筑顶端(更像是来自空中)传来,直达远处的旷野。

水泥浇筑的圆形建筑比信念更坚实地矗立在一个旧日的粮油食品加工厂。而现在除了展示它庞大的身躯,别无所用。灰色的水泥外墙既光滑又粗糙,雨水、阳光以及无法看见的时间,在它身上留下痕迹。圆形建筑上的标语:白色石灰浆、黑体字、不再使用的口号,那么孤单地显示出一种无用的处境。但并非完全如此。晚上,会有流浪汉走到那里,依偎着这粗糙、坚硬的身躯,听着人工河激湍的声音,抱着自己的身体入睡。我曾经设想,如果有一架梯子,绕着它的周身可以爬上去,俯瞰周围的一切——那是一幅怎样的情景?实际上,它远没有我想象那么高,当我从14楼看过去——我伸出身子,能够看到它的一部分,它的顶端并不在我仰视的位置。我曾见过那种建筑,比如古塔——它的内部有着旋转上升的楼梯,从里面可以走到塔的最上层。

过去的粮油食品加工厂,处在一个叫上沙沟和下沙沟的地名之间。它的周围还有:青山南路花鸟市场、南昌糖果厂、星火化工厂、南昌印刷九厂、南京路小学、江纸生活区、南昌第二运输总公司,各种快递公司，还有一个基督教灵恩聚会点。我经常在地图上——而不是在实地，深入其中，沉溺于阅读地图的乐趣：深咖色标志的小区、办公楼、厂房，白色镶着绿边的大街、细长的白线（或直或曲）环绕着一栋栋建筑物之间——那是一条条不宽的道路，星星点点或成片的绿色植被，一个个白色细黑体字标注的单位、小区、商店、大厦、公司。我看到贤士花园，处在这迷宫状的颜色的包围中，像一张脸，淹没在一片脸的海洋中。过去的粮油食品加工厂，在地图上标注着一个个商铺的名字：奉新粮行、金奥缘粮油商行、老鼠爱大米专卖店——它们毗邻着荣昌汽车空调、微利汽配、联众汽配、胖子四轮定位轮胎店——那是我曾经在一个周日的上午，无目的地漫游时所见到的。

玉带河，将我生活的区域，与对岸的区域分开了。除了偶尔的心血来潮，我一般不会轻易踏足到河对面去。从我居住的玉带河往北一直延伸，直到过去老省委那个位置，中间这片地带，可能是城内最驳杂（不是最复杂）和难以描述的地方。这里不是本市文化中心——滕王阁、万寿宫、百花洲等这些老南昌城内的文化地标，都不在这片区域；这里也没有大型的购物广场、五星级酒店、气派的写字楼和奢华的花园楼盘，有的只是大量的计划经济时代留下的工厂，建于二十世纪七八十年代的宿舍、住宅区，废弃的铁轨，陈旧的立交桥和涵洞，不上档次的饭馆和杂货店。这样的气息，一直蔓延到我租住的小区——贤士花园、怡园小区、建行小区一带，让这里的一切，打上了时光深深的烙印。

建设银行小区西门有个营业点，我时不时会去那标注着 ATM 和蓝白颜色字样的自动取款机前取现金。有时是白天——更多的时候是晚上，我从楼上下来，出了小区，沿着贤士一路走过去。那是一段不足两百米的道路。灯光从两边的门店里铺泄出来，时装店、杂货店、水果店、理发店,是最后打烊的一批店铺。店主正懒洋洋地收拾,他们面容倦怠,不再大声说话,动作迟缓而僵硬。水果店门口紫色的甘蔗像长矛一样捆扎在一起,随意地靠墙立放,像一个疲倦的人双手抱着肩膀——在入睡。每到这个时候,我的大脑便异常活跃,思绪万千。经过一下午的昏沉和晚饭前一小片刻的瞌睡——这是冬季,这种天气里我最容易表现出来的特点之一。现在我头脑无比清醒,与周围喧嚣渐消、昏沉迷糊的一切形成了反差。太太在屋中刷着手机——近来她迷恋上烘焙,从养多肉到爱上烘焙是在顷刻间转换的,她穿着厚厚的居家睡衣,没有开空调,而是侧躺在沙发上,身上盖着那条蓝色的薄的空调被——左腿伸直,而右腿蜷曲着,她显得专注而沉入地在手机上看一个个烘焙视频。我知道,女儿有时也会偷偷地看那些网红做的各种美食。现在,她正坐在实验中学的教室里,和其他同学一样埋头在书堆里,表情恍惚,一动不动。那个教室的孩子们,都像一个个雕塑一样僵直地坐在那里,有的右手习惯性地将圆珠笔在拇指、食指和中指之间快速地旋转着。有一个学生在这沉闷、安静的空间里回过头来,往身后看一眼,偷偷地笑着。也有一两个学生在秘密交流。突然,一个孩子站起身来,一言不发,背起书包冲到门口,径直地走出去了。

有一个学期,班主任安排家长晚上轮流在教室值班,我是其中之一,数次出现在女儿晚自习的教室中。

我摁下自助取款网点玻璃门上的金属圆点——虽不常用,但现金在生活中有时还是必不可少。突然之间,我们就不常到银行去。生活在不断改变,我们都在适应这一切。这是快速变化的数十年,用日新月异这个词来形容是不为过的。我站在自助取款机前,用手摁着机器按键,听着“咚咚咚”的响声,之后是机器出钞的“沙啦沙啦”声。

这是一种愉快的声音，纸币被机器快速清点发出金属般的悦耳之音——它隐含着拥有，是对占有者的肯定。自助存取厅里通常都会有两三人——有好几台机器供人使用。我注意到，这几个使用者，彼此装着漠不关心而又小心翼翼。故意忽视对方的存在，但又会用余光瞄一眼对方以及身后，似乎在提防什么。

不远处贤士湖边马路上，有辆巡逻警车停在路口，警灯的荧光不停地闪烁。这是一辆国产 SUV 汽车，车身刷着标志性的蓝白颜色。闪烁的红蓝光铺泻到湖面，与倒映的路灯混淆在一起。一个年轻的父亲，推着一个硕大的摇篮车骄傲地经过——里面躺着三胞胎婴儿(分不出性别来)。我想起一位朋友——她有三个姐妹，曾经也有这样一个以拥有四个聪慧、漂亮的女儿而引以为豪的父亲，但朋友的父亲两年前因病去世了。四姐妹关系非常融洽——她们分居在不同的城市，都爱美，喜欢阅读，对生活充满热情。每周固定一次开微信视频见面会，聊生活琐碎，聊读书、情感以及种种。她们都很年轻、年龄相仿，在一种“初恋般的热情”中彼此抚慰，快乐而满足，丧父伤痛的灼痕似乎在这样一种“热情”中得到熨平。其实她们对父亲怀有深挚感情，这是一个幸福的家庭，平常但让人羡慕。痛并快乐——正如齐秦唱的：“痛并快乐　快乐着 / 恨恨且爱且狂……”

我站在黑夜里，心里却想着家里的情景。我从小区出来，大概二十分钟不到，却像是离开很久了——我的头脑里是一幅灯光明亮的温暖画面，我似乎要急急地走回家去，回到阅读中去。最近我和太太重看了《花神咖啡馆的情人们》。在电影中，萨特从美国回来，给女友(不是波伏娃)带了尼龙丝袜，女友在试穿丝袜时看到萨特给波伏娃的信，妒火中烧——这嫉妒之火的烫痕，是否也烙印在波伏娃心中？影片的处理远非想象中那么好——萨特仿佛是个父权分子，对波伏娃毫不关心，而波伏娃则一直顺从，看不出女权主义者的独立和主见。当萨特女友站在床头试穿丝袜的时候，帕慕克某本小说中关于丝袜的描写却从我头脑中冒出来：一位读者在电话里给主人公卡利普（他扮成了专栏作家耶拉）叙述他在《民族日报》上读到的专栏文章——在一个炎日的夏日，被工作压力和孤独压迫得喘不过气来的专栏作家，在如梦影院看电影（芝加哥匪帮片），被一个女人用长指甲隔着丝袜搔腿的声音所吸引，再也无法把注意力放到荧幕上。这个时髦妈妈和她十一岁的儿子举止亲昵，那只不安的手所制造的窸窣声不仅让伊斯坦布尔夏天的蚊子所垂涎，也让耶拉的目光久久停留在这母子身上，仿佛一个妻子兼母亲的魅力，在黑夜的影院里被无限地放大，足以使一个孤独者产生幻觉和晕眩，爱恋与绝望之火在他心中熊熊燃烧……

站在建行自助取款营业点门前，略微可以望见一点粮油食品加工厂的影子。它处在一排排小区楼房后面，像是一个遥远村落背后的山林。我看到湖水在不远处闪烁着点点光亮，冬天的风刮走了湖面的寂静。湖心的拱桥与黑色的倒影形成一个圆满的弧形，没有月亮，夜晚的贤士湖显得深邃和神秘，一种轻微的紧张感在压迫着人的视觉——此时，湖心的廊桥和湖边的花岗石步道空荡荡的，唯有植物忧郁的剪影在模糊的光亮中。我的大脑依旧活跃，仿佛一个需要倾诉的人，急欲向黑夜倾吐他的愁闷、欣喜，洞悉世界的发现——时光的刻刀，在人的脸上、建筑物、树木、街道以及人的内心里，留下的痕迹，在这痕迹里，停驻着昨日无可挽回的疼痛与幻梦、记忆与忘却，也生成着当下内心明灭的火光与灰烬、幽微的映照与遮蔽。

时间地理

从建行小区门口自助取款机前回到家中，我习惯性地坐在电脑前，头脑中活跃的景象与画面，还像燃烧的火焰一般，没有冷却。

在我写作这篇贤士花园长文时，我终止了此前一度随着对写作和阅读的消极而生长开来的蛮荒与虚无。我停止了半夜（因为时差的原因）守在电视机前观看西甲和英超联赛，当比赛进入沉闷和攻守僵持时，有时我竟拥着薄被睡着了；我也不那么热衷于写毛笔字，曾一度像瘾君子对烟枪的迷恋，其实并不是出于对书法的热爱，而是出于惯性，拿起毛笔在纸上写写画画（可以一连写几个小时）；也不再去看那肤浅、俗不可耐的搞笑视频；我也停止了对虚妄世界的想象和忧虑，不再那么过分地担忧明天——总之，我像个有规律的宅男，安心于有条不紊的生活，每日计划着生活的细节。

我从这种有方向感的生活中受益。重新梳理了一遍自我与外部的关系，我发现，对艺术、创作、阅读的兴趣，是内心真正幸福与安宁的源头。随着年龄增长，生活的半径与圈子不是在扩大，而是在减少，像一个战士在不断收缩防线。我从简单的细节中寻找乐趣，那种紧张、刺激、浮华的场景不再吸引我。我不会成为任何试图唤起蠢动欲念的奴隶，也不会与简单的三点一线的生活为敌。只想不断完善自我的音腔，服务于理想的语言。

生活不是雄心、建构、规划的同义词，也不是消极怠工、漫无目的、随波而逝的无奈。我居于二者之间，既缺乏野心和侵略性，也不落入虚无和抱怨的陷阱。有时显得积极和正面，热情和富有活力，有时又冷静客观，谨言慎行，处于旁观和自省的位置。以前我总焦虑于时间的流逝，我更忧惧随着时间流逝而我还一无所知。观看战争和灾难电影时，内心只是惊惧和慌恐，但对时间、情感、美的消逝描写的句子，却刺痛我，击中我，使我无助和忧郁。——也许我现在不那么容易感伤，云淡风轻，更像是一种与生活和解的写照。

昨天，我出现在青苑书店——其实我更喜欢在认识书店老板万国英女士之前的情形。那时我在书店里，一身轻松，谁也不认识，不需要同谁打招呼。不像现在，我有时会在书店碰到她热情、真诚的笑脸——见到朋友当然是很愉快的，但对于一个想在书店里看看书、打发时间的人来说，应酬和礼节会使这份快乐减分。我从阳明东路出来，转了两道公交车，到洪都中大道金域名都公交站下车——因为这条街道正在修建高架快速路，一片狼藉，车流与人流纷乱，头顶上是坚固宽大的钢筋水泥构架（水滴从水泥预制结构的缝隙掉下来，落在脖子里衣服上），书店遮掩在银行、茶室、美容养生馆、百果屋、房地产中介之间，不起眼的大门——“青苑书店”几个行书字像是鲁迅的集字——它处在一块横匾“青苑春风江右满”下面（出自本城一位叫刘世南老先生的题字）。书店里安静，人不多，不少新出版的人文社科书，摆放在显眼位置，三联书店、商务印书馆、广西师大等几个出版社，在一楼靠墙的位置享有专柜。柔和的光线从室外照进来，葳蕤的绿植和灯饰营造出一种温馨、宁静的氛围。二楼中间是一排供读者阅读的桌椅，一列绿色台灯，在夜晚，笼罩着一团团暖色、明亮的光晕。显然，来书店的人越来越少了，这对于一家以销售学术性为主、文艺范十足书籍的民营书店的生存构成严峻挑战。这与严肃写作者的境况相类似。玉带河，在书店以及金域名都小区后面静静流淌——它从我居住的贤士花园北面流经至此，又往顺外路以及更远的城乡接合部流去。

大概一个多月以前，一位河南作家来书店与读者见面。在二楼不大的空间里，坐着不足百号人，我的朋友——过去曾在海南一家文学刊物供职，编发过我一些作品，现在是一个专业作家。有一些是固定的拥趸，他们常年徜徉在这个书店的各种讲座、书友会之间。对知识和精神的追求，永不会在人群中失去。但身处在一群读书人中间，有时却会产生一种相反的情绪——不是在聆听、交流，而是在疏离和走神——我就在这样一种情境中。我不是一个很乐于与人分享隐秘快乐的人——阅读，哪怕是最常见、普遍的行为，对于个人来讲，也还是隐秘和私人性质的，不值得拿出来共享。通常我很少出现在这样一种场合。算起来，我与这位朋友不见面也有十余年了。距离上次见面——那是在北京的一次会议上，我们都变化不少。他明显胖了，中年男人的特征显露无遗——我想他看我也是如此。那时他还在湘西凤凰沈从文故里拥有一间客栈，他在客栈里放了不少书籍——期待那理想的客人入住，想来多半是落空。他自己每年拿出一段时间来，去那里居住。当时他正写作一本与沈从文有关的书。我记得那时他的博客名“陶瓷了”（我的朋友如果看到此，我希望他会心一笑）。我们那时还在QQ上交流过身边异性的话题——都曾经为此怦然心跳过。我欣赏那时他的浪漫、诗意和孩子气。其实，算上这次在书店的相见，我们总共只见过两次面，更多的是书面和邮件往来。

越来越像独自采摘蘑菇的“痴儿”。我们早已不玩博客了，QQ作为聊天工具也早已过时。朋友在凤凰的客栈不再经营亦有多年。虽然他还是喜欢到处走——这是我羡慕的状态，但并不妒忌。我待在我的“小森林”里，像彼得·汉德克笔下的“蘑菇痴儿”——“即便多年和几十年后依然如此”。

年轻时，就像流连在巴黎、纽约、布宜诺斯艾利斯、伊斯坦布尔街边酒吧咖啡屋的文艺青年，我和几个朋友时常会去苏圃路上一家咖啡馆见面聊天。咖啡馆在街道的一个“阴角”，旁边是一所百年中学，对面是东湖，湖上是“百花洲”（明代以来一直是文人雅集之地），再往前是个教堂，更前一点是南昌大旅社（当年周恩来、贺龙、叶挺、朱德发动八一南昌起义所在地）。咖啡馆里有音乐，蓝紫色的夜雾在室内氤氲，服务生穿梭其间，人们一小群一小群围坐在一起低语、欢笑。我们的座位并不固定，每周有那么一两次聚会，松散的三五个人。那是被文学鼓舞的年纪，文学刊物的版面，就像揣在口袋里的收成，急于拿出来与大家分享。还没到被生活的庸常改造得庸俗的年纪，对物质和粮食并不关心，只热心于文字的秘密。没有那种觊觎异性美貌的猥琐心理，满脑子都是文学的话题，风度翩翩、面容清爽。

那时，我一度幻想市政府应当将从苏圃路到渊明路，以东湖、南湖为中心，打造成一个类似于西湖那样的文化生活景观——老城区太多的文化元素在里面。后来一次，看到百花洲中心游步道两边，立着骇人的大黑体字标语口号时（与景观如此抵牾），就觉得我的想法是多余的——虽然那也已过去多年了。

我们始终有一种错觉，觉得物是人非，觉得眼中看到的一切，变得让人认不出来。其实不是，外面的世界，它始终是那样，一点没变，我们看到的那一点点改变其实是很缓慢和微小的，真正变化了的是我们自己——这个观察者。

我记得那是春夏之交，我们站在东湖边上，每人手里夹着一根烟。其中一个一身牛仔装(翻着毛领),另一个(年少时喜欢穿绿军裤黑布鞋),着夹克装、牛仔裤,还有一个戴眼镜(眼神恍惚)。夜风送来栀子花和茉莉花的香气——这个时节,女人喜欢将一朵茉莉花别在胸襟,街上时能遇到提篮卖茉莉花的老人。像三匹充满活力的马驹,这几个年轻人在夜晚中显得兴奋,在春天的草地上跃跃欲试,想随时奔向遥远的戈壁和荒滩。

夜雾久久没有消散。他们也久久没有离去。

出租车

此时已是晚上十点多，民警A接待了我。我注意到，董家窑派出所里有两个民警在值班，电视机开着，加重了这个空间的沉寂感。院子里停着几辆警车，院门口（那是个不起眼的口子）正对着青山南路立交桥。过去这里是工厂林立，计划经济色彩浓厚的区域，地窄人稠，机构和单位都显得拥挤、逼仄。派出所门口是一条狭长的道路，沿路是一溜店铺（现在多半已经打烊）。立交桥上，出租车呼啸而过，汽车尾灯在夜里划出一道道红色的光带——在白天，因为寻找客人，加上拥堵，它们步履蹒跚，而在这个深夜时刻，它们铆足了劲在奔驰，偶尔听到一声骇人的刹车声——尖厉地刺向夜空。

一个多小时前，我和太太还在抚河桥附近一家餐厅，那是一次平常但欢快的聚会。十几个人，其中两个来自外地，算都是同行，交流比较深入而尽兴。灯火阑珊之时，大家在餐馆门口道别，各自回去。我和太太上了一辆出租车。一般这个时候，酒店门口都会停着一些出租车，等待餐后的客人乘载。已经入夏，夜风凉爽，我大约喝了一点酒，借助酒精的作用，在夜风的抚摸下脸烫烫的，显得有点兴奋。出租车司机打开车门，隔着夜色在彼此搭话聊天（他们坐在车里，并不能看清脸）。此时选择上哪辆车完全是随性和偶然的。我告诉司机要去阳明东路上的贤士花园。他们通常都知道那个地方。此后车内陷入沉默。我和太太坐在后座，依稀记得出租车司机是个三十多岁的男性，平头、长脸。此时，街道显得空旷，人很少，车也不多，大概十五分钟时间，我们便回到小区门口。

贤士花园拱形大门上的几个铜字在夜色中显得模糊，黑夜吞没了一切，几盏路灯孤单地立着，并不那么明亮，街上人影幢幢——这是黑夜的交响曲，暗影主宰的世界。我的脑袋还有点微微发烫，夜风并未帮助我把酒劲全部散去。我和太太下车，目送着出租车扬长而去——下意识地，我摸下口袋，“坏了，手机不见了！”

我一下子清醒过来。很快记起，我在车上接过一个电话，随后将手机揣在裤兜里。不知什么时候它滑出来了，此时正躺在出租车的后座上。我没有向出租车要手撕发票的习惯——这时便受到了小小的惩罚。我不知道出租车是哪个公司的，也没有去看车号——此时，它消失在南昌初夏夜晚的海洋中，无影无踪。好在我并不慌乱，我想一般在这种公共区域，都有“天网”——借助它，或许能够查找到我们下车的视频和图像。我打了派出所电话，是个女同志接的，她让我到董家窑派出所去。

我和太太又上了一部出租车，出现在派出所。民警 A 听了我的描述，将我带到民警 B 那儿，他眼前有几台打开的电脑，里面似乎有些公共场所的监控图像。民警 B 告诉我，那个位置光线太黑，“天网”并不能看清汽车的车牌号。我心里升起的一点希望落空了，轻微的沮丧感袭击了我。坦率地说，手机的遗失并不算一件太大的事情——虽然要找回里面存储的近千个电话号码并非易事，还有一些自认为重要的信息，但毕竟不会对生活造成大的影响。我想我遗失手机，也不是第一次了。民警 B 并没有启动调看“天网”的程序，但显然他并不为此担心。他拿出一张纸来，写了个公司的位置和电话号码给我，说虽不能完全保证，但你可以去试试。

太太陪我上了第三辆出租车，此时我的心态反而放松了，经过开始时的紧张，现在则多少有些倦怠。起初餐馆聚会时的欢笑宴饮转眼化为泡影。我望着车窗外城市的夜景，蓦然想起不久前在手机上看过的一部伊朗电影《出租车》：一辆黄色出租车行驶在德黑兰熙熙攘攘的街道上。各种各样的乘客坐上车，每个人都直率坦白地回答了司机的各种问题。而这个司机就是导演贾法·帕纳西本人。在这个移动摄影棚中，导演将摄像机放在仪表盘上，通过这个戏剧性的旅程，记录了伊朗社会的精神风貌。我钦佩导演贾法·帕纳西的努力，他曾说过这样一段话："我是一名电影工作者，我什么都不做，只拍电影。电影是我的语言和生命的意义。没有什么能阻挡我拍电影。因为当我被推入最深的角落时，我与自我相连。在如此私密之处，尽管限制诸多，创作的需求已超越了欲望。我心系电影艺术。这就是为什么无论如何，我都要继续拍电影。只有这样，我才能尊重自己，感受到我还活着。"

我在一种既放松又胡思乱想的情境中——我做好了不抱希望的打算，这使我不那么担忧和紧张。我看着车窗外一辆辆在夜色中疾驰(其实又显得无目的性)的出租车，电影的情节与现实的画面交织在一起。艺术，是人类共通的语言，无须更多的阐释，对人的处境的观照与表达，能唤起不同族群人民的共鸣。世界纷繁复杂，是历史、政治、经济、社会纠缠交错的场，也是历史与现实、利益与野心、文明与信仰冲突拉锯迭现的多幕剧。

——现在回忆起来似乎有些遥远，我不那么确定当晚我们就出现在客运出租车管理中心，也许是第二天早上。我从民警B手中接过纸条，电话与对方进行了沟通，约定了第二天早上八点钟到公司去。那家中心在西湖区洪城路上，一条不太引人注目的街巷里。当你走上正确程序时，一切变得不那么困难。我到达时，管理中心还有一个情况与我相似的女孩，也在寻找昨晚丢失的手机。我告诉了接待员上车的时间地点，下车的时间地点，她将我的信息导入GPS系统，定位出租车（每辆车都有GPS装置），经过十多分钟筛选，那辆车的信息浮现出来。接待员将那家出租车公司电话、司机姓名以及车牌号给我，并没有提供司机的电话。

我拨通了出租车公司电话，对方说会尽快联系司机给我回话。大约半个小时候后，司机电话打过来了，手机还在他手上。他与我约了见面的位置。见面时，司机告诉我（他大约听到我用太太的手机拨打我的电话——不知何故，我的手机在十分钟不到就显示已关机，拨打不通了），他送我下车不久，又上了新的乘客。对方在后座上拾起了我的手机，出租车司机要乘客将手机解锁（我设定了密码），乘客未能将手机带走。

我的手机幸运地找回来了（但它后来毁于我与女儿的一次争吵中，我记得我恶狠狠地将手机摔到地上的情景）。出于感谢的心理，我给了司机两百元钱。

写作此文，我脑子里闪现出那个夏天夜晚，和太太站在贤士花园小区门口，我被夜色和沮丧的情绪包围，无助地立在那里，幻想着失去手机后慌乱的生活。那部遗失的手机正静静躺在一辆绿色出租车里，在夜色中航行，它的屏幕上闪烁了两次蓝光（伴随着音乐声），此后便陷入无声和黑屏的状态中。它小小地考验了下人的耐心、信任以及贪欲。暴露出人内心深处一些习而不察的心思和想法。失而复得的手机，导演了那个夜晚的情景剧，这是一件小事，与伊朗导演贾法·帕纳西在出租车里导演的那部电影的意义相比，自然是霄壤之别的。

桃木和半山

我去了一趟乡下。这是时隔半年多来我第一次离开生活的城市,感受乡野自然的草木清香、聆听牛哞和鸟鸣。我在贤士花园,这个曾幻想中的小树林,度过了沉闷的秋天和冬天,突然地,没有任何想法地离开了这“禁锢之地”。

雨劈面而来,出城的时候还未见雨点,现在,福银高速公路上,一场透雨将我们隔在千山之外。

已是暮春,油菜花开过了,只有零星的田地还残留着星点被绿色吞没的黄色,大部分土地已翻耕,而今放满了水,像一片片镜子搁在地上。过两天就是清明,秧苗在生长,再有半个月,将被移栽到水田里去。这趟出行,计划已久,一场突如其来的疫情,让我们禁足数月。可病毒的肆虐阻挡不了自然的脚步,花开花谢,冬去春来,放眼仍是绿意盎然的人间。

我的同事,在大山深处驻村两年,表情已脱去机关色彩,带有几分乡野气息。他们带领我们走一条新路去往山中的村子。这是个古县,自宋至清出了六百二十多位进士,包括汤显祖的老师罗汝芳,颜真卿任地方官时曾在此写下《麻姑仙坛记》。

海拔七百余米的山上只有两三户人家居住,村名叫“桃木坞”。路两边的山林长满了竹子,一些冬天死掉的竹子,倒在新长出的竹子身上。山路蜿蜒盘旋,没有人声。山田长满青翠的野草,一直延伸到山脚——这是被绿色统治的国度，远处山峦因为雨后显得很有层次，云雾缭绕，像水墨画。农户饶云峰在住房边搭建了一个养鸡场，四百多羽“五黑鸡”像一片散落的黑珍珠。正在觅食的鸡们见到这么多人，仿佛受到惊扰，飞跳四散，箭一般地躲到草丛、屋檐、山石下。进到棚里，更多的鸡蹲在木架上，鸡棚比想象中清爽和干净。在给鸡搭架之前，它们在地上、草窝下蛋，因沾染上鸡屎污物，价格折了三分之二。饶云峰在架上每个鸡窝里放进一个乒乓球，引诱母鸡去下蛋，干净的蛋每个可卖到 1.6 元。每天，饶云峰收获数百枚鸡蛋。

这个高山上的村子，散落着十多栋房子，绝大部分已无人居住。尽管寂寥，看起来仍然很美。灰色清水砖旧屋，红灰瓦顶，田园菜圃长着绿色植物，石头铺砌的山路爬满藤葛，断墙上芭茅蓬勃生长，竹木编织的篱笆整整齐齐，院子里的野枣树尚未长出绿叶，黝黑遒劲的枝丫仿佛出自倪瓒的册页。这里生气勃勃但寂寥孤清，两三户人家和数百只毛色乌黑的鸡在镇守村庄。

我们离开桃花坞。我脑子里想到古人关于“名”“实”的概念，这由来已久的认识论和辩证法。例如这桃木坞，本应是桃花遍地的山间凹地，是个繁花似锦、人来人往的所在，而实际上是不见桃花只有空房，人迹罕至的寂寞小村。再例如我在南昌暂住的小区贤士花园，应该是贤人雅集、格高韵阔的美景，其实是一片嘈杂、陈旧、灰暗的平民社区。

另一个村组“半山”，海拔略低，在四百米左右。两条溪流在村前交汇，四周高山将村庄环抱，与这村名相符。一座新修的水泥桥将村外山道与村庄连起来了。过了桥，是个广场，靠近山脚是个亭子，背后树木参天，最引人注目的是一棵数百年的红豆杉。广场左侧是个废弃的礼堂，水泥雕塑的四个大字“中山礼堂”依然清晰。按照民俗学的说法，这里是村庄的水口，水口林茂盛，前有水后有靠，左青龙右白虎，是一处吉地。或许是六百二十多位进士中的某一位（或其先祖）为避喧扰，带领家人在此开基，课读耕种，过上半隐居的桃花源生活。当初也是人丁兴旺，鸡犬相闻，书声琅琅的。村落的形态非常完整，不仅有公共生活空间——礼堂、广场，还有石桥、古树，村中央立有拴马石和标榜进士出身的石柱，二三十余栋房子依地形错落有致地分布，背后的山道上或许还有祭祀保护神的山庙。与桃木坞不同的是，这个村落已完全空化，没有一个人，家家户户大门紧密，被锈锁封门。

所有的住户在集镇或县城拥有了新的住房，有的是租住在县城陪读。这个村子看起来依然是新的，新修的桥，新修的 LED 路灯，水电网络全部入户，厕所改造也全部到位。村落清秀，但仍是寂寥，空山新雨后，潮湿朦胧，如在画中。

我们遇到一个有意思的人，名叫夏天丁。他的父亲参加过抗美援朝，多年前就去世了。这个英雄的后代，曾经是个被人耻笑的对象，他的懒是出了名的，租住在一户人家的茅棚房里，房子堆满了破烂。工作队进到屋子，无法挪脚。夏天丁心安理得地蜷在脏臭的被褥里，嘴里叼着草秆，他的老婆有着相同的呆滞表情，头发散乱，积满污垢。他们却有一个聪明的儿子，成绩在班上总是前几名。懒是乡村的一种痼疾，而给懒提供的理由则难以描述。懒也许并非与生俱来，他的变化从扶贫队给他提供鸡苗开始。养鸡也并非什么新鲜事，谁的家里不曾养过几只鸡。但这次似乎不同。夏天丁在养鸡上发现了自己的天赋，他养的都比别人家的好，不病不瘟。他还有一个能耐，就是能够一眼从掩埋的竹根中找到竹笋。他变得忙忙碌碌，每天大早骑摩托车到山上给鸡喂食，随后去挖竹笋，新鲜的冬笋可以卖好价钱，多余的做成笋干。去年他和其他 7 个贫困户统一异地搬迁到乡政府附近。

其实养鸡一开始也并不顺利，鸡的个头如期望那样长成，房前坡后撒欢奔跑，唯一的缺点就是不下蛋。扶贫队请来农科所专家，原来喂养的鸡食缺一种元素，改善食料后鸡很快就下蛋。

这里村民的先祖曾是皇室近臣，因触龙鳞遭到灭族之祸，家人拼命保住一个子孙逃到这蔡姓外婆家，改黄姓为蔡，死后仍以黄姓祭奠。“生蔡死黄”的故事在村子流传已久。说是朱德当年率领红军在这里——蔡家山打过仗，这里设有红军的据点，官方的志书都有记载。莽莽苍苍的山村，出了不少读书人，他们隐藏自己真正的姓氏，走在功名与希望的路上，青石板上深深浅浅的脚印，藏着多少风雨和逸事。

这个乡——浔溪，在全县最偏远、海拔最高，翻过山便是邻县资溪。全乡 6300 人，常住只有四分之一。而太坪村 234 户，942 人，常住不到 50 人。传统乡村社会，地窄人稠，人地紧张，现在却是人口稀疏，好处是维护了良好生态，野猪野鸡之类繁衍不绝。整个浔溪像一道斜坡，村民纷纷从山上下来走向平原，来到集镇和县城，固守在山上的人越来越少。留守的山民，却也是历史和民间记忆的保存者。

有三个年轻的企业家从浙江义乌赶来，此行还有一个目的，便是扶贫队（代表农户）、乡、村、企业几家股东进行年终分红。浔溪乡原有一个为人代工的蚊香厂，厂长是一位停薪留职的乡干部。扶贫队来后，新办了麻姑山檀香厂。本省某高校有 3800 名毕业生在浙江义乌创业，其中四位年轻而有成就的企业家，受邀加入了太坪村扶贫事业，成立了一个股份制檀香厂。原来的蚊香厂给人代工，利润微乎其微，现在则拥有了自主品牌“麻姑山”，重新设计包装，提升质量，采用电商模式销售。工人大多来自太坪村——那个包括曾家岭、桃木坞、半山、黄家等7个村组的行政村。夏天丁的老婆，就在檀香厂上班。如今已有好几家檀香厂在浔溪落户，渐渐形成一个产业。

此前在桃木坞和半山驻足的时候，有人提议——将这些空房改造成民宿，这一想法得到热切回应。之前的雨骤风狂，现在变成安静无言，仿佛雨也变成一个善思者，加入我们对桃木和半山未来的想象。

大雨之后，山泉湍急，那山泉从山上而来，像一条缎带将山乡环绕，终将汇入盱江。那江上有座宋桥，屹立千年而不倒，麻姑仙子在颜真卿笔下数度见过沧海桑田，而今依然耸翠，山川久远，而人心厚朴，这是一座古老的南方之城，正是春天，“平芜尽处是春山，行人更在春山外”。

光恰似水

那时我们还住在福州路二轻大院，是个种满香樟树楼间距较密的小区。红砖楼房最高不过七层，有的还是木质窗框，暗红色油漆随着岁月剥落，窗玻璃露出破损的尖角，窗台摆放着花盆——却显示出一种凋零的、无可奈何的败落感。小区陈旧沉闷。这是个在改革中消失的厅局单位职工宿舍。曾经也拥有显赫的权力，掌管经济战线重要的一块。从我记事起，这样的单位——以前的百货公司，轻工业厅（局），以及未来可能的一些单位，都将在时代的潮汐中退出。社会发展，就像一辆更新换代的火车，每个年代都有不一样的模样、结构和动能。我们家住进二轻大院纯属偶然，如同有一天我们搬离这个小区一样，毫无依据可循。算起来，我们在那儿居住了三年之久，不算短的一段经历。却似乎不落痕迹，如同一片树叶偶然落在那里，随后又被风吹走一样。

小区紧挨着福州路，但它的大门却对着贤士二路，与贤士花园小区相隔也不过数百米。从生活面貌和年代感来看，属于同一阶段的历史产物。在这方圆数里之地，麇集着不少单位宿舍、住宅。它们普遍建于二十世纪七八十年代（甚至更早），既有一种残存的优越感，又呈现出一种时过境迁的颓败感。在计划经济体制和追求均等、节约思想的支配下，无论是住宅、道路、医院和学校，都建得紧致而窄小，空间充分利用，无法预知未来社会的发展，已有的设施和功能，远不能满足现实的需求。普遍的做法是，在更远一些地方建设新的小区、医院和学校，道路则越修越宽，立体快速通道取代了以往的两车道、四车道。

福州路上餐馆酒吧林立。炫亮的招牌、时髦的男女、震天的音乐，与陈旧楼房以及残留的悬铃木行道树，倒也制造出一种富有年代感的风情和韵致。这在夜晚愈加明显。那时我每日步行去单位上班，女儿在二十八中上初中，坐两站公交便到了。妹妹已经来到南昌，他们比我们更早一些时候住进这小区。正是因为她提供对门房子出售的信息给我，促成了我们在二轻大院的生活。那时我经历了人生的一次波动，租住在南湖边上，杏花楼对岸。后来回想起来，生活像是冥冥中的安排，看似偶然实则命定。当时妹夫还住在贤士花园单位公租房，有一天发来一段视频，他通过中介看了一套房子，是否买下显得犹豫不决，是我坚持让他下了决心。对于来省城谋职的外地青年（其实我们都不算年轻了），不可避免要面临生活上的紧促和艰难。就这样，我和妹妹一家先后离开家乡莲花，居然又先后搬进同一个小区并成为邻居。

女儿正是上初中的年龄，而妹妹的女儿思思更小一点。她们俩晚上在我们面前扮演双簧的情景还历历在目。这是两个活泼好动的女孩，在未来几年，制造了更多让家长震惊的意外，比如偷偷拿大人的银行卡去购买手机，直到有一天被发现。在学习上让人操心和烦忧的事情则似乎更多。她们像是两朵微小的火苗，只要碰到一起便发出骇人的火光，最后不得不让大人考虑将她们分开。我之所以卖掉二轻大院的房子，而住到南昌东郊的艾溪湖畔，部分原因出自于此。但为了读书方便，我还是住回了这一带，只是换了个小区。

转眼女儿已经长大，上了大学。那些闹心的记忆似乎早已烟消云散，留下的却是一些微小和愉快的细节。

与我们小区相隔一条马路的是人民公园，这是市区最大的市民公园，毗邻人民公园的还有动物园。自从它搬迁以后，我再也没去过动物园了。以前夜晚，经常听到老虎狮子的吼声，这声音在寂静的深夜让人不寒而栗，我那时刚读过加西亚·马尔克斯的短篇小说《圣女》，对男高音歌唱家里维多·席尔瓦每天清早从胸腔里发出“do”的时候，博尔盖塞别墅动物园的狮子则用一声地动山摇的咆哮与他遥相呼应——这一细节印象颇深。动物园产生的腥膻味，伴随着动物的吼声，在空气里久久不散。动物园与人民公园之间隔着一条人工河，通常有游人在上面划船嬉戏。芳香馥郁的花卉香气，混杂着动物园的腥膻味，以及春雨过后春阳蒸腾起的地面泥腥气，是我对福州路上的春天最深刻的记忆。

第一次带女儿去动物园的画面依然清晰。那时她只有两三岁，对一切充满好奇。我带她去动物园看老虎。绘本以及卡通里的老虎形象与现实中是两回事。当她兴奋地牵着我的手往狮虎园奔的时候，突然地甩开我的手，躲到一块假石后面，她比我更先注意到那道金黄色的闪电——仿佛出自一种人类古老的记忆本能，她迅速地藏起来了。此前她耳闻关于老虎的知识谎言般破碎。她躲在假石后面瑟瑟发抖，再也不愿挪动半步，不愿去接近这百兽之王。

人民公园里有各种乔木灌木，其中有一处板栗树林。那是秋天，我和太太带着女儿和思思去公园玩。此前多次，我们在草地上、水边、假山旁、秋千和体育器械旁度过愉快的时光。我们仰起头，像是第一次看到板栗树上的累累果实，那黄黄绿绿带着针刺的球状物——有的裂开了口，露出赭色的坚果。这恐怕是她们第一次见到长在树上的板栗模样。我带领她们用石子儿将果实击落下来（这孩子气的举动似乎并未考虑可能有的规定)，随着球状的果实落地，孩子们包括太太，惊喜地欢呼。我教她们用石头(或者脚踩)砸开果壳，将板栗取出来。我们收获了大约十几颗板栗。这让我的童心受到鼓舞，以至于我在公园门口的小摊上买了一把弹弓，在另一个时辰我们出现在板栗树下时，取板栗的设备有所更新。收获倒是其次，那一个秋日下午的时光让人兴奋。我的表现似乎比小孩更加迷恋这游戏。因为连续几年，我都在早早地盼着秋天到来，以便携着弹弓率领这支巾帼之师向公园的板栗树林进发。

白天，在二轻大院见得最多的是老人和猫咪。这二者给小区带来一种神秘和沉寂之感。那时，母亲从老家来到我们身边，帮我们照顾女儿。她足不出户，几乎与小区任何人都没有交流，在我们那个白天都要开灯的两室一厅内，她像耐心的农夫检阅了每一寸土地。我们新购了一些家具，其中书架有四五个——它们整齐地排列在客厅沙发背后，占了整整一面墙。母亲从书架上取下感兴趣的读物，戴着老花镜，坐在沙发上，似懂非懂地看了一整架的书。在那个小小的居室，我们还接待了从外省漫游回来的姨妈姨爹，他们是虔诚的信徒，刚刚参加一个教友活动，顺道看望我们。那时姨妈身体还很好，可以四处走动而不知疲倦，不像后来骨质疏松带来全身疼痛，以至于难以迈步。姨爹遭遇车祸去世后对她打击更大，眼见着姨妈从一个身材挺拔的妇人变成了佝偻瘦小的老妪。姨爹那时还能饮酒，依然健谈，他似乎喜欢我招待他的白云边酒，我将家里剩下的两瓶给姨爹带回去。

女儿仿佛素食主义者，从不吃猪肉，她总是只吃面前那盘菜，对其他菜无动于衷。母亲改变了女儿的习惯，她做的小炒肉第一次让女儿觉得肉的鲜美，此前她对思思如此爱吃肉还大惑不解。潮湿、阴暗、对流不畅是这居室最大的缺陷，我想母亲日后关节炎的加重也许与居住在二轻大院有关。母亲每天早上给女儿煮一个鸡蛋，有一次鸡蛋并未煮熟，女儿挤上公交车后，忽然发现裤子口袋湿漉漉的，原来挤破的鸡蛋流了一口袋。这并非孤例。还有一次女儿将鸡蛋搁在课桌上，被同桌借去玩，玩兴大发的同桌表演“武功”，他用右掌劈蛋，蛋液溅了满脸，被严厉的英语老师罚站了一节课。母亲当然不知道这些，女儿只偷偷给我讲过。

二轻大院内，印象最深的是一对老人。男人夏日里穿一件白背心，干瘦、白净的臂膀，一头白发满面红光，脸瘦长目有神，却有低眉菩萨的善意，手摇一把蒲扇，脚边常年不离一只黄白色猫咪。每日我下班回来，都要路过他家门前，其时他坐在门口手端一枚青花海碗，碗中物仅白粥萝卜干而已。他的太太则穿着蓝印花短袖衫靠着黑黄木框（这间小屋是他们在楼房前自加的），短发、宽脸、面色稍黑，手里也端着一个大碗，筷子夹起的却是清水汤面。老人善养花，门口是一片叠架起的大小花钵，大丽菊、剑兰、茉莉、秋海棠芳香四溢、沁人衣裾，绿暗侵纱，照面成碧。老人屋前正对香樟树林，林间放有一乒乓球桌。我和太太偶尔挥拍。我们都是初级水平，球来球往不过三两下，黄色小球便离台乱蹦，有时球落到老人脚下，他拾起来扔给我们，脸上是平静的笑意。

回忆起来，时光像琥珀色晶体，沉浊发亮，熠熠生辉。那是生命中的礼物，每一次的暂住在初始时未曾想到终会离开。那个小院固然陈旧但也静谧，与周身的喧嚣闹腾格格不入。古人说：“解衣盘礴，寒暑未尝轻出，思之如在隔世。”二轻大院的细节不仅于此，其间耳闻目睹或亲历的事情不少，写作此文时，手边正好有太太曾写的一则短文《疆域》，便摘录两段于此，可互为参照：

它闹中取静，在几幢楼房间安放了数株冒过三楼窗户的梧桐树、香樟树，还有一些低矮的灌木。院门前的小街细得仿佛一根手指，却因指尖处的一个酒吧，夜夜有喧腾的气息。入夜，酒吧门前停满汽车、摩托车，还有后车厢盖大开、里里外外塞满布娃娃的小车。那是与院内截然不同的世界，灌满酒精、香烟的气味。踏进一门之隔的院子，显得那么静谧，从人家屋内透出的灯光，仿佛穿不透满院子的寂暗。每次经过酒吧时，它立在街角，安静得近乎肃然，让人无法想象它在夜间的另一番模样。只有被风吹拂的半挂在空中绳索上的招贴，透露了一点夜间狂欢的气息……

一天清晨，赶班车的我看见素常清朗的院子里，站了一些人，他们的身影和目光绕成一个半圆形，圆心是一棵高大的梧桐树。我正疑惑，瞥见了直通通悬在树下的一条人影。只停留了两秒钟，我就迅速逃离。在确信走到了足以承受这一幕冲击的安全距离之外，我才停下脚步，回头再次眺望那抹影子。白地花朵睡衣从人群的缝隙处依稀可见。门前小店的女人如我一样，只敢远远地观望。傍晚时，我回到院子，已是素常景象。我紧紧望着那一排梧桐树，想不清具体是哪一棵，只觉得每一棵都可疑。我远远地绕开它们，目光不敢斜视地，匆匆而过。此后很长一段时间，我都不愿靠近那排梧桐树。从报上的新闻，我知道那是个刚二十出头的未婚女子，并不住在院内。她为何将自己最后的疆域强行定格在这个院子，这棵梧桐树下，新闻没有解释。她所经历的最后的苦痛，也无人可以了解。

妹夫一家还住在二轻大院，思思也长到了该上大学的年纪，她又拥有了一个弟弟。母亲回到莲花后也有四五年了。我从二轻大院搬到贤士花园以后，再很少回到二轻大院去，福州路上也去得少了，我发现这条街又有不少变化。

光恰似水，唯其平淡，方可亘古。

过道简史

我对这一画面至今印象颇深，当回忆的触角深入这甬道中，仿佛一束光，照在深邃的海底，我在那深蓝的寂静中看见过去的自己。那时，我意外地来到父亲的工作地，那是南方一个矿区，主要产钨，也产少量的金和银。我像是坐了很久的车才来到这里，其实现在回忆起来不过是两三个小时车程。我和父亲隔膜已久，每次他从异地回家，似乎总是夜晚到达，第二天我们才发觉家里多了个人，而他正坐在客厅里吃母亲用蜂蜜开水冲的鸡蛋。每次，他都是带着相同的东西回家：当归、党参、枸杞。总是那三样。父亲一回来，饥饿的我们嘴里便被母亲塞满了党参和枸杞，她把这个当作我们的零食。我很不喜欢那零食的中药味儿，但不得不含着眼泪把它们吞咽下去。要不就是难得地煮了一只老母鸡，鸡汤里也满是当归、党参和枸杞。我们不是在吃鸡，而是在吃药。母亲说这很滋补，现在我只要吃鸡，口里仿佛还是那中药味儿。

父亲很少回家，在那个年代，交通不像现在这么方便。我更愿意相信这是父亲懒惰的天性。他是一个不愿折腾的人。他习惯于待在自认为安全和舒适的范围内，轻易不迈出一步。每次父亲回来，我刚与他混得半生不熟，他却又消失了。我们习惯了消失的父亲的生活。我们三姐弟——我、姐姐、和妹妹——像三只小虫围绕在母亲身边，有时母亲也不理我们，她有做不完的事。姐姐像是另一个母亲，她的伙伴是那些年龄相仿的女孩子。她们整天跳皮筋、扯猪草,也忙得不亦乐乎;我同时鄙夷妹妹,她太小,好动,一问三不知。我于是习惯了孤独和幻想。因此,有一天,当我坐着班车头昏脑涨地来到父亲的矿区——因为第一次坐班车,不免晕车,对父亲生活在云端感到诧异。那是一个国营钨矿,据说时不时潜伏着特务和破坏分子。依靠开采钨矿,俨然发展成一个小镇,学校、医院、澡堂、影院一应俱全。我和父亲来到一个山脚下, 准备登山——他就住在这山顶筒子楼里,准确说,是职工宿舍。这样的职工宿舍,在矿区有好多个,但是像父亲这样家属不在身边的职工,便统一住在这山顶。好像那是一座庙。于是我勉强拖着沉重的双腿随父亲踏上台阶。父亲穿着蓝色中山装,四个口袋,头发梳得光溜溜的,黑色皮鞋笨拙但铮亮。我似乎还看见他左胸口袋还插了一支钢笔。我不知道走了多少级台阶,没有数过。我为父亲每天上下这么多台阶去医院上班感到吃惊。

我和父亲出现在黑暗的筒子楼里,站在黑暗的过道,闻着烟熏火燎的味道,对父亲的住所感到陌生。过道里放了许多柴火,墙壁因为常年的烟火而变得发黑。一股饭菜味儿冲入鼻底,经久不散。我像是第一次来到这种筒子楼。我的经验里,只熟悉县城老家平房和乡下亲戚家的房子。过道里没有电灯,在印象里,那仿佛是一条黑暗的街道。父亲从裤腰带上解下钥匙,打开其中一扇门,在这间小小的居室,数年如一日"囚禁"自己。宿舍简单得像他这个人,仅一床一桌一橱一凳一箱一镜而已。他是真正的"六一居士"。这是我第一次来到父亲的宿舍,仿佛也是唯一一次。

我已经读了师范,出乎父亲意料。对于学习每况愈下的我,他动了将我转入工矿子弟学校的心思。他想得多,真正实施起来少。一贯都是如此。美术老师的母亲与我父亲是医院同事,父亲托她给我带过两回菜——在她来学校看望儿子的时候。父亲这温暖的举动也出乎我的意料。那时父亲隔一阵还会与我通信,这是两个男人之间的通信,毫无抒情和文采可言,而是硬邦邦地有一说一。父亲怀疑和不信任任何抒情的方式,他一辈子认为抒情是矫揉造作扯鬼淡的玩意儿。居然有一个此后以抒情和文辞为职业的儿子。高小毕业的母亲那时竟然也给我写过一封信来。那是我进入师范不久,母亲大约担心我适应不了离家的生活,在外吃苦,因而满纸都是愧疚,仿佛那是她的过错。现在还记得信里母亲喜欢用“想必”这个句式。一点不像平时见到超然省心的母亲模样。母亲还坐班车专门来学校看过我一次,晚上睡在女同学的寝室。

美术老师因获得筒子楼里某间宿舍,高兴得唱起齐秦的《九个太阳》。筒子楼就在我们教室后面,那是一栋与父亲宿舍相似的砖房。火车厢似的建筑,楼中间过道同样漆黑和堆满劈柴。家家门口放着一个炉子和简易厨具。我的班主任是个下放的上海知青,她的爱人与她先后担任我们班主任。他们住在靠近沿江路的套房里,那是已婚教职工享受到的待遇,进门客厅挂着一幅西洋女子油画肖像。我和几个同学被美术老师拉到他位于文山路的老宅子搬东西:成堆的画册、油画框、颜料、画纸以及被子衣物碗碟等等,装了满满一卡车。美术老师头戴纸折的帽子,唱着歌儿用石灰将房间刷白,行李悉数搬进归位,充满艺术情调。我是美术老师喜欢的学生,时不时出现在筒子楼过道上,脑子里却想起父亲山顶上的房子——像是复制的一般。美术老师将我们几个,晚上叫到他的宿舍里写生。那是一种难以言说的待遇和体验。我们已经上了一阵油画课,画过不少石膏像、夹竹桃、花瓶、罐子和水果。美术老师给我们开小灶画人体。模特是我们同学中的一个,一个肌肉结实的男同学。那个夜晚,他在美术老师的指挥下模仿画册中的形象露出脊背给我们画。这样的画册我们已见过不少,但当真对着画布写生的时候,我发现握笔的手在颤抖。那是一次糟糕的不成功的体验,灯光晦暗,我被一种好奇和荒谬感所驱动,无法集中注意力进入状态。当我们陪着“模特”从老师房间出来的时候,他突然掩面痛哭,像一个失去贞洁的少女。那天晚上,我们都没有回宿舍,而是陪着他在学校操场坐了一整晚。

我像是定格在那筒子楼黑暗的过道上。那时,我已经毕业回了家乡,在一个乡村中学当老师。我看起来像在重复父亲的命运。中学也在一个山顶上,四周是荒野,学校因此也像个庙或庵。一样的筒子楼,只是略新一些,砖的颜色由青灰变成了暗红。我站在筒子楼里,感觉像是穿越回到了过去。我从腰间解下钥匙开门,另一个我在边上旁观。房间的陈设与父亲的宿舍如出一辙,不多也不少。当第一次出现在学校,被总务带着穿过黑暗的过道时,我惊讶地张大了嘴巴。我记得那次,虽然已经过了夏天,但父亲还是领着我来到宿舍后面的水泥沟渠里,将身子浸没在冰冷的山泉水中。刺骨的水刺激着让我尖叫,而父亲毫不理会,他自顾在身上打着肥皂,甚至吹起了口哨。许多个夜晚,我在学校山脚下的水井旁,用冷水一桶一桶地往身上浇时,嘴里也发出阵阵尖叫。

那些夜晚,我体会着父亲的孤独。学校里往往人去楼空,唯有我经常住校。在黑夜的筒子楼里,孤独披着黑夜的外衣,它一层一层包裹我,我又像是回到小时候在老宅前坐在门槛上看星星睡着了的情景。我坐在黑夜里,无限怀念父亲母亲。这时,父亲已经提前病退回到家中。我每周一次回去看望他们,其余的时间全部交付这乡间的夜晚。我在黑暗的楼道里伫立,看不清未来,不再画画。我将全部的虚妄和恐惧交给黑夜,像窗外树枝上的猫头鹰,有着金色、不眠的眼睛，和比夜晚更深的孤寂和固执。我开始收到一些刊物，原先我羡慕的名字，现在我列在他们旁边。我抚摸这些分行文字，像是开始孕育一个全新的我来——这陌生的形象，在一个个夜晚煨熟、养大，终将从这平凡之躯中脱离出来。我越来越迷恋筒子楼的黑暗，当我写累了，从房子出来，关上门，隐身在黑暗中，久久地一动不动，谛听自然的律动，银河旋舞像凡·高的画作，虫声不绝如诵经的声音。我进入一种思悟和自证中。在山中夜晚，像丢进丹炉里的一颗药丸，在接受烈火煅炼。

这样的岁月长久得似乎让人相信不再有任何改变。却意外地，我又经历了数次变动。我以为将告别筒子楼过道的黑暗，却又像是一个符咒，无法摆脱那不可知的命数。我离开家乡来到省城，在另一个更大的校园里，筒子楼变成了三层。同样熟悉的过道，黑暗、悠长，像是没有尽头。但那黑暗过道却有我最大的欢喜。我的女儿已经出生，并且上了小学，这是个笑起来充满感染力的女孩，大眼，圆脸，短发。我像是每次在相同的时间守候在过道，看到她从楼梯上过来，看到我，迅速地向我飞奔，在即将接近的时候一跃跳到我怀里，双腿紧紧勾住我大腿，她的笑声像秋天的阳光一般甜美、爽朗，整个楼道充满她的笑声。在此后无数个时辰，我总在一遍遍重温这个场景，感到女儿带着不顾一切的重量向我扑来，我努力去捕捉她的每一个笑声，每一下紧紧勾住我大腿的力度。从她身上去感受一个小男孩对他父亲的隔膜和思念，对他的抗拒与靠近。我将女儿永远定格在那个时刻，在那长长的筒子楼的过道里，她朝我飞奔而来，纵身跃起，让我感受到那千真万确的力量。

艺考记

我坐在夜晚的候车室，看到面前一群年轻的孩子，脚边放着简易金属拖车，食指粗的皮筋捆扎着黑色或白色方形颜料盒，他们面容疲倦，身子松垮地靠着金属椅背，厚厚的黑色羽绒服上沾染着颜料，就像乡间的油漆匠，肩上的画袋此时像沉重的翅膀卸下来（上面印着某某画室的字样），搁在脚边。有个男孩像年轻时候的我，一头浓密的鬈发，几个女孩戴着口罩，除了面容呈现出的性别特征，其装扮包括行李与男孩们毫无二致。这是冬夜，我坐在出行的人群中，像她们一样疲乏、困顿，等待检票员的呼唤。候车室外面，黑夜像一头忧郁的猛兽，将面孔紧贴在窗玻璃上，使远行的人心情更加暗淡。

每年这个时段，总有一拨拨这样的孩子，像迁徙的鸟，贴着夜晚和铁轨滑行，结伴穿行在中国大地的各个城市之间。他们无声息地涌现在人们面前，又突然地散去。

曾经，多次，我像一个毫不关心的路人一样，漠然地看着他们出现在候车室或车厢里，对他们略异于旅客的行装扫上两眼，并不会真正上心。然而，此刻，我坐在夜晚的候车室，无法不去注视他们，用一个父亲的目光，将他们从头到脚包括差别很小的装备，仔仔细细地抚摸一遍。此时，女儿正在铁轨另一头的城市，拥有和他们相似的装备，像黎明即将发动总攻的士兵，兴奋、焦虑、疲倦。我将乘坐夜行火车到达那座城市，接上她再飞到西南另一个城市去。当我见到女儿时，眼中熟悉的她变得稍稍有些陌生，被紧张和激情控制的小小身体如一头困兽一般，她的眼神烦躁又坚定。

女儿在笔记本上写着：中央美术学院，中国美术学院。喜爱漫画的她，还在这两行字下面画了座云端中象牙塔般的房子，一个小女孩站在下面仰望。

半年前，也是这样的夜晚，那是夏天，我第一次带女儿去那西湖边的城市。我们已选定一家画室，做高考前的专业集训。对一个学艺术的孩子来说，他除了参加高考以外，还要在高三第一学期末参加全省组织的艺术专业考试（俗称联考），获得合格证后待高考成绩出来，综合排名参加各大院校的择优录取。如果想进入八大美院和29所独立设置本科的艺术院校，还必须参加它们自行组织的专业考试（即校考），只有拿到校考合格证的孩子，才有获得进入这些院校的可能性。

每年八大美院报考人数与录取人数比通常在60:1—80:1之间，也就是说，绝大部分孩子无法被录取。但近年来学美术的考生却以每年10%左右的人数在递增。那些非央美、国美不读的孩子，复读三五年甚至更长的不乏其人。在女儿后来参加的校考中，就曾经历这样一件“趣事”：某场美院组织的校考，她身边坐着一个熟悉的身影，不是画室的同学，而是她的助教老师——这个复读了好几年的学生，在女儿的画室当助教，直到此时女儿才知道她的真实身份。这是一个每年拿中国美院校考成绩状元的女孩，但因为文化分不够，始终徘徊在国美的校门外。

画室在杭州富阳区235国道边的一栋大型建筑内。它的前身大概是个厂房或办公楼，现在是个画室。醒目的四个汉魏字体招牌很远便能看见。有车前来接站。上车后我同司机聊起天来，他三十多岁，姓周，江西上饶德兴人。他十多年前就来到杭州打工，已在杭州成家（做上门女婿）。我问他对画室的看法，他的回答既谨慎也客观，他认为这个画室管理还是不错，当然他也补充说，如果孩子不听话，喜欢玩，那也没有办法——学艺术的孩子中，有不少玩性很大，抽烟打架的。说有个女孩，家境富裕，多次约他的车，晚上出去酒吧、迪厅玩耍，一次挥霍数千元不当回事。说实话，从小到大，女儿没有独自在外生活过，这是第一次离开我们的视线。除了希望她学习上有所收获外，安全因素也是我们隐隐担忧的。

一个微胖的女老师接待了我们。她是河北人，中国美院研究生毕业，现在画室做行政工作，她坦承艺术这碗饭并不好吃。她看了我女儿手机上的作业，表示称许和鼓励。女儿填写信息时，突然朝门口喊道："胡靖雯！"我抬起头，看到一个面相朴实的女孩子拖着行李箱进来——她是女儿的同班同学，原来，她与我们乘坐同一趟火车到达。她的家长没有陪同，独自一人来到杭州！

这家画室，是朋友推荐的，他与校长是旧识。填好表，我和女儿来到校长办公室。两个三十多岁的年轻人正在喝茶。校长给我和女儿分别倒上茶，此后彼此沉默了一会儿，都在等待说话。他长着一张明星脸，头上打着发蜡，油光可鉴。另一位很有艺术范，瘦削，眼神抑郁，留着时髦的胡子（后来知道他在学生中有个外号"奥特曼"）。我将手机里女儿的画拿给他们看。艺术范老师说，这个水平，经过几个月培训能考上美院。明星脸老师（校长）则说不一定。他边说边掏出手机来，打了个电话。不一会儿，一个脸圆圆的小伙子进来了。他也看了下画，说基本功不错，但不是美院要的风格，要将过去的习气改掉，转变快慢，则看孩子的悟性——他是女儿后来校长班的色彩老师。

这栋五层大楼里，一千多个孩子的学习、吃饭和休息都在里面。有小型超市（主要是画材和一些生活用品）、大型食堂、图书室和寝室，平时电动门紧闭，保安给我的印象还是比较负责任。他们给女儿安排了带窗的寝室（这里的寝室大部分没有窗户），和三个杭州女孩子住在一起。后来中途，女儿自己换到另一个房间去了——她和同屋的女孩（分别来自新疆、甘肃和湖北）相处甚欢。女儿宽厚善良，性格活泼，情商不低，这一特点的优势和潜在缺点，都在日后显示出来。她很容易交到朋友，但正因为此有时会造成学习上的分心。

同女儿在小超市采购完画材和生活用品，在一个小餐馆吃过午饭后，我和她拥抱告别，因为单位杂事缠身，没法多陪她一天。当高铁快抵达南昌时接到女儿电话，她显然还不能适应一个陌生的环境，情绪低落，手足失措。接到她电话我也难过得差点掉下泪来。我竭力安慰她，并迅速联系接待我们的老师，让她帮助女儿。第二天与女儿通话时，她情绪好了不少，告诉我白天参加了入学考试，自己感觉还不错。

女儿不在身边的日子，我一如既往地忙碌。每晚睡觉前，都会与她联系，通过电话或微信。她每晚画到 11 点，回到寝室洗漱一番，12 点以后才能睡觉。第二天不到 7 点又要起床。我们中国家长都有这样矛盾心理：既希望孩子不要太累又希望他们能吃点苦。我每次微信都是给她打气、鼓励。不知是不是为了宽慰我——她显得越来越适应杭州的生活。但我从蛛丝马迹观察，了解到的并不都是令人鼓舞的消息。画室每周一白天放假，晚上继续上课。我在她微信上看到一两次，晒出在市内商城吃东西的情形。班主任姓项，也是江西人，我常与他联系，有时他说女儿进步很大，有时则说一般，没有起色。班主任告知，几次见到女儿课后与同学在一楼简易夜宵摊吃东西。

这让我隐隐有些担忧。

女儿去杭集训后，我们将租赁在贤士花园的房子退掉了。那是夏天，我和太太将屋子收拾干净，将钥匙交还房东，我们回到湖边自己的房子中。随着时间推移，我心中的忧虑越来越重。女儿，像从我们身边暂时飞走的蝴蝶，但她在中国东部的那个城市，每扇动一次翅膀，都将在我内心掀起不小的波澜。对女儿的牵挂，让我经常陷入沉默。我时常走进女儿的卧室，打开衣柜，看到那些裙子、衬衫、校服，用手轻抚着，甚至会在她的床上躺一会儿。她微信提供的信息有限，我必须时常靠想象去"看见"她完整的生活。与我当初所设想的稍有出入，她似乎没有我期望的那么"用功"，而是对获得自由空间（同时对相比以往更多生活费）的支配快乐。

2018 年 11 月下旬，迎来联考，我去杭州接女儿。之前，我已经找时间去探望了她。联考的学校恰好是女儿就读的中学，这让我暗喜，熟悉的环境将有助于她的发挥。学校周围是陈旧、杂乱的街区，楼房紧密，而道路狭窄。为避免堵车和节省时间、精力，我订了个房间，同女儿住在宾馆。那是个雨雪天，南昌的气温下降到入冬以来的最低点，地上有凝冻的迹象。女儿心态比我放松，一种随遇而安的模样——其实联考充满着很大的不确定性，后来的结果印证了这一点。那些平时画画出色的孩子，未必能拿到好名次，而平时成绩平平的学生，则可能爆冷拿高分。这里有个客观因素，艺术是感性的判断，取决于改卷老师的见识、偏好，而不像体育竞技，标准一目了然。这种仅凭几秒钟便决定一个孩子几年辛苦努力的方式，是很残酷的。

我帮女儿仔细检查所有证件、考试工具，让她抽空画些练习，说实话，我比她还紧张。女儿显得淡定，但也可能过于放松。杭州的画风,与本土老师的教学,存在不小差异,这是直接影响老师打分的一个重要因素——我是后来才明白这一点。我将能考虑到的方方面面,仔细地做了准备,给她买了手套和贴在衣服上的暖宝宝。风雪中,家长们护送着孩子们来到考场,望着他们背着沉重画袋、提着(女生喜欢抱着)调色盒鱼贯而入,心里不禁感慨,突然想起网上看到的段子:远看是要饭的,近看是逃难的,仔细一看是美术生。

联考成绩出来,我和女儿都不敢相信,她的成绩全省排名一千余名。比我们预想中的名次低了很多。女儿去杭州之前,专业成绩在班上总在前三名,这次掉到班上十多名去了。我像遭了当头一棒!艺考的变化莫测,对素来自信满满的我是个不小的打击。当我将班主任发来的微信截图传给女儿时,她回复我用手捂嘴的吃惊表情,也显得难以置信!好在我们的希望从一开始就放在校考上,这让我暂时地将这懊恼放到一边。

联考一个多月后将迎来校考,我和女儿在线上来回沟通校考方案,报考学校多,拿证的概率会大一些,但同时也存在战线拉长、要在各城市间奔波之苦,有时反而吃力不讨好。经过仔细权衡比较,最后填报了 7 个美院,之前曾纳入考虑的综合院校最后全放弃了。

2019 年的美术生经历了充满波折的一年,谁也没料到,在报名这个环节上出现了难以想象的状况。大部分院校不在官网而在一个叫“艺术升”的 APP 上进行报名,加上艺考政策改革——大幅压缩综合院校的校考,导致各院校观望政策而迟迟不发布校考信息。校考信息发布后,早已严阵以待的家长与学生便如泄洪的巨流涌入小溪,“艺术升”报名系统几分钟后便告瘫痪,大量考生无法报上名。深夜一点,我和女儿还捧着手机苦苦等待,我的心像坠入谷底。全国有多少家长在那晚以及之后多个夜晚无法入睡。早上四点,迷迷糊糊中听到手机震动，女儿微信告知报上名了！谁也没料到报名竟成为一种撞大运的行为。那段时间，教育部门连下紧急通知，要求各院校增设考点，务必让所有考生报上名。

湖北美院和西安美院最先考试。我向单位请了两天假(正好连着周末)，陪女儿参加校考。女儿报上名的考点在重庆和成都。我提前预订好航班、火车票、酒店，做了一份详细的备忘录。早上4:15分我到达杭州东站，此时尚早，我在寒冷的火车站大厅来回走了几遍，没有暖气，几个乘客靠着椅子在沉睡。虽然寒冷，但我心情平静。后来也靠着冰冷的椅子打了个盹儿。到达画室后，我又在一楼暗黑的接待室里打了下盹儿——我提前了半个多小时。

我约了小周的车送我们去机场。这是我第一次同女儿乘飞机出行。我在中间，女儿靠着舷窗，右手边是个穿西装的男人。飞机起飞后，女儿一直靠着我肩膀睡觉。长期集训，加上饮食的原因，她比以前略胖了些，脸上显出一点点婴儿肥。后来发生了小小的故事：中途提供简餐，当我试图拍醒女儿时，右手碰倒了桌板上的橙汁——于我是头次发生这种状况，整杯橙汁泼在了邻座男子身上。我尴尬、紧张和慌乱，忙不迭地道歉。男子上飞机后始终未发一言，显得严肃而心事重重。此时他非常愤怒，说你怎么这么毛手毛脚！他生气地将衣服脱下来，搭在前座的椅背上，接过空乘递来的纸巾反复擦拭，并不忘对我训斥——似乎挥我一拳才能解气。他剪着一个平头，脸上有点横肉——这是个常走江湖的人！他擦拭了很久，又拿起衣服闻了闻，说晚上要去见客户，你说怎么处理？女儿依然在沉睡，对发生的“插曲”一无所知。我提出赔偿。他断然否决，说不是赔偿的事！我只好拼命道歉，当我无意说到是陪女儿去参加美院考试时，他忽然缓和下来，不再诘难。他说会自行购买一件外套去见客户，他称我是个好爸爸，并告诉我他有一个设计公司，主要做大型商场室内设计。他来自浙江一个小地方，从小喜欢绘画，大学也学的美术（并非美院），妻子学服装设计。毕业后，两人经过辛苦打拼，现在事业有成。飞机落地后，他友好地告别，祝福我们如愿。我没料到飞机上发生这一幕，更没料到会以这样的方式收场。

我和女儿第一次踏上重庆土地，入住在大学城海友酒店。四川美院是所充满活力与浪漫情调的学府，我和女儿利用考场踩点的机会将它考察了一遍。我很惊讶，女儿对这所大学已有所了解，如它有个外号“蔬菜养殖基地”；有个在建筑领域具有一定知名度的美术馆——罗中立美术馆。空地上果然种满了蔬菜——据说是老师带着学生们干的，还有不少看似随意、其实很有意思的建筑，与中国美院象山校区有的一比。有趣的是，女儿说中国美院象山校区也有一个类似的外号“莲藕养殖基地”，大概是荷叶田田之故。

为鼓舞女儿志向，2018 年 6 月，我曾带她到中国美院参观。那次杭州之行，重点是看西湖边上南山校区中国美院毕业展。我想女儿不仅被毕业展所吸引，也对美院女生大胆、前卫的打扮留下印象。

我遇到一个来自浙江丽水的家长，与我同年，也曾做过老师，现在是个个体户。当我们注意到彼此，他率先打破沉默，主动向我搭话。第二天校考，当我无所事事地在菜地之间走动，在一个个由古建构架搭建的奇怪建筑前端详、停留，等待时间过去时，他又出现在我视线中，我们又自然地聊起来。他问我可曾留意台湾的大学，有几所学校向大陆招生，学费似乎也不贵，知名度尚可。我有点吃惊，因为完全没有这样想过。他还主动提出加我微信，邀请我到丽水去玩——给我一种熟识多年的感觉，像我朋友中某种类型——尽管我确信今后再见面的可能性微乎其微。

下午，送女儿进考场后，我返回酒店，取出行李回到考场外。等女儿出来后，我们将迅速赶去火车站乘坐今晚的高铁到成都去。明天的考场设在武侯区高级中学。这是紧张的时刻，分毫不能耽误。高铁 19:15，从沙坪坝火车站出发。我特意和女儿约好，考试一结束立马出来（不知是否这个原因，她这场考试发挥不佳）。我们上了出租车离开大学城。当出租车堵在一个桥洞下面时，司机说，照这样下去可能会赶不上火车，但从另外一条道去，经过歌乐山，路途虽远些，但把握更大，问我怎么走？我当机立断说上歌乐山——语气中像充满着革命者的豪迈。出租车上了一条狭窄的小路，山道蜿蜒，路况不佳，但确实不堵车。我从小就耳闻歌乐山，知道渣滓洞，看过《在烈火中永生》《红岩》和《江姐》，却是在毫无心理准备当中上了歌乐山。望着车窗外起伏的山麓，似乎很难与想象中的情景对上号。

我们有惊无险地赶到了火车站。有一些家长和孩子先到达了，还有不少在往车站拥入，候车室满是背着画具赶考的美术生。安检时，学生携带的丙烯颜料居然不能通过，这引起了家长的愤怒，经过短暂交涉后告知属于误会，又悉数放行。

在办理入住时，我们遇到一个女儿杭州画室的同学，也是南昌人，她的母亲热情地向我们打招呼，说从她女儿口中早已知道我女儿——她很用功，似乎与班主任的描述有所出入。考场就在三百米不到的地方。这里是一片陈旧、嘈杂的区域，与我们租住的贤士花园周围有点相似，但可能地处市郊的缘故，也显得更荒凉些。

成都的考试连着两天，足以使一些陌生的家长变得稍微面熟。有一位湖北的家长，女儿在武汉集训，她以一种类似宣介的语气称赞那个画室，说每年有多少学生考上央美和清美，当得知我是江西人，又说在那集训的江西孩子不少——而且，她特别强调江西的孩子比湖北的孩子更能吃苦！我似乎无法接上她的话。有个深圳的家长从包里掏出平板电脑来，以一种自信的神色展示孩子的习作，画得其实有些心浮气躁，并不深入和到位，但还是得到一些家长照顾面子般的称赞。有个重庆的家长较特别，是个工程师，年纪比普遍的家长大十来岁，他说他女儿是第三年复读了，她的文化课其实很好，三次高考成绩都是600多分，如果不走艺考，现在已经读大三了。我问他为何不考中央美院美术史论专业（这个专业不考绘画）。他说希望女儿成为画家而不是美术评论家。他给女儿十年期限，在这期间他愿一直陪她考下去。

有个女生，迟到了十来分钟，不愿再进考场。家长们七嘴八舌做她的工作，想想吃过的苦和父母的心情，不要轻易放弃。女孩倔强地蹲在地上，就是不愿进去。她的不可理喻引起家长们的愤怒，有个家长说如果是我女儿，我会抽你一巴掌，太不懂事了！经过大家死磨硬拽，好不容易把她推进去了。

十天后，我乘坐同趟夜行火车到达杭州东站，在又黑又冷的车站大厅将上回的情节重复了一遍。这是天津美院的专业考试，考场设在杭州电子科技大学。早上7点左右，我已经坐地铁赶到了考点。目睹考场外队伍越来越长，而女儿始终未出现——原来画室统一将考生送达考场，因为街道禁停，老远便让孩子们下车，女儿背着画袋，提着两个颜料盒（一个丙烯、一个水粉），还拖着大箱子，走了半个小时才赶到这里。女儿进考场后，我拖着她的箱子到处逛逛。我甚至拖着它走到马路对面，在一个人去楼空的校园里漫无目的地转悠一圈。午餐我带女儿吃肯德基。稍微休息下，继续下午的考试。将近晚上6点女儿出来，我们坐地铁赶往杭州东站乘高铁回南昌，参加第二天四川美院的校考。

校考的战线，从 1 月中旬一直到 2 月下旬，那是一场马拉松式的赛跑，对考生和家长的心理都是极大的考验。经过在外半年多时间集训和考试，我目睹女儿的长大，她比我想象中坚强。最后两场——中央美院和清华美院的校考，女儿没有把握，最初填报时并未选择，受到老师鼓励后，她决心一试，我知道希望很小但不忍拒绝。那次老师带队去了北京，但没想到，抵京后老师便消失了，不再管他们。此后一切都是女儿自己应对的。她经历了在陌生的北京找宾馆、找交通工具、奔赴不同考点，自己乘火车回到杭州的过程——这让我刮目相看。

女儿从杭州回来后，离高考只有三个多月时间了。也许我过于重视专业上的学习，没有意识到有八个月之久荒废文化学习的严重后果（我侥幸认为女儿文化课底子还算扎实，赶上问题不大）。一些家长选择将孩子送到培训机构补习文化，我们相信回到学校上课更有利。但她呈现的状态让我们担忧。期间，女儿陆续收到中国美院、天津美院、四川美院和西安美院的校考合格证。这是令人鼓舞的消息，但不能掩盖面临的困局——一模、二模考试，女儿分数都极不理想，与集训前相比，掉得非常厉害。我将焦虑埋在心里，努力装作平静，只默默做好后勤服务。女儿返校后，我坚持每天中午在单位食堂打好饭菜给她送去。

我加入了数个艺考家长微信群。一个工作在上海叫“启妈”的家长，在多个艺考家长群里是神一般的存在。她女儿也曾在杭州集训，复读一年后考上天津美院，现在读大二。为帮助许多缺乏经验的家长弥补在艺考知识上的欠缺，她无私地在群里提供咨询，把各大美院近年来的录取情况及填报事项做了不少扎实而客观的分析，读后让人豁然。我仔细地浏览她发的每个帖子和给家长的每个解答，获益不少。还有几个类似启妈这样的人，懂得艺考的艰辛和不易，不想让更多的家长因为自己无知和失误，而白白断送孩子前程，他们默默地义务做咨询服务。

我和女儿将目标定在天津美院，因为她专业分数有较大优势。我分析，只要高考文化分达到天美划定的文化分数线，她录取无疑。但按照女儿两次模拟考试成绩，都未能达到天美上年的文化线，一旦文化分不能上线，那她的美院梦将会破碎。

我还加入了几个本地家长群，每天热热闹闹的，家长们迫切交流各种资讯，打听似是而非的消息，在紧张、焦虑中，拿孩子们开一些无伤大雅的玩笑——以纾解心中又爱又痛的情绪。一些机构不时发布艺术生如何填报志愿之类的消息，我也不时可笑地坐在那陌生的教室，接受他们的洗脑。

女儿高考是在豫章中学，那几日，南昌大雨。我和太太开车接送——将车停在滨江宾馆，再步行送她。高考前夕，我和太太是内紧外松，不再过问她的学习，让她按自己的节奏来，我们相信她。每场考试出来，我和太太也对考试情况不闻不问。

出分前一晚，我很难入睡，但早上却意外地睡着了。女儿一直没睡，她守候在那里。睡梦中——我听到女儿的欢呼，我赶紧下床，看到她从卧室冲出来——我从未见过她这副模样：脸上既是欢笑，又是泪水。女儿文化分高出天美文化线近 40 分。我和她紧紧拥抱在一起。

下午，我同女儿去美术馆看了一个展览。她在朋友圈发了一条微信，大意是一切顺利，不少画室同学在微信下面留言，其中有一些发的黑脸表情——此刻，这些出师未捷的孩子们心里涌起的却是另一番滋味。这是一种真实的表达,无奈但沉重。

附录:

一个美术生家长校考备忘录

一、行程计划

1.1 月 16 日:20:58,K288 南昌—杭州东,我赴杭。

2.1 月 17 日:杭州萧山机场 T2,11:20、CA4554、杭州萧山—重庆江北,我和儿女。

入住海友酒店(重庆大学城店),双床,不含早。

3.1 月 18 日:参加湖北美院校考。19:15—20:36,G8558 沙坪坝—成都东高铁。

入住同时达酒店,含双早。成都市武侯区文盛路 1 号,武侯高级中学附近。

4.1 月 19 日:参加西安美院校考(造型)。入住海伦柏悦酒店。成都市武侯区智达二路 58 号,武侯外国语学校附近。

5.1 月 20 日:参加西安美院校考(设计)。成都双流机场 T2,21:35、CA1746、成都双流—杭州萧山。

6.1 月 21 日,10:31—13:21,G1503 杭州东—南昌西,我回昌。

7.1 月 25 日:20:58,K288 南昌—杭州东,我赴杭。

8.1 月 26 日: 参加天津美院校考。19:33,G1395 杭州东—南昌西,我和女儿。

9.1 月 27 日:参加四川美院校考(绘画。南大老校区)。住家。

10.1 月 28 日:参加四川美院校考(视觉传达。南大老校区)。住家。

11.1月29日：8:01—11:02，G1492，南昌到杭州东。女儿返杭。

二、考试安排

1.湖北美院。手机确认、打印准考证，1月15—16日。考试18日。

2.西安美院。打印准考证，1月16—20日。考试19日设计、20日造型。

3.天津美院。1月21—22日（截至晚上10:00之前），登录艺术升APP确认。考试时间26日。

4.四川美院。打印准考证，1月25—26日绘画，1月26—27日设计（开考日前48小时内）。考试时间，27日绘画、28日视觉传达。

5.中国美院。确认2月13日（9:00—16:00），原则上凭身份证现场确认。考试时间，2月15日图像传媒、16日造型、17日设计。

6.中央美院。考试时间，2月21—22日。造型。

7.清华美院。考试时间，2月24日。造型。

三、其他

此处略。

悬铃木，以及福州路的夜晚

为了最终回到夜晚安妥的位置，并且不使记忆产生偏差，他又顺着福州路来回走了一遍。那时，他来到城市不久，女儿刚刚出生。他暂住在单位的过渡房，从家族式的生活——他们一家三口，与父母、姐姐、妹妹几家都住在一起，很难说谁是这个家族的中心人物。如你所知，父亲孱弱但脾气急躁，母亲性情宽厚但固执（在对待丈夫的缺点上尤其容易较真）。这是个充满烟火气但又人人觉得孤独的平凡之家。而他，沉迷于自己的世界，容易陷入虚幻的事物，对每日的争吵、柴米油盐、恩怨是非早已厌烦透顶。他自以为高人一筹，远离家族事务，看不起他认为无关紧要但对别人至关重要的人情世故。然后，就像一棵依然在风雨中挺立的大树上一截枝条，因为日深月久地拒绝吮吸汁液而自行断裂，他从家族中挣脱出来，来到眼下这个城市。他适应得很好，似乎只有远离父母才能真正地拥有对他们的眷恋。女儿已经出生，放在父母身边，当他回去探亲的时候，他看到那小不点满脸疑惑的表情——她已经开始学会走路，剪着一个小男孩式的短发，穿着肚兜，手里习惯性地抓着一根小棍或其他什么，她把他当作个生人，与他一路上在长途汽车上的想象不一样。他乘夜行班车回家，一天比一天思念女儿。他写过一篇《夜班车上的不眠者》，记载往返在省城与小县城之间的一个个不眠之夜。女儿以每日都能带来惊喜的速度在成长。她已经来到他的城市，到了上幼儿园的年龄。母亲也过来了，女儿出生后她升格为奶奶，开始适应新的角色。仿佛从这时开始，他才真正增进同母亲的感情，在小小的两室的蜗居中满足于被母亲的照料和唠叨。他以前比较游离家族，对父母关心甚少。

单位在城市中心，他的宿舍后面是女人街，多年前是女性服装店的集散地，那时还流行“二奶”“小姐”这样的称呼——她们是这条街的常客。穿过女人街就是福州路。以体育馆为起点。场馆内的迪厅音乐震天，新潮、年轻的男男女女进进出出，紫气氤氲的门口停满小汽车、摩托车。街心花园雕塑，一个健硕的男子日复一日举着一个双臂舒展的女性，花园边上坐着看病途中歇脚的老人，迷路的外地人，以及像他这样偶尔假装坐在那的看书者。女儿到来使本来杂乱的屋子变得更加不堪。她坐在一张从某间办公室退休下来的布沙发上——这间屋子，前身是个文学杂志编辑部，刷着红漆的木地板，白石灰墙，淡绿叶片吊扇，带阳台的车厢式房间——他的邻居是个音乐家和一个杂志编辑。他们共用一个“厨房”“卫生间”（假如可以这样说的话）。他在这暂居之地某一天突然发现女儿具有绘画天赋。那天他如往常那样给女儿在塑料绘板上勾了个图画——塑料柄一推，便可以擦掉的玩具。女儿看他得意扬扬地示范，突然抓过绘板，用几秒钟的时间勾画出一个人样来——他对这个“作品”感到吃惊，而女儿则更加吃惊于他吃惊的表情，狡黠的小眼睛读懂了那是鼓励和赞许。那时，为单位守门的老头老太还在，这对兢兢业业的老人与他父母亲年纪相仿，是赣西某个煤矿的下岗职工，他们在这岗位已工作多年。有一天，没有征兆地张老太因肺气肿去世了。女儿出入院子总是礼貌而热情地叫他们爷爷、奶奶。某种程度上，他们之间的亲密关系有点类同于亲戚。

经常地,他带着女儿走在福州路上,在人民公园和动物园打发周末时光。这条路让他获得一种似曾相识的感觉。他在家乡工作时,也每天走在一条满是悬铃木的街道,浓密的树冠垂下绿荫,在光影跳跃的午后,有一种如梦如幻之感。他经常生出一种错觉,觉得他的人生应该是在街上,而不是在屋中度过。他对街道有一种刻骨铭心的留恋。街边的咖啡店、时装店、便利店、书报亭、银行、餐饮店、理发屋、体育用品店、药店等等他从不会看厌倦。每天他总是待在屋里,却无时无刻想着街道。福州路也是平常但又不凡的。很难说,这是一条具有异乡风情或时髦洋气的街道, 但与旧年代的传统大街又不同,没有那民国或更早时期的痕迹,甚至连二十世纪五六十年代的苏俄气息也不沾边。它太像一条正常的城市街道,妥帖、平常但让人亲切。在他后来住在二轻大院的时候,有时夜晚独行在这条街上,在悬铃木和路灯下驻足眺望,呼吸着夏日或春天夜晚的气息,看到街边摊的夜宵店忙忙碌碌,热闹非凡,迪厅和酒吧放射着魅惑的彩灯,一种浮世绘的享乐主义在感官中升起。尽管只是路过,却也让人心生欢喜。

他记得那时有几个写诗的朋友,偶尔来单位看望他们。美编是个美食主义者和热衷于呼朋唤友的人。每次,这几个写诗的外地朋友到来,他便忙前忙后地张罗,在福州路的酒馆撮一顿自不可免,餐后的节目常常在台球馆消遣——在生活的玩乐上,美编是他们所有人的老师。有个女大学生,是个诗歌爱好者,曾经也出现过几回,后来不知所终。后知后觉的他才意识到,她与这几个写诗中的某位,曾经相恋,终因情缘难续,慨然南下。

1930年代,蒋介石在江西围剿中央红军,曾经他在南昌街头,偶然见到十余岁男童当众吸烟,心中顿生疑虑,觉得教化民众之刻不容缓，联想到南赣“赤匪”如火如荼，脑子里不免想起王阳明。他终其一生并没有成为王阳明，但他此刻想效仿他来一场内心的革命。十岁男童当街吸烟触发了他在南昌发起“新生活运动”。蒋氏夫妇先从整治街道开始。1934 年，中央红军开始长征后，他们以发扬传统文化为旗帜，以古代人名命名了 8 条道路。1950 年代，南昌又以古代人名命名了 2 条街道。但这种向历史接续的小心翼翼很快便被强有力的时代风暴给中断和碾碎。之前以人名命名的道路（除中山路外），全都改了名，如叠山路改为反修路，孺子路改为反帝路，永叔路改为向阳路，渊明南路改为红卫路等等。1973 年，这种政治意味强烈的路名又来了一次略显平淡的集体变奏。叠山路改为九江路，孺子路改为赣州路，永叔路改为会昌路，渊明南路改为宁都南路。到 1984 年，情形又发生根本性变化，所有人名路一律恢复了最初的命名。而少数以大城市命名的道路，如北京路、上海路、南京路、福州路等还保留着。蒋氏的新生活改造，并未预见到日后这条街——福州路，不仅没有成为礼义廉耻、温柔敦厚的示范，反而成为享乐主义、消费主义乃至堕落的灰地，成为人们迷失夜晚、盛宴饕餮和娱乐至死的样板。人们不加节制的放纵为动物园的禽兽们所目见和感知，是否也含有某种微妙的讽刺？

他在这条街行走，从体育馆到花鸟市场，公交车来来往往，中途有两站，市民在周末拥向公园和动物园。他住在公园对面的二轻大院，从公交站经过时，总是看到老人牵着孩子（后者手里握着气球或冰激凌），或者是年轻的三口之家——不外乎这些人。而在夜晚，那完全是年轻人的世界，酒店、歌厅、健身房、酒吧从白天的沉寂中释放出惊人的活力，就连白天在太阳底下失去水分的悬铃木也因为彩灯的浓妆艳抹而焕然一新，在晚风中摇曳与歌唱。出租车如过江之鲫，成片地恭候在迪厅和酒店门口，音乐代替人的情绪撕扯夜空，声音盖过了动物园狮虎的怒吼。长年备受这无眠之夜的喧嚣，已使得这些异乡客变得忍无可忍，它们迈着不安的脚步在铁栅栏内走来走去，用爪子击打墙壁，或者时不时地以绝食的姿态表示抗议。市政管理者最后不得不将动物园迁走了事。

这样的夜晚，他多半是在寓所内，一个写作者的孤清不难想象，书一本本看完，文章也写了一些，而他对这世界的认知不仅没有变得清晰反而觉得更加魔幻。只有那外地几个诗人来后，才将这平凡的日子变成节日——他们后来总是先通知美编，美编则逐一告知。几个诗人，境况时好时坏，对诗歌的热情依然，但他见到他们的新作很少。在餐桌上也很少谈到写作，酒似乎喝得挺多，每个人都有一些烦心事需要解决，生活不易——有时就连美编（在酒精的作用下）都不时感慨——而他通常是个乐观主义的逍遥派。这样的节日后来也中断了，有好几年他没见过其中一些人了。他早已搬离福州路，那条街对于他来说，似乎显得隔膜了，虽然，单位就在附近，但他极少往那条街去，而捧着书坐在街心花园的情景想起来有如隔世之感。

福州路的二轻大院，灰旧沉默如归有光笔下的项脊轩——“庭阶寂寂”，“明月半墙，桂影斑驳，风移影动”。那暂住之地，回忆起来，皆归平淡，就像人至暮年，铅华洗尽；倒是那福州路，即便多久未去，也总像一个拥有旺盛力比多的年轻人，气味浓烈，举止夸饰，胃口巨大，在这个城市——它始终有着一个年轻人热气腾腾的面孔。

只手之声

正是夹竹桃盛开的五月，校园里最常见的树木不外乎这三种：悬铃木、夹竹桃和柳树。悬铃木在行政大楼后面的花坛边，粗大、斑驳的树干像磨漆画——赭色、淡绿和灰白三色构成主调，树干苍老高大，一种年份感和沧桑感透过枝干间隐现的行政大楼清水砖得以强化，阳光在山丘般的树冠上跳跃闪动——风一吹，如海面上的粼粼金光，这金光与绿色树荫也在地上跳跃、移动，水幕电影一般。他那时痴迷这树种，经常站在这巨大的“音乐盒”下面，聆听它通过无数双柔和手掌拍打的——天籁之音，至今耳际仍响着“啦啦啦、啦啦啦啦”的歌。花坛小径交叉，月季、茉莉、雏菊星星般开放，水泥石凳上留着年轻恋人夜晚的泪水——这些都为他所忽略，他只仰望那巨人般的大树，就像政治宣传画里神圣、庄严、崇高的风度，有着冷战时期东欧国家钟情的美术形式和腔调。琴房边的池塘则绿柳成荫。柳树是小布尔乔亚的代名词——没有悬铃木硬朗的直线条，它全由柔和随意的弧线组成，在一种观念里：美不是靠直线而是弧线所传达的，如同日本书法里的草蛇灰线——平安三笔：空海、嵯峨天皇、橘逸势那逸笔草草。学校里唯独琴房的砖墙是红色的，在一大片青砖建筑中显得格外醒目——似乎为了与周围池塘、垂柳的景致相匹配，琴房的院门是圆形的，如戏曲里书生与小姐约会的所在。那些尚待发育胸前平坦的女孩和嘴上刚刚露出绒毛的男孩，被一种使命感驱使出入其中，背诵英文单词一样将那些钢琴、手风琴曲烂熟于心——为了能在“十一”晚会上登台亮相。只有教室前的夹竹桃过于平常而不引人瞩目，这球状花树只有进入五月才会显示它惊人的活力，满身吐着赤红的火焰，这毒性花簇不可攀折，似乎隐喻着“危险的事固然美丽”（张枣）诗句本身。偏偏美术老师喜欢将它插入花瓶，配上一两个水果、衬布，教他们写生。他自己则在旁边做着示范。

教室的木门紧闭，门上油彩涂鸦的痕迹依然清晰，就像一个玩笑，或者反叛者的宣言。这个称之为“画室”的地方与别的教室别无二致。只有它的内部才与那些课桌式的空间稍有不同：光线起伏中静默的石膏像，柜子里塞得满当的瓶瓶罐罐、蜡制水果、石膏几何体、眼耳鼻嘴石膏模型，随意摆放的画架，堆在墙角的画板，布置在写生台的静物，张贴在墙上的素描、色彩作业，营造出不一样的氛围。他开始接受一种契斯恰科夫教学体系，那是一种二十世纪五十年代从苏联搬来的教学方法。他们的老师以及老师的老师，都是沿着这个脉络过来的。三面五调、三庭五眼、明暗交界线、透视法诸如此类——在他面对白纸的时候，不断在眼前浮现。马克西莫夫是另一位大神，是国内油画界的权威。他们的色彩承续这不完整的似是而非的源头，就像一间高深莫测的屋中泄露出的一点光亮。对现实主义的崇拜和对光影事无巨细的描绘，主导了他们的头脑。在画纸上日复一日强化明暗关系、透视以及结构的时候，是否注意到窗台下工农兵石膏像投来意味深长的一瞥——毋宁说是称许不如说是讽刺。绘画的目的和价值就是重现对象的客观真实。对苏联素描的崇拜，源于二十世纪五十年代中央美术学院创立者们在参观苏联美术后受到的震撼，尤其是列宾美术学院学生的习作——他们在素描上所表现出的精确和真实的写生能力，不仅对造型、比例和运动的把握非常精准，而且在运用明暗与色调，以及细部的描绘上同样精细而深刻，具有充分的质感和空间感。教室里摆着几张全开的装在镜框里的素描习作：《大卫》《布鲁斯特》《海盗》——那是美术老师在省群艺馆参加提高班时的作业——来自中央美术学院教授的耳提面命——契斯恰科夫体系在这个井冈山脚下师范学校的间接性播种。陈丹青有幅油画《泪水洒满丰收田》，正是这教学体系结下的果实。这位画家二十世纪七十年代曾在赣南、苏北插队。那时他老家有个叫甘祖昌的人，很早出去当红军，1957 年不当将军回到家乡务农——这事轰动了全国。20 来岁的陈丹青接到宣传甘祖昌事迹的任务，背起行李来到莲花县洋桥乡采访和写生，画下据说是他的第一幅油画作品《甘祖昌》。

学校下面有个防空洞——当一天有人将这个秘密告诉他的时候，他内心受到强烈震动——学校建在一个巨大的空洞上面——准确说是先有校（这是一所百年老校），后有洞。中国和苏联的蜜月期已经过去，两国关系交恶，挖防空洞出于一种战备考虑——是"备战备荒"指导思想下的产物。在一个偏远地级城市，学习美术的条件远不能说具备。他们像一个个手艺人，拿着锯子切割一根根来路不明的木条——将它们变为木框，然后自己蒙上棉布或亚麻布，用锤子将一个个钉子敲进木框——这是个考验技术的活儿，如果掌握不好，画布将导致木框变形；它们还在地上用砖头搭成炉子，往里面丢进柴火，一口同样来路不明的铁锅架在上面，用骨胶和白粉熬制画布底料——这是练习油画必不可少的步骤。

一种充满戏剧感和生活化的绘画生涯，在那个小城展开。城市位于江西中部，四周都是山，它处在一个盆地中央，赣江穿城而过。如同圣维克多山之于保罗·塞尚，河东青原山对他也别具深意。青原山没有圣维克多山的刀削斧劈，裸露着明亮的石灰岩，褶皱、断层的山体彼此离裂，在塞尚笔下呈现出嶙峋、雄性的美。青原山是一座秀气的山，虽然山势陡峭，直冲霄汉，但绿意葱茏，被杨诚斋誉为“山川第一江西景”——他始终怀疑这位南宋诗人的夸耀出于自珍自爱的心理，并不能算作客观。但这座连接嵩华山、天玉山、黄家岭，横贯张家渡、鸡江峰、永和镇、鹧鸪岭的山麓，对他个人而言，在日后越发显示出重要性。

作为一个后期印象派画家，保罗·塞尚力图避开印象派画家企图用感觉来观看世界的方式，他们——比如印象派之父莫奈，画下28幅鲁昂教堂在不同光线下色彩变化的“真相”——他们也曾发起反叛，对古典主义绘画进行冒犯——以至于画下《大宫女》《泉》的泰斗级画家安格尔在印象派画作前气得浑身发抖——但最终，印象派并未真正迈进现代主义门槛而与他们曾经冒犯的古典主义前辈们亲热拥抱。塞尚来到圣维克多山，希望看到是世界本身，而不是那飘忽不定的外表，他要在这里洞悉世界永恒的真实。有如禅宗，明心见性，直抵本质。塞尚作画每一笔从内心出发，每一个笔触都是内化了的事物的投射，描绘的世界不再是与自我分离的对象，而是完全融为一体，事物即为心物，变手绘为心画。这个道理中国古人似乎早就明白，而欧洲要迟至数百年以后才在塞尚等标志性人物身上出现。这是一种完全不同于苏联契斯恰科夫和马克西莫夫的绘画观念，不仅不同而且完全分裂。从时间上来说，这是儿子对父亲的背叛和颠覆。当他们坐在绘画教室，接受契斯恰科夫余光的时候，不仅远离了欧洲绘画的主流，也割裂了自己的传统。他们被训练成自然物象浅表的复印机，主观情感和个人情趣在作品中完全没有流露，他们画着相似的习作，彼此不分你我，有的只是技术工人对活儿掌握熟练程度的区别。这对于他的绘画热情不啻是个打击。但要他在当时接受塞尚也完全是不可能的事，他不仅看不懂塞尚画的风景，连他画的堆满苹果衬布——那不同于马克西莫夫绘画体系的静物画，同样欣赏不了。塞尚如同一道墙，阻碍他往更后面的现代主义靠近，对于其后的——野兽派、达达主义、形而上画派、立体派、波普艺术乃至行为艺术，他完全看不懂就不难理解了。

多年以后，他已经完全放弃了绘画——有一天，他随意从书架上取下一册书来——《杜尚访谈录》，他完全被它吸引。在译者王瑞芸笔下，杜尚是个十足的智者和隐士，“他的精神实质全然迥异于西方一贯的传统而特别接近东方，接近禅。”这位特立独行的艺术家，曾经直接拿个小便池签上名字送去参展，并且在很年轻的时候就完全不从事艺术活动了，而是下棋自娱，直至去世。他的出格的行径连毕加索都自叹不如——因为毕加索虽然反传统，但毕竟一直在艺术的框架里活动，没有反艺术。而杜尚迈出了连毕加索都不敢迈的那一步——反艺术。现代艺术说起来是很复杂的事，有必要简单梳理一下，按照王瑞芸的观点——西方绘画从印象派开始经过塞尚、立体主义、结构主义，一直到抽象艺术，实质上是绘画艺术不断走向纯艺术的过程。而此后的波普艺术、偶发艺术等则尽其所能地混淆艺术和生活的界限。在纯粹艺术方向上，美国现代艺术家走的是理性分析的西方传统，而禅宗传入西方导致美国现代艺术家放弃艺术和生活的界限。艺术是生活的理念，造成了西方现代艺术从具体到抽象的革命之后又一次艺术革命。杜尚是横空出世的，他并不是禅的信徒，但他的艺术创作乃至生活本身则是彻底的禅。他以冒犯甚至摧毁的方式向艺术发难，改写了艺术观念和艺术史。杜尚讨厌分别，反对分析、定义和定性的反理性倾向，接近东方崇尚相对、相反相成、浑然无廓的观念。杜尚完全没有家室之累，没有追名逐利之累，也没有追逐钱财之累，什么也不期待，什么也不需要，活得闲云野鹤一般。他出门旅行，除了牙刷与几件衬衣，不带任何书——他天生的慧根使他无须读书，拾人牙慧，甚至连美术馆、博物馆也从不去。

从安格尔的《大宫女》到塞尚的《穿红马甲的男孩》，再到杜尚的《下楼的裸女》，他目瞪口呆地看到艺术如何从两手相拍的凡音走向只手之声的心音——《临济语录》云："但有来者尽识得伊，任伊向甚处出来，但有声名文句，皆是梦幻。"曾经他也在家乡的田野写生，那是夏天，他戴着草帽，骑着自行车，对着山冈、河流、村舍、白云，以笔去捕捉那自然的光线——他那时还是印象派的信仰者，迷信色彩外衣包裹下事物的真实——却不知道，在世界另一边，在人们的观念里那早已是落伍、陈旧的看法。因为缺少理论和思想的支撑，当然更缺少必要的天分和智慧，他对自己挂在墙上的习作越来越不满意，这蹩脚的自然主义抄写，并非出自他内心的真正需要，那时他其实已经读过不少现代文学作品——卡夫卡《城堡》、加缪《局外人》、陀思妥耶夫斯基《地下室手记》、萨特《墙》等等，在思想上他已经接近一个存在主义者。他的绘画习惯却依然是契斯恰科夫、马克西莫夫至多加点莫奈和雷诺阿——这与他内心对世界存在主义式的看法很难映合。他的绘画与内心是分裂的，于是彻底地将画家梦给放弃了。

当他开始书写时，希望能直接写下心灵感受的东西。因此他一开始就拒绝巴尔扎克、托尔斯泰、拉伯雷、马克·吐温之类。他并不清晰要写的是什么，他感受到的，体会到的，往往是难以言说的，正如奈保尔所说——下笔之前其实对将要写下什么是一无所知的，他只是带着一种模糊的想法和冲动，在写作过程中——如果顺利的话，它们会自然地涌现。普鲁斯特曾对圣伯夫的观点进行批驳——圣伯夫认为,要了解一名作家,必须尽可能了解这个外在的人,了解他生活中的细节。普鲁斯特则犀利地指出作家作为作家和作为社会存在之间的差别。他说,“书是另一个自我的产物,有别于在日常习惯、社会生活,以及性格弱点中所彰显的自我。”他惊讶地看到,原来他对写作的认识,揳入在那些伟大的名字的认知之中。

有段时间,他着迷过王阳明——不仅仅是他曾在他家乡为官的地缘认同,他执迷于阳明“天泉证悟”的四句教——“无善无恶心之体,有善有恶意之动,知善知恶是良知,为善去恶是格物。”早前他似乎研究过一段朱熹,那时他三十多岁,处在一种文化的失衡状态中,他确信他的文学观念已经形成,那是建立在存在主义基础上的文学观,他是现代主义文学的信徒。但忽然地他感到一种内心的饥渴与虚无,他们这一代人大部分缺乏传统认知——不是西方文学传统,而是自身文化传统的浸润(曾经一段时间被彻底否定,他们接受了这种教育)——需要某天遭遇“棒喝”才能幡然醒悟。于是重新回到发黄的故纸堆中寻找安慰,往往又难以下手——甚至隔膜。他只觉得内心有种模糊的需要,想看清他的历史。在对朱熹研习一段时间后,始终不能建立亲切感——这位克己复礼的君子固然伟大,但也因其过于正统、理性和完美而缺乏感觉上的可爱。后来偶然在家乡(吉安)明代学者身上找到了一丝认同感:邹守益、欧阳德、罗念庵、聂豹、何心隐、刘元卿的一些只言片语,让他有点欣欣然。他甚至买来整套的《王畿集》《欧阳德集》《邹守益集》《罗洪先集》《聂豹集》《徐爱钱德洪董沄集》准备来大干一场——那都是王阳明的得意门徒,一个个了不起的王学思想家哲学家。这样的研习断断续续又进行了十来年。如果说有什么收获,其实无非是彼得·汉德克对塞尚旁观者的认知一样，他的了解也仅仅建立在一种类似于感悟式的文化体验上，凭借着地缘血缘之近而呼吸到一二零星的气息。

他当初是怀着了解自己文化的意愿进入明史的。王阳明之于朱熹，那也是革命性和颠覆性的——陆九渊未完成的部分，在王阳明手中，来了个完整清理。就像莫奈之于安格尔，杜尚之于架上绘画。以一种革命的名义——文体和形式重新获得确认。他总愿意站在革新者的立场，对保守派毫不同情。他愿意看到在艺术上激进、新颖的文本，虽然这激动人心的时刻总是少数，因为写作（和艺术创作）总是会更惯性地陷入重复和怠惰。就像王学末流最后也如大河流出的涓涓小溪愈益瘦细乃至干涸了。此时的王学有些走入禅学的迹象——又是禅的影子——美国现代艺术在经过波普艺术、行为艺术种种反理性的试验后最后也偃旗息鼓，在二十世纪八十年代又回到绘画。王学末流之后清代朴学兴起则是必然的。

2008年春天，他来到北京，在东八里庄鲁迅文学院获得短暂的研习机会。他认识了一些志同道合者，这些素以文字闯荡江湖的人当中，不乏对书法感兴趣的人。其中有位甚至感慨——如有机会专门去学院精研一年半载书法，那是何等让人向往之啊。8这个数字对他似乎具有特别的含义。1988年他从家乡来到地区师范学校，开启艺术之旅，那三年时光对他人生至关重要，几乎奠定了他的理想——对形而上事物的追逐，此后构成他人生的轨迹。2008年，他从生活的城市来到京城，本意是文学进修，却意外地收获了对书法的兴趣。经由一些书法视频，他摸索着山阴之路。那时，浙江、广东、河北、湖南那几位哥儿们，与他每周在三楼一间空房切磋交流，静谧幽暗的时光仿佛濡染了墨香。甚至连教务处的老师都受了感动，抱来几捆宣纸给他们使用——无疑如甘霖一般，让他们热切而贫困的心得了滋润。他们肆无忌惮地书写。那是一个闹中取静的小院，与多年前入读的赣江边的学校，在气息上有几分相似。旧的楼，干净、清爽的校园，只是少了高大的悬铃木的沧桑荫蔽，同样有小径交叉的小花园以及花圃绿植。

米芾之于他有如绘画中的塞尚。这位洁癖者以及变态的临摹高手——经常以假乱真，用赝品与人家的真迹置换。与其说他爱好经典法书，不如说他爱好石头，他见石就拜——那自然也是不一般的石头。这位口出狂言者，甚至贬抑王羲之王献之的书法，说出“一洗二王恶札”的话来，甚至刻薄地嘲讽颜真卿书法平淡无趣，是后世丑怪恶札之祖。他对米芾的喜爱也不知从而说起，也许是他倚侧的字势颇合心意。算来他学米芾也有十年之久了。米芾的字虽则风樯阵马，以一手“刷字”走天下，其实是非常精微细腻、耐人寻味的。习米字既久，他也旁及过东坡道人、赵松雪、二王乃至颜鲁公书，《集王字圣教序》是差不多过一段时间就要拿来临一阵的。他在写字上没有太多天赋（许多事情上都是如此），用功也不勤。如同杜尚对下棋一样只是爱好而已。唯有无功利的爱好带来内心满足。鲁院同学中貌似迂腐、平和其实内心聪颖、尖锐的一位，那时就对日本书法有所研究和偏爱，当时很让他吃惊。因为在他当时的眼光看来，日本的书法似乎偏于小众，不太入流，只是泱泱中华书海中溢出的一小部分。然而今天，他这个看法却有大的改变。他要纠正当时的片面认识。无论“三笔”“三迹”，日本书法在法度和文化上，都有非常值得重视之处。因为多年浸淫书法，他也认识一些专业书家，对当代书坛略有一些观察，发现国内书坛重视传统，更重视临摹，讲得好听是“如灯取影”，通俗点说就是“复印机”——以达到临摹到原帖一般便称之为高手，过于停留在技术层面，缺乏思想和文化上的探索。日本书法与禅宗联系紧密，在信仰的层面上，更注重于脑子里的想法而迹近与西方现代艺术（其本身就深受东方禅宗的影响）。故有位书法教师说“禅宗艺术可以成为日本现代书法的形式和理念的重要资源，在当代中国却很难做到。”——这是有识见的认知。如果没有记错的话，这位书法教师同时是个摇滚歌手——如果艺术能在不同领域去拓宽边界，只会增益无害。

他徘徊在米芾《苕溪诗帖》和怀仁《集王字圣教序》门前，陷入不得其门而入的苦闷中，偶然看到日本书法产生内心的愉悦感——忽然想起多年前在北京，朋友的忠告，越发显出朋友的高明来。空海完全是晋人法度，嵯峨天皇、橘逸势得唐人精髓，小野道风对《集王字圣教序》的取法自出新意，藤原佐理是怀素和张旭合二为一的变体，藤原行成介于晋韵与唐法之间，摇曳而光辉。这些巨笔其实很合中国传统，诚如黄山谷、董其昌们刻意强调书法要“避俗”，不使满纸俗气，加强文化修养乃至参禅成为唐宋书家们的必修课——这一点日本书法倒是得了我国书法传统精神，并一以贯之。在国内以培训班与复印机式的技术操作中能否培养真正的书家是大可怀疑的——那是受展览的驱动——一种展览体的风靡，成为思想和文化苍白的书法的贫困。因而白隐禅师——“两手相拍有凡声，只手之声以心闻”的公案，犹如一道提醒，一道启示。

彼得·汉德克在《圣山启示录》中完成了对塞尚心灵的朝圣，他通过证悟塞尚如何成“神”的过程，完成了自身超凡入圣的蜕变。他在经历早年与世界对抗的焦虑和紧张之后（有如守门员面对扑救点球时焦灼的选择疑难），归于澄净和通达，像智者和禅师一样，获得了内心的启示和平静，开始缓慢地归乡，“回到城市”，“回到钟楼与商店”，也“回到金光闪闪与裙袂褶裥”。

火焰，落叶和白日梦

冬天的暖阳帮助我从漆黑的长夜中恢复对白日的意识。一般来说，昼短夜长的冬天——那在通常意义的劳作上，属于收割过后的休憩、停滞和等待；而对于一个写作者来说，这个季节却往往意味着创作、阅读和收获。“假如我做梦的话，我会梦见J.-J.卢梭可能会用来描写那些覆盖着积雪的峻峭高山的句子”（司汤达），或“穿行于田野，冻僵的马鞍上，我的影子匍匐”（松尾芭蕉）之类——在冬夜阅读起来，有一种特别尖锐、细腻和奇异的效果，仿佛它们——是冬夜这些贴着窗玻璃纷纷落下的细雪、枯叶或白日梦本身。

从如此缓慢消逝的夜晚的寂静中，贤士花园如同别的小区一样，被披上沉思、幻想和晕眩的面容。一个男人，在他工作的台灯下，徒劳地修理一件旧电器。他是小区的水电工兼业余电器修理工。这个矮个子、平头的男人，鳏居多年，夏天喜欢穿一件红背心（裸露的黝黑肌肤闪闪发亮），他的眉眼间有一种退伍军人的气质，那种经历过行营生活的男人，你往往容易在一群人当中将他辨别出来；这时他裹着厚厚的睡衣，专注然而无望地修理那个拆卸成几块的旧电扇，扇片蒙满污垢、铁锈，它们像从身体上拆解下来的器官，躺在铺着报纸的地上，他缠着胶布的笨拙手指拧着螺丝刀，眼睛望着生锈的电机头，陷入对滚珠轴承的凝视中，仿佛一个诗人久久地停顿在对下一行诗句焦虑的想象中。这是他打发长夜的一种方式，并不指望通过自己的技艺能够恢复这已经报废的机器的生命力。对于一个长年身边没有女人的男性来说，他无法冷漠地对待屋中的每一件物品，仿佛每一件都寄予了一种柔情和幻想在里面。他时时对一件旧家电或旧衣裳喃喃低语，就像它们能够听懂他的满腹心事。

拆下来的电扇叶片，像一个调色盘，上面沾染着已经干涸的颜料（那是喑哑的暗红色锈迹）。男人的影子通过台灯投射在地上、墙上，看起来像是另一个人趴在他身上——眼前的这一幕，突然地使我想起自己的父亲。那个远离家庭独自在异地山间工矿工作、生活的男子。我经由水电工夜晚的背影看清了他的生活——他没有修理家电的技能、对料理生活的艺术显得贫乏而缺乏自信。我几乎看不出他的爱好——不像晚年居家，他是电视机忠诚的朋友。那时，在那个山区钨矿的单身宿舍筒子楼里，我不曾见过电视机、收音机之类——如果够得上机械物件的话，那就是他手腕上的一枚“上海”牌手表，除此以外，机器在他充盈着汗馊味儿的小屋中绝迹了。他对生活苦行僧般的欲求突然使我感到悲哀。在追求生活的完美度和精神世界的小众趣味上——我们这对父子实在相去甚远。甚至除了母亲以外——他们的婚姻是大人的介绍撮合，而非自然的恋爱——我不曾听他以及周围任何人说起，有第二个异性曾经与他哪怕浅显的交集。他像山间溪谷旁的一块岩石，沉静、冷漠，带着拒绝和不可侵犯的姿态，使山间轻柔的晚风和娇艳的山花，不自觉地远离了它那个傲岸的姿态。

父亲对生活的冰冷热情，如何打发那一个个长夜，让我充满疑惑。他有时会握着一份报纸或刊物，翻来覆去地看，神情陷入沉思中，但远不是真正的阅读。他有一种在单调的生活节奏中寻找平衡的本事，不像我，在一种呆板的生活里会变得焦虑和疯狂，更不像他的孙女——对探索世界的新奇部分总不吝热情。这么说,他在山区的那些个夜晚,其实什么也没做——既不会捣鼓一件旧电器,也不会与同事打牌,阅读——那看起来更是偶尔闪过的一个念头不会落到实处;我希望他能自斟自饮,或者靠着书桌打开收音机听一小段新闻或音乐——那不过是我希望而已。他毫不费劲地打发了那些孤寂的夜晚,在我看来像是奇迹。

有一天我在街上书店旁的海报上，看到一张熟悉又陌生的脸——弗拉基米尔·纳博科夫,却无端地想起他来,这二者之间有种相似之处,其实晚年的纳博科夫与爷爷的长相更靠近些——而我知道,我与这其中的相似之处毫无共同点。“我们的生存只不过是两个永恒的黑暗之间瞬息即逝的一线光明。”在生命链条上,爷爷、父亲和我,曾经分别属于麻石、上街和贤士花园,当我回望记忆中童年所见,那一片低矮的红色丘陵地的小村庄,我依然看见爷爷坐在那栋新盖的一进两间的小砖房的大厅里,仿佛一个得胜的将军守着他的战利品——这个鳏夫,脸颊通红,身上穿着白色汗衫(这是他夏天通常的穿着),手里握着一把蒲扇,灰色的薄棉裤下面紫红色脚踝裸露在一双干净的咖色拖鞋外面,他坐在一把深棕色椅子上,身后的案几上有一面镜子,一个座钟,一个花瓶,中堂是一幅领袖的年画;在他布满血丝的眼瞳里,乡村的蓝天、河湾、田野以及鳞次栉比的瓦顶,倒映在这微小的玻璃状里,他坐着那里像夏天的傍晚一样冗长,寂静、沉默,山峰一般沉重。新屋连着一栋老宅,这是他从我曾祖父手中继承下来的遗产——从他成为这栋老宅真正的主人第一天起,他便发誓要盖一栋新房,这成为他的事业和心事。他做成了,但并不经常在那里居住,他的工作之地从我有记忆起,早先是在一个乡镇街上的作坊,后来是在县城的食品公司,他是个腌制食物和制作糕点的师傅。在拥有精湛手艺这点上，父亲与爷爷毫不相像——在浒坑，一个国有钨矿的职工医院里，父亲是个和各种中草药打交道的职工，而他生命中的这一页，对于我来说依然是神秘和未知的，晚年居家时，他也从未提及过，像是个退隐江湖的武林中人，只暴露自己一无所用的一面，久而久之就像真的把过去的技艺给彻底遗忘了。

无论是爷爷的出生地麻石，还是父亲的工作地浒坑，我都只去过一次（如果记忆没有骗我的话）。但仅这一次，在日后的时光中，随着我逐渐长到曾经见到他们的那个年纪，与我生命的轨迹——我是离家乡最远的那个，便愈益牢固地焊接在一起。当爷爷下葬，回到麻石的那一天，我们家族的人以及亲戚们，追随着爷爷的脚步来到村口，那离 319 国道一箭之地的被茅草覆盖的红壤里，爷爷睡在棺木中，落葬在他童年嬉戏的地方。这一幕，在长江边这个城市冬日的夜晚，依然显得那么清晰和醒目。曾经这一群披麻戴孝的人引起女儿的好奇，这个只有四岁的女孩形容这支缠着稻草、拄着竹棍、裹着白巾的队伍是一群"乞丐"。现在，她正在小区不远的实验中学的教室里，在做高考前最后的冲刺。窗外的夜风，像流浪的不知名的动物在嚎叫，更远处的赣江以及江上高大、略带弧形的拉索桥，闪着粼粼暗光的江流上移动的船舶，江岸建筑灯光那无以名状的幻影般的光亮，和城市在地平线以远的无望的伸展……在我仿佛透过窗户便能目击的画面，落在我的视觉中，成为我短暂陷入幻梦中的一部分。

在赣西埋葬着爷爷的那个小村，与赣北这个省会城市之间，在地貌上，是由纵横交错的山谷、连绵的丘陵，向低缓的斜坡，逐渐开阔起来的平原的过渡。我往返在这二者之间，看见车窗外的街道树、田野、村落、夜晚平原上的灯火——在移动的一帧帧画面中，往事像火焰或落叶般飘逝。在列车滑行轨道或橡胶轮胎摩擦地面轻微的震动中，我或许是周围昏昏欲睡的人群中最清醒的那一个。仿佛一个四位一体的存在——既是我，也是父亲、爷爷和女儿，我感到他们的生命在我身上奇妙地交汇——就像我是赣西向赣北之间的一道斜坡，过渡地带，或者我是连接他们之间的“门槛”。这是我的特殊使命和独特性所在。因而我的面容里包含着爷爷的易怒、愤怨，父亲的焦虑、不安，女儿的天真、沉静和我自己的迟疑、忧郁。我在夜晚的窗前，听到远处飘浮的市声、孩子的叫喊和机器里的音乐声，这声音像是沉浮在洋面，让我突然意识到我与小区的居民共同在一艘挪亚方舟上，在夜晚中乘风破浪，去往模糊的远方。

无论是鼓捣旧电器的刘师傅——那平头、黝黑的男子，或者在夜晚写作的我，还是其他在各个窗户内灯光下忙乎或休息的住户，在我的意识中，都处在一种不真实的琥珀色的光亮中，如同希区柯克电影《后窗》主人公眼中所见到舞台剧般的一切。这是一种被我的缅想和回忆所定义的生活图景，掺杂进我个人的记忆与想象之中。

有一天，我在杂志上读到一位作家写的寻亲长文，这个以写神农架故事著称的小说家，他父亲的出生地便是鄱阳湖边余干县的瑞洪镇。我突然明白为何在小区公交站台，看到从瑞洪开来的中巴，有种想坐上去的冲动。我们都是生活在城市的乡愁患者，我在那个恍惚的瞬间，将瑞洪当作了爷爷的出生地麻石或父亲的出生地上街。尽管，那位湖北作家的父亲因为抓壮丁从家乡来到异地——他在中途逃出来了，从此改名换姓，生活在鄂南长江边的小乡村。那位作家在诞生过袁宏道及其著名的三兄弟的长江边出生、成长，浸润着这片土地的文脉也继承了该县剽悍之气——而这风气竟与他父亲的出生地，完全一样(那个渔村自古以来，便以械斗彰显剽悍的民风)，大约靠水吃饭的区域自然会形成这种因资源的不稳定性带来的民众性格。因为一个笔会，作家来到南昌，抽空乘船造访他的祖居地——那在他血脉中的故乡。这样的寻亲,也许在他的梦中已经发生过多次。对于一个作家来说,不可避免地要对生命源头进行溯望。他来到了那个陌生的渔村,见到了那些依然健在的亲人,祭扫了祖坟,挥洒了痛苦纠缠他已久的热泪。我当时给他打了个电话,告诉他我的感动——某种意义上,我们都是城市中的乡愁患者,只是他的乡愁,覆盖的区域比我更遥远和深广。

“那么,上街的老屋,以及麻石的村落可曾安好？”在一个散步回来后的夜晚,我坐在桌前,在一个本子上给自己写下这句话。

在落叶纷纷的深冬,回忆或乡愁的火焰,在窗外划过如白日梦。

深冬的语言

他以为这些物品和自己的记忆一样，早已老旧、破损甚至消失，没想到这些他早已忘光的东西竟在多年后浮现，外表更与他最后一次所见完全一样。

——奥尔罕·帕慕克《黑书》

我已经与贤士花园陈旧、庸常的气息融为一体。多年来，我一直抗拒和逃避的东西正是陈旧和庸常。我太熟悉它们——我以为经过自己的努力，可以从平庸的生活链条里挣脱出来，为自己在压顶的千人一面的群山之外呼吸一口清新的空气，至少，可以短暂地做一只鸷鸟，任性地翱翔一会儿——是否曾出离过这羁绊的风和俗世浊雨的浇淋，我不知道，但我看到暮晚我老实地栖息在屋檐间的树丫子上，像一粒墨融进无尽的夜里——这是一种深冬般的无言和遥远，我的情绪便像夜色一样浓稠。那么，贤士花园的陈旧和庸常又是些什么呢？我曾经在一位俄裔作家的回忆录中看到：一位从小喜欢捕蝶的男孩，整天拿着一个网兜，这引起了周围人的不快，当他流亡西方，在阿尔卑斯山捕蝶时，看到一个肥胖的乡村警察，肚子“贴地蜿蜒爬行”，跟踪他许久，以防他诱捕燕雀，随着年纪越大，他的行为越容易被人视为“变态”，以至在美国，从公路上驶过身旁的汽车里传来阵阵放纵的嘲笑，小娃娃把他指给迷惑不解的妈妈看，甚至在被野花装点的喜气洋洋的荒原上，一匹黑色的大母马跟了他一英里多路。——当我从夜晚的屏幕上看到这画面，与我眼下的生活之间，存在的令人心惊的缝隙。贤士花园既不温暖也不拒人千人之外的平常，如同一个现实中的女孩从不会做成为电影里女人的梦。它是铁板一块，不会有出人意料的一天或者一个小时。

在这相似的悲哀里，在土耳其作家奥尔罕·帕慕克那儿，化为对“芙颂”纯真爱情的记忆和寻找，对伊斯坦布尔公子生活的厌倦和逃避。“她紧闭的双眼，像在大海里拼命抱着救生圈的人那样搂抱我的样子让我眩晕”，这是无数个庸常日夜需要靠它照亮的纯真之光——不仅仅是小说对生活的控诉，也是一种召唤和理想。是人摆脱生活泥浆的一种鼓励和期待。有如土耳其的宣礼塔，将人从卑微的尘世引导到一种形而上的精神世界里去——爱情，在帕慕克笔下，有时也扮演了这个角色，甚至是更容易让人接受和把握的。无论是《纯真博物馆》中的芙颂，还是《黑书》中的如梦，都成为小说家拯救人生愈益平庸的美好形象——但令人震惊的是，她们，无一例外地最后都会死去。这成为一种包含着希望与绝望的悖谬。小说家无情地嘲弄了现实的平庸与恶的事实，在下过雪的寒冷的伊斯坦布尔，在黑色的泥泞的道路之上，是看起来不真实的无法挽留的梦幻的雪。

在贤士花园小区北门玉带河附近的旧时代的粮油加工厂——那看起来像宣礼塔的圆形水泥建筑上，粗粝、灰色的混凝土浇筑的时间表情，隐喻着生活的哲理。那个在春天汹涌的河水中，像渔翁一样的老人，徒劳地打捞水面的柳枝、浮萍和漂移的垃圾，在他象征主义的劳碌里，让人看不到对结果的信心，城市密布的暗水沟和人们不文明的举止是造成这条人工河污染的源头，这个老人“西西弗斯”

式的举动，让人感到有一种悲壮在里头。惯性和陈旧的思维磨损了我们的头脑，这个驾着铁壳子小舟与垃圾苦苦搏斗的老人，在水中无望但仍坚持打捞的身影，是我们更多人行为的一种凝结和映射。

我生活中的一项运动或者说“乐趣”就是，从小区北门出来，倚靠着人工河的石栏，眺望一会儿眼前陈旧的景色，就像那位土耳其作家眺望博斯普鲁斯海峡一样——然后，顺着水流的方向朝前走，来到贤士湖近旁，上桥再逆流从对岸返回，一直走到永外正街，直到钻过地上淌着从窨井中溢出的污水的垂柳中返回出发的位置，倚着桥栏再伫立一小会儿。整个过程大约半个小时。如果选择，我不会将这里作为自己长久的居住之地，因为机缘偶然性的因素，我暂居在这里，消耗掉生命中二十分之一多的时光，那些麇集在时间刻度上的点点滴滴，回望时历历在目，“惊起却回头，有恨无人省”，这寂寞沙洲为一只迷幻的鸷鸟提供了一个窠臼。

曾八次落第六十岁方中进士的归有光，回忆他早年读书的旧南阁子——项脊轩，其感慨中固有可喜之处，然可悲更多。这陈旧、庸常的阁子里发生的无非是亲人间的恩怨、对功名的寄望和死亡的消息（被轻描淡写后着意化为深沉的悼念）。与任何阁子、轩榭中发生的故事几乎毫无差别。或许这“普遍性”正是它流传至今的原因之一。若移步换景，我暂居伴读的贤士花园与震川先生的项脊轩，并无二致。我在其间生发的感想，维系的情愫，其实“已为陈迹”，不过是对古人的亦步亦趋而已。

“生活不过是旧瓶子装新酒。”一个耄耋老者，当他在脑海里回旋着这样一句话时——他的目光落在面前尖叫的小孙子身上——他像个新鲜的苹果，散发着诱人的香气——他一定在他身上看到自己幼年的影子，或者时不时地将孙子当成了时光隧道那头的自己，这有助他减少对儿女的怨恨。他在儿子身上看到的,常常是他不快的部分,仿佛儿子是带着对他人生的缺陷和不满而存在。他早已原谅了一切,原谅了所有人。在他那双枯井般干涸的眼中,再也没有任何新奇的事物——所有的一切,都是相似的,陈旧的,甚至比他更老旧。因而他便更习惯用眼睛而不是要用嘴巴生活,他只看世界不再发表任何高见。只有孙子和他之间,有些外人无法理解的交流——如同深冬的语言。

我说的这个老人是小区里任何一个这个年岁的老者,在我们这里有不少,并非特指哪个。老人多,正是我们小区的特色之一,这是生活便利的老城区常见的。老人,往往意味着后视镜里的风景,不会给你带来新鲜感。老,有时也会成为一种情绪、一种底色、一种背景和一种气味,让你情不自禁掉入其中。老人的庸常是种让人心安的庸常。唯有极个别刻意显示出与年轻人无差别——在时髦的打扮上、追求恋情上、显示骄人体魄上的逆动,才会真正让人不安和吃惊。

在一个充满老人气息的小区,正适合用来缅想和沉思。在我们共度的时光里,我、母亲、太太和女儿,共同参与了这段“历史”的塑造,分别扮演着不同的角色,形成一段时光(足够长)的外壳和内容。母亲分饰了祖母、母亲的角色,在每个情境里,挥洒着情感之袖,有的令人称道,有的不那么称心如意。我们亦然。像狮身多面的神话中的巨兽。在事实上远离故乡的背景下,我与母亲(或父亲)同在一个屋檐下生活的机会少之又少,这让我从心里充满感激和珍惜。然而生活就像母亲肩膀上散发出来的药膏味儿,依然是熟悉和陌生的——我们的生活是多少年前在赣西县城生活的延续,连愉悦和抵牾都是相似的,没有任何一点改变。我对母亲爱得有多深,在语气上对她的不满和怨愤就表现得多激烈——直到她回到小县城，不再回来，只留下门钥匙和一个小铁盒里的零碎，让懊悔和自责的我无所适从。回忆起来像是久远的事——在电话里，我们母子恢复了亲密无间的交流。我如此热烈地渴望见到母亲，渴望抚摸她苍白的酸胀的膝盖。

曾经，我不满家中庸常的一切而渴望逃离——成为河对岸的一匹马或者一棵骄傲的白杨，我从十六岁起，所做的只有一件事，便是逃离那个熟悉同时感到窒息的环境，成为一个不被关注和羁绊的个体。现在，却发现，我兜兜转转还是在朝向那个熟悉的地方，朝向母亲的方向在缓慢地回归。我曾经如此深恶痛绝的陈旧和庸常，现在像斗篷一样披在我身上，并成为我抵御冬夜的利器。

我是为女儿伴读来到贤士花园，当时女儿 12 岁，应该说仍然天真懵懂——她显得(至少在面上)比同龄的女孩更懵懂些，没心没肺些——我很欣赏她这点，我不希望她成为张爱玲式的刻骨、寒冷的女性，或者成为林黛玉似的娇柔、忧郁的美人，我愿意她不要做通常意义上的聪明伶俐的女孩，而多一分男孩子气的大大咧咧。就像当初我抵抗母亲怀抱的年纪，我目睹着女儿从一个不乏顽劣之气的小孩渐渐成为一个善思安静的少女，当我在这里书写与母亲这种彼此纠缠、难舍难分、爱怨交织的情感时，我无从知道女儿对我的隐秘情愫——我小心翼翼地避免触及，我始终愿意把她放在我挚友的位置，而不要成为一个所谓“严君”或“慈父”。我感激女儿，使我获得这样一段特殊的经历，在贤士花园——这个城市暂居的一隅之地，获得一份证悟般的思虑、感受。

有一天，回看照片，我发现母亲刚来与我们小住时，依然满头青丝，现在则白发苍苍。脸上饱满有光泽的双颊也塌陷、暗淡了。这让我更加体会到这段时间的重量。我目睹了记忆这个抽象名词中包裹的具体内容，我们都是记忆艰难的塑造者、分享者和被折磨者。正是记忆形成我们的人生，记忆是情感至高无上的母亲，依靠记忆，我似乎重新看到年轻苗条的母亲如何变成一个蹒跚笨拙的老妪——在葛塘冲她天真妙曼的少女时代，萦绕着她的是一个旧年代军官形象的父亲和山谷中嗡嗡飞舞的蜂群，外公的形象如同一只蜂王——隐藏在野花摇曳、群蜂乱舞的背后，因而外公在她心目中也具有一种轻逸、飘忽不定、神秘的特征——在我写作此文时，窗外一个小女孩在呼喊另一个小女孩的名字，希望她从楼上下来陪她玩耍——小女孩稚嫩的嗓音里似乎隐含着遥远的母亲的音色。在葛塘冲的春日具有浪漫主义和苏俄电影气质的午后；后来是出现在我视线中的母亲—— 一个劳碌者形象，如同革命小说中的：包身工、受剥削者、贫苦农妇，其乐观的天性和爱抱怨的面孔便如一对孪生兄弟夜夜降临。无论是家附近小学门口的零食兜售者、菜园里辣椒茄子的亲密伙伴、台灯下女红粗劣的实践者，还是麻将桌上娴熟但计算糊涂的游戏者——她们都在记忆中，分担着不同的职责，就像是一个立体派画家笔下大小不一、方圆各异、色彩不同的图形拼凑成的一个需要仔细辨认才能模糊看出大概的形象。

而记忆又是如何塑造母亲的精神世界的，我不得而知。我大约知道，母亲是在我的身上看到了她父亲的在天之灵——这个她这辈子最念念不忘的男人，她总是用欣喜的语气说我如何像她的父亲——在我表现出通常意义上的优点时，她甚至用了一个“像一个模子刻出来的一样”的句式，我便约略从自己的形象中看出点他的端倪来。我不想寻找身上与这个旧式军官、养蜂人、唱片机和四书五经拥有者的相似之处。母亲被他果断地在她 18 岁时送到一个她从未谋面——仅凭一个充当媒人的亲戚一面之言——的男人面前，回忆起来她仍然用幸运和先见之明的语气说道。虽然我知道，她与这个素未谋面的男子此后度过的怨愤交织的一生，远非轻松和愉悦的。那么，女儿在母亲的心目中的形象又如何呢？这个孙女在她记忆中扮演着什么样的角色——她是否从孙女的身上捕捉到家族成员的共性和遗传式的特征？她携着帮我们照顾孙女的使命兴冲冲从赣西县城而来，转眼间，女儿已进入北方一所大学就读，她的努力没有白费。女儿是否有着我当年急欲摆脱这庸常、窒息之家的冲动，我也不得而知；我想，随着时日远去和母亲回到赣西，我在她心中与外祖父重叠的影像也会愈益模糊。我只仍时时记得这样一个画面，在我十来岁时，有一次，同母亲在深秋的山林采摘如同被狼群洗劫过的油茶果——其性质有点像拾稻穗的意思，在深夜的枝头空荡、连绵不断的油茶林间，是阵阵晚风和对野兽莫名的惊恐，我不知道为何这个时辰我和母亲还在山林里，像是一对野游者因为贪玩而忘了回家的路。我们的板车在山脚下，已经被我们用一整天续采的果实所填满，遥远的深秋回忆起来却像是深冬，暮雪欲来，窃窃私语的夜风与一片片如同耳朵一样的树叶制造了一阵阵起伏不定、忽远忽近的背景音乐。

写作的停顿（代后记）

我停止写作有两年半时间了。在这多少个日夜，我没有写一个字。突然地，写作——我视为的一种日常生活，中断了，就像历史突然退出舞台。在这期间，我的其他生活都在延续，周末的时候，我和妻子会到艾溪湖畔，在那个幽静的房子里，足不出户地打发整整两天的时光，我们会连续对着电视机看好几部电影，比如《谍影重重》系列，比如昆汀的影片。有时就在沙发上躺几个小时，看日光从落地窗的这头移到那头，看从露台爬进室内的蚂蚁在光滑的地砖上，在日光的影迹里爬行，我的眼睛透过厚厚的镜片追踪这小小的生物，循着它灵敏、善变的步伐在地砖上移动。去年夏天，房子里突然出现了许多蚂蚁，不知来于何处，它们雄赳赳地爬上茶几、橱柜、餐台，在与它们的斗争中，我和妻子都失去了好脾气。但突然地，它们又集体地消失了。此后，一整个冬天，家里再没有发现一只蚂蚁。

体育节目依然是我的爱好，除了电影，以及有过短暂的对某个歌唱节目的迷恋外，我最持久的爱好就是看体育节目，简而言之，其实就是追踪各种足球赛事。我从中超开始设置以来就一直对它牵肠挂肚（我不避讳将遭到很多人的耻笑），此外，英超、西甲，都是我热于关注的。足球升华了我对生活的热爱，这一点比写作更甚。写作会让你感到某种幸福或者痛苦——那由生活带来的，但足球却会唤起人对生活的热爱和期待。有时还会阅读，但伴随着写作动力的丧失，阅读的兴趣也在锐减。我成了图像阅读者，变成了电视和手机的奴隶。其实我不是很依赖于电视，因为足球赛事并非每日都有的，况且，我和妻子只在周末的时候才会到艾溪湖边的房子里去——就像去市郊度假一样。平时，我们都生活在老城区的贤士花园。而电视，几乎就是一个摆设，我们几乎不会去关注它。女儿在房间里写作业——我们尽量不制造任何响声，一切几乎就像是无声电影一般。书法，一度又重新唤起我对它的兴趣。有一阵子，我是很仔细地临习过一些法帖：王羲之的《兰亭集序》《丧乱帖》《十七帖》《远宦帖》《妹至帖》、怀仁的《集王羲之圣教序》、米芾的《苕溪诗帖》《蜀素帖》《多景楼诗帖》、苏轼的《黄州寒食帖》《渡海帖》，甚至黄庭坚的《廉颇蔺相如传》和张旭草书《古诗四帖》、孙过庭草书《书谱》，都临过。在书法上，我是个杂食动物，恨不能把喜欢的书家的字都拿来吞咽。这些兴趣爱好，维系着我对生活的热忱。在这一年半时间里，除了工作，我的精力几乎都花在这些事情上面。

有一天，在镜子里，我看到白发增多了。停止写作，并没有让我的生活变得更轻松，相反，我整天显得忧虑。我仿佛是在观看体育赛事里，在观看电影里，在写字里——好吧，我称之为书法——沦陷了自己，但身心并未获得平衡。我发现，体育赛事带给我的欢愉是有限的，并且在本质上我并非依赖它不可，停止观看，我的情绪也未必受到伤害。有时我也十天半个月不碰古人的法帖，让王羲之王献之们在书橱里沉睡。我躺在沙发上，身上盖着毯子，这段时间里，我看过极少的几本书，它们是：艾斯特哈兹·彼得《赫拉巴尔之书》、凯尔泰斯·伊姆莱《船夫日记》（期间，我短暂地去了匈牙利布达佩斯，为了做功课，从网上买来作为旅途的读物）、张亮采《中国风俗史》、黄庭坚《山谷题跋》，以及博尔赫斯《虚构集》、让·菲利普·图森《迟疑 电视 自画像》，后两种都是重读。后者的书都是随便翻到哪页读起，大概每次都只读到两三页便罢了。

写作和阅读的停顿让生活失去了重量(不是意义)。写作对于个人来说,是一种习惯,一种生活方式,与意义无关。世界那么大,一个卑微的写作者对世界的干预何其有限,若要寻找意义,我更愿意从西方的哲人和中国古代儒家的著作中寻找。我的写作是对个人生活的拯救,是自我内心秩序的重建与完善。多年来,我依赖于此,通过写作获得内心的安宁和满足。现在,突然地,没预料地,写作停顿了。就像历史停滞不前,终结了。幕布从天宇垂下来,冰冷地、透明地,如冰瀑一样遮挡在眼前。我起初并不在意,因为我只是一个写作者,敝帚自珍,并不期盼写作在我的生活中制造奇迹。有一次,妻子问我,你人生最大的理想是什么,我毫不思索地说:“当一个书生。”每天都能悠闲地读点、写点,但不是为了出名、为了赚钱去读去写,纯粹是为了获得精神上的逍遥与平衡。因为,我发现自己对写作就如同一个瘾君子对鸦片的态度一样。没有哪一种方式,比写作更能让我有一种获得感、满足感,其深刻性是与看电影看球赛是不可同日而语的。我承认,看球赛唤起我对生活的热爱——有时为了追晚上的一场赛事,我整个白天在单位魂不守舍,无法安宁。有时电影也能唤起我对生活的热情。但本质上,写作让我备受煎熬、获得幸福以及痛楚孤独的情状和深度是无法比拟的。写作是个出口,让我的七情六欲获得完满的宣泄。

曾经的一个老师告诉我,古印度人到中年以后,几乎不再愿意去工作了,而是整天在——冥想。他们坐在大树底下,任苍蝇在头顶乱飞,对周遭的一切视而不见。他们不是去想明天该怎么发财、成功、实现梦想,而是——去想人生的意义,获得一种精神上的答案。我不知道他们是否获得了答案。但有一点可以肯定,我已经到了古印度人开始冥想人生意义的年龄了。而我似乎从来没去思考过这个问题——人生的意义。我并非一个宗教感非常强烈的人——虽然我对此充满敬意。探究我写作的缘起,是因为写作是个容器,可以承载漫漶青春时光中的许多忧和愁。此后,写作渐渐变成了一种惯性,一种生活的真实呈现的方式——因为,只有在写作中才能洞开自己,获得一个真实的自我。为了不断看清自我、勘探世界,我唯有不停地写。这二十多年里,我并有停下来,坐在哪棵树下去想人生的意义,去探寻世界的答案。

突然地,写作停顿了。在漫长的时日里,我感觉到身体里的空荡和精神深处的空无,像舞台上的帷幕被风吹着、卷着,孤单地在那里呈现着。但我并未沉入冥想。我似乎变得更加忙碌了——这正是缪斯短暂离开我的原因,我陷入事务中,分身乏术。我是个写作中的轻逸派和不及物者。我憎恶实在的世界与具体的事务。坠入空无,坐而论道,是我喜欢的。我的情趣倾向于魏晋,沉迷于道、丹药和酒。我喜欢唐人诗句中"槛外长江空自流""白云千载空悠悠"的"空"的状态。只有在写作中,我才能驱策修辞之马,去不断接近但永远无法抵达的这个"空"的世界。

我们在创造生活自由的同时生产了限制。生活越在我们面前展示它的宽度,我们就越无法抵达它的深度。我原来无法理解俄罗斯一个抽象画派"至上主义",其代表性画家马列维奇非常让人无语地只在白色油画布上画上黑色方块。在习惯了古典油画对物象纤毫毕现的写实和印象派画家对光影精微的捕捉后,对马列维奇的油画我们只能目瞪口呆。

那位惊世骇俗的艺术家杜尚,在他声誉正隆时突然不画画了,而是整日找人下棋。他曾经发出"绘画死了"这样的怪论:"我认为绘画死了。你明白吗?每过40或50年一张画就死了,因为它的新鲜劲消失了。雕塑也死了，这是我喜好的方式，没有人会接受的，但我不在乎。我觉得绘画就像画它的人一样，若干年后会死，然后它被称为艺术史。一张莫奈的画在今天和60或80年前有多大的不同啊。现在所有的颜色都在发黑，而在它刚画下的时候却是非常明亮的。现在它进入了历史——就这样被接受了，那么这样也行。反正它对现在做不了什么。人，精神，绘画，都是这么回事。”

那么多伟大的人物都在小心翼翼地避免触及意义。有时候我在看美国好莱坞影片，那展示英雄史诗的巨大的“勇气”里，怎么也拂拭不去其中的虚假、矫情，这“英雄鸡汤”也许适合一些人的胃口，我对此却不太感冒。我宁愿在一些欧洲展示小人物真实悲欢的“小日常”的生活的影片中，去发现自身的完美或残缺，窥见人性的多样与复杂。

在写作停顿的两年半的时间里，我读到一篇好小说。那是刊登在《世界文学》2008年第3期的西班牙作家胡安·何塞·米里雅斯的《劳拉与胡里奥》，几个简单的人物构成的丰富微妙的关系，在小说人物自身的视野和意识中，展开了激烈的内心冲突与命运走向，其冷静从容的笔调丝毫不夹杂作家的价值判断。这个被小说家创造出的世界，因而激发起读者内心丰富的涟漪，感受到一种生的愉悦与幸福。好的小说总是可遇不可求。譬如这本杂志，当初我拿到手并未阅读，而是随手丢到书柜里，数年后的某天才读到这篇小说，那份惊艳和相见恨晚，似乎也是冥冥中注定的。

现在我重新拾起笔来，我中断的写作在延续，生活恢复成原有的面貌。一个信心满满的我重新出现在电脑前。写作的中断和延续，却都是没有预料到的。